Joan Barfoot
Vom Fliegen
und anderen Dingen

Joan Barfoot

VOM FLIEGEN UND ANDEREN DINGEN

Roman

Verlag Antje Kunstmann

Aus dem Englischen von
Eva und Thomas Pampuch

Wir danken dem *Canada Council for the Arts*
und dem *Department of Foreign Affairs*
and International Trade Canada
für die freundliche Förderung der Übersetzung.

Ungraziös und wild um sich schlagend fällt Lila in endlose, tiefe und wie der Herzschlag gleichmäßige Dunkelheit.
Sie landet hart und plötzlich in einem grellen, unheimlichen und so stark glänzenden Licht, daß sie kurz die Augen schließt.
In ihrem Kopf wirbeln winzige Gedankenfetzen hoch und zur Seite und fallen durcheinander.
Sie könnte schwarzes Wasser aus Pfützen, Schweiß von der Haut, Eis von den Flügeln und Blut von einem Stein lecken.
Sie kann offenbar nichts hören, aber in ihrem Körper vibriert es, es rattert, dann ein Summen in höherem Ton. Münder öffnen und schließen sich in Gesichtern, aus denen Feuchtigkeit aufsteigt wie Hoffnung und einen Nebel aus Sehnsucht bildet. In diesem merkwürdigen Dunst fällt ihr das Atmen schwer.
Ihr Herz schmerzt am meisten, dann der Kopf.
Aber wie schnell sie anfängt, den Schaden zu messen. Was für ein lächerliches Gehirn, das sich so schnell ans Sortieren, Analysieren, Ablegen und Einordnen macht – sie muß wirklich über sich lachen. Aber das kennt sie, und es ist ein Trost, daß wenigstens die Ironie als Begleiter verläßlich bleibt.

1

Endlich ist es soweit: Lila und Tom fahren zusammen in Urlaub. Sie haben ein gemeinsames Ziel, ein Abenteuer vor sich, und deswegen registriert Lila jeden Schritt ihrer Reise mit lebhaftem und abergläubischem, wenn auch ziemlich sachlichem Interesse, und sie stellt sich vor, Tom macht es genauso.

Beide sind auf ihren jeweils eigenen Pfaden und dem eigenen Gebiet erfahrene Reisende und haben sorgfältig gepackt. Sie haben auch besprochen, was sie für zwei Wochen in einem anderen Land brauchen würden, und was man getrost zu Hause lassen könne. »Wir wollen uns nicht zu sehr belasten«, sagte Tom, und Lila war ganz seiner Meinung. Sie hatte so lange und, wie sie fand, so geduldig gewartet, und nun freute sie sich auf die Schwerelosigkeit der Freiheit, auf Anonymität, auf erfrischenden Leichtsinn und legt keinen Wert darauf, Berge von Gepäck mitzuschleppen.

So haben beide jeweils eine kleine Reisetasche und einen großen Koffer dabei, mit einem Grundstock an Kleidung von sportlich bis festlich. »Wir können ja immer mal waschen oder Sachen in die Reinigung geben«, sagte Tom. Sogar die Aussicht, mit Tom in einem Waschsalon herumzusitzen, gefällt Lila. Sogar die Aussicht, Hemden und Blusen zusammen, auf eine Rechnung, reinigen zu lassen, empfindet sie als Luxus.

Für die Reise selbst hat Lila feste, beige Schuhe ausgesucht, hellblaue, knitterfreie Hosen und einen beigen, grobgestrickten Pullover, der ihre Haut atmen läßt, aber gleichzeitig wärmt, wenn es im Flugzeug kühl sein sollte, was ja manchmal der Fall ist.

Tom holt sie ab und steht aufgeregt und nervös vor ihrer Tür. Auch er hat sich für beige entschieden, allerdings in einem etwas anderen Stil: beige Baumwollhosen, ein Baumwollhemd in einem etwas dunkleren Beige, hellbraune Schuhe. Lila fragt sich, ob sie in Wahrheit womöglich ein beiges Paar sind. Das wäre eine schreckliche Enttäuschung.

»Fertig?« fragt er. »Du siehst toll aus.«

Das sollte sie auch. Schließlich hat sie den Abend zuvor damit verbracht, ihre Haare zu färben, die langsam grau werden. Jetzt sind sie wieder hellbraun wie früher. Eine peinlich durchsichtige Angelegenheit. Wie sie sich in Plastikhandschuhen mit den ätzenden, unbekannten Chemikalien und Farben abkämpft, um die richtige Mischung hinzukriegen – das ist wirklich hart an der Grenze zur Lächerlichkeit: einerseits entlarvt sich die ganze Hoffnung, andererseits ist es auch das Eingeständnis einer kleinkarierten Unzufriedenheit mit sich selbst.

Aber irgendwie war es auch ein Ausdruck von Vorfreude auf die Reise und in gewisser Weise verwandelnd.

Mit ihrem kleinen Bauch ließ sich auf die Schnelle nichts machen, aber Tom hat schließlich auch einen, er ist nur etwas anders geformt. Sie mögen keine perfekten, straffen Körper mehr haben, wenn sie die überhaupt je hatten – ihrer war jedenfalls nie perfekt –, aber beide Körper passen zusammen. Seine Ausbuchtungen passen wunderbar in ihre Einbuchtungen und umgekehrt.

Endlich ist es soweit: Lila und Tom, ein optimistisches, rundliches Liebespaar in den mittleren Jahren, fahren zusammen in Urlaub. Auf jeden Fall sind sie alt genug, um auf Einzelheiten und Zeichen nicht zuviel Wert zu legen. Trotzdem hat alles seit seinem Klingeln an ihrer Haustür Bezug zur Reise und seine Bedeutung.

Wird es schwer sein, einen Parkplatz zu finden und muß man dann lange auf den Shuttle-Bus warten, der sie zum Terminal bringt? Nein, alles fügt sich günstig. Sind die Schlangen vor dem Schalter lang? Eigentlich nicht; zumindest haben sie beide auf ihren früheren, getrennten Reisen schon Schlimmmeres erlebt. Behandelt der Schalterbeamte ihr Gepäck einigermaßen sorgfältig? Ja, und auch das erscheint ihnen als ein positives Zeichen, selbst wenn keiner von beiden, soviel sie weiß, etwas Zerbrechliches dabei hat, es sei denn das eigene kristallene Selbst.

Lila, die Professorin für Englisch ist, und die ausdrücklich und anders als einige ihrer Kollegen an Worten Vergnügen findet, schämt sich für dieses Bild: zu offensichtlich und absurd melodramatisch. Aber sie weiß, daß es eine Sache ist, Worte zu lieben und etwas ganz anderes, von den Worten zurückgeliebt zu werden. Oft genug hat sich das als eine unerwiderte Romanze herausgestellt. Oder als eine unausgewogene.

Wenn sie und Tom beim Abflug durch die Sicherheitskontrolle müssen, wird dann einer von ihnen unabsichtlich irgend etwas Metallisches bei sich haben und mehrmals hin- und hergeschickt werden? Nur Lila und nur einmal, denn beim Verlassen des Hauses hat sie den Schlüsselring mit ihrem Haus- und Autoschlüssel gedankenlos in ihre Hosentasche gesteckt. Tom wartet geduldig, freundlich, ein gutes Zeichen.

Sie fassen einander dauernd an, greifen nach Händen, Schultern, berühren sich am Rücken.

Sogar das Flugzeug startet ganz pünktlich, ein seltener Genuß. Und lächelt die Stewardeß? Oh ja, besonders Tom wird angelächelt, aber vielleicht kennt sie ihn noch aus der Zeit, als er bekannter war. Und die Gänge und die Sitze sind sauber, wenn auch natürlich nicht breit oder luxuriös wie in der Businessclass, die Lila bei Langstreckenflügen vorzieht. »Ich kann mir Businessclass nicht leisten«, hatte ihr Tom gesagt, obwohl er es natürlich schon konnte. Was er nicht konnte, war, die Ausgabe vor irgend jemandem zu rechtfertigen.

Aber Economy ist bequem genug, und mit etwas Glück und Rückenwind sind es ja nur etwa sieben Stunden. Lila und Tom sind beide gewöhnt, lange zu sitzen, es ist also nicht weiter schlimm, nur beengt.

Keiner von beiden hat den Film gesehen, der gezeigt werden soll, ein »nouveau« Western, den sie schon mal als Video ausleihen wollten. Vielleicht schauen sie ihn jetzt an, vielleicht auch nicht, jedenfalls ist auch das wieder ein gutes Zeichen.

Lila seufzt glücklich und krallt die Finger in die Armlehnen. Sie ist immer beim Start nervös, Tom bei der Landung, er wird sich also erst in einigen Stunden in den Armlehnen festkrallen. Sie klammert sich fest, auch wenn sie weiß, daß, sollte der Start mißlingen, was dieser natürlich nicht wird, ihre Verkrampfung und die Tatsache, daß sie ihre Füße gegen den Boden stemmt und ihren Rücken in den Sitz preßt, viel mehr Schaden anrichten würde, als wenn sie locker und entspannt ist. So wie Betrunkene oft kaum verletzt schwere Unfälle überstehen, weil sie zu benebelt sind, um Angst zu haben.

Aber was auch immer ihr Verstand sagt, ihr Körper macht, was er will, dazu neigt er in manchen Situationen.

Jetzt heben sie ab, jetzt sind sie in der Luft. Sie sind weg!

Diesen Augenblick hat sich Lila oft vorgestellt. Sie ist ein wenig erstaunt, daß er genau so ist, wie sie ihn sich vorgestellt hat. Monatelang haben sie sich auf diese Reise gefreut, haben geplant und überlegt, geredet und geträumt. Einmal haben sie nur wegen des Titels den Film *Die Große Flucht* ausgeliehen.

Toms Kopf fällt glücklich gegen die Rückenlehne seines Sitzes. »Mensch, Lila, wir haben's geschafft!«

Es kommt ihr vor, als paßten ihre Wünsche genausogut zusammen, wie ihre Rundungen und Einbuchtungen.

Sie haben vor, zuerst in einem kleinen Londoner Hotel in der Nähe von Covent Garden abzusteigen, das Tom ausgesucht hat. »Es ist nicht direkt luxuriös«, sagte er zu ihr, »aber es ist gemütlich und so schräg, daß es bestimmt lustig wird.«

Er wird kurz bei einer Konferenz von Commonwealth-Historikern vorbeischauen, seine Entschuldigung, sein Grund, seine Rechtfertigung – was immer – für die Reise. An den zwei Tagen, die er dort verbringt, wird Lila in Cafes sitzen, Wein trinken, über alte Brücken laufen und sich mit einem Sandwich auf Bänken ausruhen, wobei sie zweifellos die Tauben abwehren muß. Wenn Tom sich dann freigemacht hat, werden sie zusammen die ein oder andere große Galerie besuchen und in extravaganten Restaurants dinieren, bevor sie ganz ziellos irgendwo aufs Land fahren.

»Wir könnten so tun, als seien wir ein verschollener Zweig der Königsfamilie«, schlug Lila vor, »und lassen uns dann von vorn und hinten bedienen.«

»Damit sind die karierten Bermudashorts vermutlich gestorben. Und das Hawaii-Hemd mit den Palmen, und die Kamera um den Hals.«

»Nicht zu vergessen der weiße Gürtel. Es liegt doch immer an den Accessoires, ob man glaubwürdig wirkt oder nicht.«

Es hatte soviel Spaß gemacht, diese Reise zu planen. Ihre Hoffnungen, das fühlt sie, sind immens.

Die Konferenz ist natürlich ein kleiner Schatten in der Vision. »Ein paar Leute sind da, die ich gerne treffen will«, sagte Tom, »und einmal muß ich mich dort mindestens sehen lassen, aber bei der erstbesten Gelegenheit gehe ich wieder.« Natürlich versteht Lila, daß man einen solchen Luxus wie Zeit bezahlen muß, und das klingt zumindest nach relativ geringen Kosten.

Sie begreift auch, daß Tom normalerweise, wenn er allein wäre, die Konferenz genießen würde. Sie ist genau auf ihn zugeschnitten und gibt ihm Gelegenheit, Kollegen aus aller Welt zu treffen oder wiederzutreffen, neue Wirtschaftstheorien und neu entstehende Bewegungen zu diskutieren, ein paar Zusammenhänge der Katastrophen zu begreifen, die er heute nur noch im Fernsehen verfolgt. Das beste an einer solchen Veranstaltung ist, und das kennt sie selbst, wenn die Delegierten in den Hotelzimmern und Bars herumhängen, Geschichten und Fragen austauschen, von Projekten und Plänen hören, die einen wirklichen Einblick vermitteln.

Er vermißt es immer noch, dem Tagesgeschehen so nahe zu sein. Manchmal sagte er zu ihr: »Ich war ganz nah dran. Ich konnte sogar ein bißchen was bewegen.« Er war zunächst Historiker, bewarb sich dann für ein Regierungsamt und war in seiner zweiten Amtszeit ein junger, gelegentlich rebellischer Minister im Kabinett, der hauptsächlich mit außenpolitischen Aufgaben betraut war. Sein Problem mit den Programmen und der Durchsetzung sowohl nationaler als auch internationaler Politik war offenbar sein zu großes Engagement, und sein eloquentes, aber sehr ungeduldiges Verlangen, etwas zu erreichen. Ab und zu las Lila etwas über ihn in der Zeitung. Dem Namen nach kannte sie ihn, als sie sich begegneten.

Manchmal, wenn sie zusammen die Nachrichten im Fernsehen anschauen, zeigt er noch auf irgendeinen ausländischen Politiker. »Das Arschloch hat keine Ahnung. Er denkt, er hat alles im Griff, aber du wirst sehen, sobald die Typen, die ihn dort hingebracht haben, ihr Geld gemacht haben und auf und davon sind, ist er weg vom Fenster.« Und oft stimmt es ja, daß unantastbar scheinende Präsidenten oder Premierminister einfach verschwinden, manchmal sogar von der Erde.

Lila ist beeindruckt, sogar ziemlich begeistert, wenn er solche Ereignisse vorhersagt. Nicht daß sie die dazugehörigen Umstürze und Blutbäder nicht bedauern würde, aber Insiderwissen ist zweifellos erfrischend.

Zugegebenermaßen empfand Tom das ebenso, es machte ihm auch Spaß, auf der innenpolitischen Bühne mitzuspielen. »Abkommen und Bündnisse vorherzusehen ist wie Schach«, sagte er, »außer daß man hin und wieder daran erinnert wurde, daß es kein Spiel war, und die Schachzüge reale Auswirkungen hatten. Und es gab auch manchmal Leute, die alle guten Absichten vergaßen und zu reinen Taktikern wurden und schließlich völlig durchdrehten. Auf jeden Fall war es eine gute Lehre, um zu erkennen, wann man aufhören muß.«

Es war allerdings nicht Toms Entscheidung gewesen, aufzuhören. Die Wähler trafen diese Enscheidung für ihn und für seine Partei, sie entließen beide, und im Verlauf eines Wahltages und einer Nacht mit Stimmenauszählen wurde er wieder zum Historiker.

Diesmal allerdings ein ziemlich geschätzter. Für die Universität war es ein kleiner Triumph, einen Mann zu ködern, der sowohl akademisches als auch politisches Ansehen besaß. Gelegentlich schreibt Tom auch für Magazine und Zeitungen erfrischende Analysen über den einen oder anderen Handelskrieg oder sonstige Schweinereien, und soweit Lila weiß, genießt er bei einigen ergebenen Erstsemestern Ansehen und sogar Ruhm. Dennoch bemerkte er kürzlich traurig: »Was man in der Vergangenheit geleistet hat, wird heutzutage selten gesehen. Man muß immer am Ball bleiben, damit man überhaupt eine Zukunft hat.«

Sie vermutet, daß die Konferenz ein Teil dieses Am-Ball-bleibens ist. Welches Opfer bringt er also wirklich, wenn er statt dessen fast zwei Wochen mit ihr verbringt?

Sie werden ein Auto mieten und über Landstraßen fahren, die Gegend auskundschaften und bleiben, wo es ihnen gefällt, hin und wieder spazierengehen, sich in sonderbaren, fremden Betten zusammenrollen, zusammen in Pubs und an Meeresküsten sitzen. Sie werden Bild für Bild des gemeinsam Gesehenen sammeln, um es mit nach Hause zu nehmen.

Sie wird nicht – keinen Augenblick – an die Rückkehr denken.

Er wird kleine Geschenke für seine Frau und seine beiden erwachsenen Töchter besorgen müssen, und für seinen kleinen Enkel. Dann wird Lila eine Weile allein herumwandern.

Toms Frau, Dorothy, hat einen Laden für Kunsthandwerk. Lila hat wenig Interesse an Kunsthandwerk und hat noch nie einen Fuß in den Laden gesetzt. Aber in akademischen Kreisen gibt es keine Möglichkeit, sich aus dem Weg zu gehen. Unvermeidlicherweise haben sie einander alle bei denselben notwendigen Empfängen getroffen, aber Lila achtet darauf, immer schnell in die andere Richtung zu verschwinden. Tom erzählte, daß seine Frau, die aus der Entfernung ganz nett aussieht, den Laden aufmachte, als ihre Töchter in der High-School und er in der Politik war. Sie verkauft dort offenbar Dinge wie Filzlappen, Keramik-Schnickschnack, Garnrollen für Teppiche oder Puppenhaare, solche Sachen.

»Sie war einsam und sie haßte die Politik. Eine Zeitlang war sie schwer depressiv. Du kennst die Phase; ich glaube es ist normal, besonders bei Frauen.« Nein, Lila kennt die Phase nicht; warum glaubt er das? Aber sie nickte.

»Verständlich«, fuhr er fort, »aber trotzdem. Ich fand es bewundernswert, wie sie sich da selbst herausgezogen hat. Ich habe versucht, ihr zu helfen, aber ich war nicht sehr erfolgreich. Jetzt kenne ich sie manchmal gar nicht mehr. Sie ist wirklich besessen von dem, was sie tut. Und eine ziemlich gute Geschäftsfrau, wie sich herausstellt.«

Könnte irgendwas noch offensichtlicher sein? Ein Nachlassen der Aufmerksamkeit, auseinanderlaufende Interessen, eine verwirrende, bestürzende Fremdheit in der früher vertrauten Luft?

Tut es was zur Sache, daß es so offensichtlich ist? Solche Dinge geschehen, das Leben geht weiter. Manche Ereignisse und Veränderungen sind unergründlicher als andere, und dies hier ist eben nicht unergründlich, das ist alles.

Gut für Toms Frau, findet Lila. Sie würde ihr nichts Schlechtes wünschen. Sie stellt sich einen hübschen Handwerker vor, der eines Tages auf der Suche nach einem Garn oder irgendeinem Keramik-Schnickschnack in den Laden kommt, und von dem Toms Frau einfach hin und weg ist.

Oh, Lila sucht nach Liebe, in welcher Form auch immer. Ihre und Toms natürlich eingeschlossen. Sie zwickt ihn in den Oberschenkel, und er wendet sich ihr zu und lächelt.

Piloten sollten besser eine Stimmausbildung machen, wenn ihre Stimme über die Lautsprecheranlage so hoch und quäkig klingt. Selbst bei dem üblichen Flughöhe-Wetter-Ankunftszeit-wünschen-Ihnen-einen-angenehmen-Flug-Spruch klingt dieser Mensch unsicher; als sei er so überrascht wie einer der Brüder Wright, daß er es am Ende doch so hoch hinauf geschafft hat.

»Ach du liebes bißchen«, sagt Lila, und Tom lächelt. Nach so langer Zeit verstehen sie ziemlich viel ohne Worte.

Aber selbst nach so langer Zeit gibt es auch ziemlich viel, was sie nicht verstehen, mit Worten oder ohne. Eigentlich müßte man jedes Wort mit äußerster Sorgfalt wählen. Und dann sicherstellen, daß es so verstanden wird, wie es gemeint war. Aber das geht nicht von selbst, und sich ernsthaft darum zu bemühen, ist im Grunde zu anstrengend.

Kein Wunder, daß es Kriege gibt und Streitereien unter Nachbarn. Es ist eine schwierige Aufgabe.

Aber Lila liebt beides: Worte und Tom, und kümmert sich nicht um die Unvollkommenheiten und Begrenzungen. Vollkommenheit wäre sowieso lästig, allein die Vorstellung! »Ich liebe dich«, sagt Lila und wieder lächelt Tom, als wüßte er genau, was sie meint.

Die Stewardeß sieht wesentlich vertrauenerweckender aus als der Pilot klingt. Sie beginnt mit ihrer Pantomime, bei der sie Fluchtwege und Verhaltensmaßregeln für den Katastrophenfall aufzeigt. Ihre Gesten sind so extrem, daß sie die Chancen einer Katastrophe winzig und nahezu absurd erscheinen lassen. Dennoch gelingt es Lila nie, so oft sie auch fliegt, nicht hinzusehen, nicht mit den Augen zu verfolgen, von wo aus genau die Sauerstoffmasken herunterfallen würden, wohin die Fluchtlinien in den Gängen führen, wo die Notausgänge sind und wer dort sitzt.

Außerdem kommt es ihr gemein vor, die Anstrengung dieser Darbietung zu ignorieren, wie es viele tun. Selbst ein schlechtes Stück verdient ein wenig Aufmerksamkeit; obwohl Tom, der sich bückt und in seiner Aktentasche herumwühlt, nicht ihrer Meinung zu sein scheint.

Er zieht eines der Arbeitsblätter der Konferenz hervor, aber das ist in Ordnung. Er hatte sie schon gewarnt, daß er ein bißchen Zeit zur Vorbereitung brauchen würde. Und sie hat den *New Yorker*, der in ihrer Tasche unter dem Vordersitz auf sie wartet. Für sie ist es Luxus, keine Arbeit mit sich herumzuschleppen. Es ist sowieso Luxus, daß sie und Tom soviel Zeit zusammen haben, darum können sie ruhig einen Teil davon mit unterschiedlichen Beschäftigungen verbringen, wie richtige Paare.

Da dies ein Ferientag ist, weigert sie sich, sich mit diesem Gedanken noch länger aufzuhalten.

Der Mann, der auf dem Fensterplatz bei dem nächsten Notausgang sitzt, wirkt aus der Entfernung von drei Sitzreihen furchtbar groß und dick. Das könnte gut oder schlecht sein: er könnte stark genug sein, um die Tür schnell aufzukriegen; er könnte aber auch ein sperriges Hindernis sein, wenn er im Weg steht.

Das genau ist Lilas geistiges Makramee, eine vergnüglich schaurige Beschäftigung, so wie sich um Mitternacht einen billigen Horrorfilm anzusehen.

Es ist erstaunlich, daß sich ein so dicker Mann einen Fensterplatz ausgesucht hat. Er müßte sich eigentlich eingeengt fühlen. Selbst Tom, der kein Riese ist, zieht einen Gangplatz vor, damit er die Beine ausstrecken kann. Lila sitzt gefügig neben ihm auf dem Mittelplatz, obwohl sie lieber den leeren Fensterplatz hätte. Diese Zugeständnisse und Kompromisse sind nach mehr als fünf Jahren ganz selbstverständlich.

Es ist sonnig hier oben über den Wolken. Erfrischend. »Schau«, sagt sie und stößt ihn an. »Es ist wie ein anderes Universum, nicht? So abgetrennt. Eine vorübergehende Unwirklichkeit, denke ich immer. Geschenkte Zeit.«

Im Hörsaal klingt sie nie so wirr; auch nicht bei Sitzungen oder bei Gesprächen mit Patsy oder Nell. Aber mit Tom verfällt sie immer öfter in eine seltsame, beunruhigende, abgehackte Unartikuliertheit. Es könnte aber auch einfach sein, daß das allen Leuten passiert, die so lange zusammen sind: die Konzentration läßt nach, die Aufmerksamkeit leiert aus wie ein altes Gummiband.

Oder es ist eine Art Untalent, eine Fehlbegabung, die sie kultiviert, als sei sie ein falsch gepolter Alchimist, der goldene Gedanken in bleierne Worte verwandelt. Sie würde ihn gern danach fragen, zumal die Vorstellung sie amüsiert und ihm auch gefallen könnte.

Am Anfang haben sie stundenlang geredet, sprangen von Thema

zu Thema, als seien es Steine in einem Fluß, den sie überqueren wollten.

»Ja«, sagt er. »Geschenkte Zeit auf jeden Fall.« Er berührt ihre Hand. Es ist also okay.

»Auf was freust du dich am meisten?«

»Auf dich natürlich.« Er lächelt. »Einfach mit dir zusammenzusein.«

Weiß er, von der Erholung mal ganz abgesehen, wie nötig sie diese Tage haben? Obwohl sie auch Hürden sieht. Beim Planen und Packen hat sie sie nicht ganz berücksichtigt. Ganz ruhig, Lila. Vermutlich sind es zum Teil die Nerven. Natürlich waren sie auch früher schon mal zusammen verreist, aber noch nie so weit und so lange. Diese zwei Wochen sind ein Versprechen, aber auch ein Test.

Vor drei Jahren war Lila das letzte Mal in England. Damals fuhr sie allein zu einer langweiligen, aber notwendigen Konferenz, bei der es um didaktische Fragen der Literaturwissenschaft ging. Sie fand im Norden Englands statt, in Leeds, und dauerte nur eine Woche. Es ist ein angenehm leichtes Gefühl, so weit weg vom Alltag zu sein, was immer das ist; man kann zurückblicken – natürlich vermißte sie Tom –, aber man ist befreit von der Verbindung.

In dieser Woche holte sie sich einen ziemlich attraktiven, leidenschaftlichen Mann ins Bett. Das, so fand sie damals, hatte mit der Entfernung zu tun, mit Experiment, Verspieltheit, Zufallsvergnügen. Es hatte mit ihr zu tun, nicht mit Tom, oder, genauer gesagt, mit Liebe, nicht mit Treue. Der Mann war vierzig, ein paar interessante Jahre jünger als Lila. Er war ebenfalls auf der Konferenz, aber seine akademischen Interessen lagen woanders, er bevorzugte bestimmte französische Sprach-Philosophen. Sie glaubt, deren Theorien genügend zu kennen, findet sie aber im großen und ganzen langweilig und unschön.

Pauls Ideen – er hieß Paul – waren es nicht, was sie reizte. Was sie reizte, war, daß er Phantasie hatte, ein Fremder war, und sich zu ihr hingezogen fühlte. Nach seinen Gründen zu fragen, sah sie keinen

Anlaß. Er erwähnte sein Alter so oft, als habe er Probleme damit, vierzig zu sein. Sie genoß es, seine großen Hände und seinen Bart auf ihrer Haut zu spüren. Sie findet, daß es manchmal eine besondere Großzügigkeit oder Hemmungslosigkeit bei Liebhabern gibt, die vor allem fremd sind; die wissen, daß sie nichts beweisen müssen.

Diese Art Erlebnis, ihr von anderen, früheren Reisen und Konferenzen nicht unbekannt, ist in jeder Hinsicht herrlich: so ganz im leeren Raum, freies Verlangen. Für Paul natürlich auch. Am Ende, als sie beide in ihre Heimatorte aufbrachen – er war im Süden Englands zu Hause, wo er eine Frau und zwei kleine Kinder hatte – fanden beide, daß es herrlich gewesen war und in wunderbarer Erinnerung bleiben würde. Sie verabschiedeten sich voneinander mit einem leidenschaftlichen und dankbaren Lächeln.

Ist so etwas herzlos? Für Lila ist es eher wie ein guter Film oder ein gutes Buch: Ein besonderes Ereignis, und wenn es Auswirkungen hat, dann vor allem wohltuende, die dem Leben Farbe, Erfahrung und sogar Tiefe verleihen.

Tom hätte dem wohl nicht unbedingt zugestimmt: »War's schön?« fragte er, als sie zurückkam. »Du hast mir sehr gefehlt.« Sie fielen ins Bett. Seine Haut war weich. Sehnsüchte nach Bart oder einem strafferem Körper verspürte sie nicht.

»Erzähl mir alles«, sagte er. Statt dessen erzählte sie es Patsy und Nell. Also bedeutete es doch etwas: eines der letzten, gierigen Abenteuer.

Sie überlegt manchmal, wie es Paul jetzt geht, und was er macht, ob er immer noch einen Bart hat, noch schlank ist, ob er aus einer Konferenz immer noch soviel wie möglich herausholt. Einige seiner literarischen Theorien kommen aus der Mode, und wenn er sich nicht anpaßt, wird er – zumindest in der akademischen Welt – plötzlich auf traurige Weise alt.

Lieber Tom. Er würde sie vermutlich für treulos halten; obwohl er sich selbst nicht so sieht, wenn er jede Nacht zur seiner Kunsthandwerkerin nach Hause geht.

Die Stewardeß kommt mit ihrem klappernden Rollwägelchen. Sie sieht aus wie Anfang zwanzig; etwa so alt wie Toms Töchter. »Was hättest du gemacht, wenn eine deiner Töchter Stewardeß hätte werden wollen?« Lila deutet mit dem Kopf auf die junge Frau, deren Name, dem Schild an ihrem militärblauen Busen zufolge, Sheila ist. Blaues Jackett, sittsamer, dazu passender blauer Rock bis zu den Knien, blaßgelbe Bluse – spießige Farben, aufgelockert durch ein lebhaftes rotes Tuch an ihrem Hals. Wieviele Experten haben wohl wieviele Stunden lang getagt, um sich diese Uniform auszudenken, die äußerste Zuverlässigkeit, aber auch einen Funken Extravaganz vermittelt?

Lilas eigener Sitzungserfahrung nach viele, viele Stunden.

»Die Wahrheit?« Tom sieht sie ernst an. »Ich wäre enttäuscht gewesen. Außer es wäre nur vorübergehend, um zu reisen oder die Welt zu sehen. Aber nicht als Beruf.« Eine seiner Töchter ist verheiratet und Hausfrau und Mutter; die andere hat Mathematik studiert. »Die Vorstellung, daß sie ihren Lebensunterhalt damit verdienen, Leute wie mich zu bedienen und zu lächeln, würde mir nicht gefallen.« Er grinst. »Aber ich erwarte nicht, daß meine Meinung sie auch nur im mindesten beeinflußt hätte. Sie haben immer gemacht, was sie wollten.«

Genau wie ihr Vater.

»Etwas zu trinken, Sir?«

»Scotch mit Wasser, bitte. Und für die Dame auch einen.« Lila prustet los – die Dame! Aber Toms Sinn für Humor kann unberechenbar sein, und er wirkt kurz verletzt. »Entschuldige. Bestell was du willst. Ich trinke deinen Scotch.«

»Nein, nein, schon gut. Genau richtig.« Sie nimmt einen Schluck, um Bereitwilligkeit und Wohlwollen zu demonstrieren.

Sie lernten sich kennen, als er sich ihr nach einer langen und ermüdenden Sitzung des Senats der Universität, in der es hauptsächlich um Beschäftigungspolitk ging, vorstellte. Sie wußte nur, daß Tom zu den älteren, gereizten Männern gehörte, die sich über die Mißstände beklagten.

»Ich habe Sie beobachtet«, sagte er. »Sie sind offensichtlich sehr temperamentvoll, aber Sie zeigen es nicht, und beim Sprechen bleiben Sie ruhig und sachlich. Sie haben mich davor bewahrt, mich zu blamieren. Im Ernst, eine Zeitlang dachte ich, ich müßte aufstehen und brüllen, rausrennen. Was denken diese Typen eigentlich, in welchem Jahrhundert sie leben? Wofür halten die sich, was glauben Sie?«

Ihre Überraschung muß sichtbar gewesen sein, denn er runzelte die Stirn ein wenig, bevor er grinste. Sie liebt den schnellen Wechsel seines Gesichtsausdrucks; aber manchmal hat sie dieser schnelle Wechsel auch angestrengt. »Sie dachten, Sie wissen, worum es geht, stimmt's?« fragte er. »Tja, Sie haben unrecht. Ich habe meinen Job verdient, und ich bin sehr gut in meinem Beruf. Eins wundert mich bei diesen Typen: haben sie Angst, daß sie nicht gut genug sind, um ein bißchen Wettbewerb auszuhalten? So ein Blödsinn!«

Er hatte ihren Ellbogen berührt, um auf sich aufmerksam zu machen, als er sich vorstellte. Er neigte sich ihr leicht zu, während er sprach, aber nicht so nah, daß es aufdringlich war. Sie sagten ihre Namen, als wüßten sie nicht, wer der andere sei. Sie gingen zusammen ins Café der Fakultät. Als sie Drinks bestellten, sagte er anerkennend: »Nicht viele Frauen mögen Scotch. Warum eigentlich nicht?«

»Für die meisten von uns wahrscheinlich zu geschäftsmäßig, zu sehr … Nadelstreifen, Wirtschaftswelt. Im Grunde sitzen wir lieber im Nachthemd herum, trinken Wein und essen Schokolade, das ist unsere Vorstellung von Vergnügen.«

»Aber Ihre nicht?«

»Oh, doch, meine auch, auf jeden Fall. Das hier«, und sie wedelte mit ihrem Scotch, »ist nur, wenn es keine Schokolade gibt, und ein Nachthemd nicht in Frage kommt.«

Wenn er furchtbar attraktiv gewesen wäre oder erkennbar auf Freiersfüßen, hätte sie das mit den Nachthemd vielleicht nicht gesagt. Selbst vor fünf Jahren war Tom nichts davon: weder furchtbar attraktiv und ganz bestimmt nicht erkennbar auf Freiersfüßen. Schon damals hatte er schüttere Haare und einen Bauchansatz. Aber die Falten um die Augen und den Mund kamen vom Lachen und

Nachdenken; sein Körper strahlte Leidenschaft aus, gepaart mit Intellekt.

Manchmal hatte Lila einen Verbündeten oder einen Freund auf Anhieb erkannt. Manchmal auch einen Liebhaber, aber diesmal nicht.

»Sind Sie in festen Händen?« fragte er.

»Nicht mehr.«

»Erzählen Sie. Aber erst hole ich noch was zu trinken.«

Sie war zweiundvierzig. Sie liebte ein paar Freunde und Verwandte. Hin und wieder konnte sie sich für einen Studenten oder einen Gedanken begeistern, aber sie verbrachte so viel Zeit mit so vielen Kollegen, daß Vertrautheit meistens, mit Ausnahme von Patsy und Nell, Desinteresse und Geringschätzung gewichen war. Sie studierte und forschte, schrieb Berichte und zwei kritische Bücher über ihr Fachgebiet, nordamerikanische Schriftstellerinnen in der ersten Hälfte des zwanzigsten Jahrhunderts. Die Leute sagten dann gern: »Ach ja, Virginia Woolf«, als sei das alles, was es da gäbe, als ob Ethel Wilson oder Mary McCarthy oder Sara Jeannette Duncan oder Zora Neale Hurston nie eine Zeile geschrieben hätten oder auch Zelda Fitzgerald und nicht nur Scott.

Regelmäßig suchte sie in den Reihen von verwirrten Studenten nach Gesichtern, die sie zum Strahlen bringen könnte. Von ihrer Zunge perlten Wörter und herrliche Sätze, die danach Ausschau hielten, wo sie vielleicht landen könnten.

»Komm und bleibe in meinem Herzen«, rezitierte sie, »wer immer du bist, und ein ganzer Fluß würde deine Füße umspülen und höher steigen und deine Knie umsprudeln und dich zu sich hinabziehen, deinen ganzen Körper, auch dein Herz.« Einmal sagte sie diese Worte von Eudora Welty auch zu Tom; um auch ihm damit etwas zu sagen.

Sie fühlte sich in den mittleren Jahren, als sie sich begegneten, nicht schön, das war sie genaugenommen nie, aber wie jemand, der gut altern konnte. Sie betrachtete ihre Vergangenheit als lebendig und ereignisreich und, im Gegensatz zu vielen anderen, nicht als tragisch. Wenn sie in den Spiegel sah, konnte sie nicht genau sagen, wie sie sich veränderte oder verändern würde, außer daß ihr Haar da und dort grau wurde. Ihre großen, blassen, blaugrauen Augen waren ihrer Ansicht nach das Schönste an ihr. Sie erweckten noch immer den Eindruck von Unschuld, aber sie konnte nicht damit rechnen, daß das so bleiben würde. Irgendwann würde sich die Erfahrung in ihrem Blick zeigen. Oder sie würde eine Brille brauchen.

Und dann Tom.

»Erzählen Sie«, wiederholte Tom, als er mit den Drinks zurückkam. Der Tisch war klein und rund. Seine Hände umfaßten das Glas. Auf seinen Knöcheln wuchsen einige braune Härchen. Seine langen Finger schienen tüchtig.

»Mein letzter Liebhaber«, begann sie, »hatte fette, scheußliche Wurstfinger.«

Sein feierlicher, aufmerksamer Gesichtsausdruck brach zusammen.

»Nein, wirklich«, protestierte sie, auch lachend, »ich konnte mir vorstellen, wie ich in einem großen Tweedmantel mit geblümtem Tuch und Dauerwelle, mit dem Einkaufskorb an der Theke in der Metzgerei stehe, auf ein Tablett mit Geoffs Fingern zeige und sage: ›Ich nehme diese da, die lassen sich bestimmt gut braten.‹«

Das war natürlich, als es mit Geoff schon fast vorbei war.

»Mein Gott, ihr Frauen.« Tom lachte immer noch. »Ihr seid grausam.«

»Ja«, sagte sie. »Das können wir sein.«

Fünf Jahre später sitzt sie mit diesem lachenden Mann hier im Flugzeug. Das erscheint ihr immer noch wie ein Wunder.

Zwei Dinge mag Lila am Fliegen. Das eine ist, daß es eigentlich eine Nicht-Erfahrung ist, nur eine Brücke zwischen einem Ereignis und einem anderen, aber an sich fast nichts. Das andere ist, daß ihr Leben eine kurze Zeit nicht in ihrer Hand liegt. Es hat nicht viel Sinn, zu überlegen, in wessen Händen es liegt, und ob diese Hände nervös oder ruhig sind oder jemandem gehören, den sie so sehr mag, um ihn, sagen wir mal, nach Hause einzuladen. Sie ist sehr wählerisch, wer ihr Haus betreten darf.

Natürlich hätte sie es nicht gern, ihr Leben andauernd aus der Hand zu geben, aber diese Gelegenheiten, bei denen es sein muß, sind entspannend. Auf eine losgelöste Art fast ein Segen.

»Hast du schon mal Sex im Flugzeug gehabt?« fragt sie träge.

Sie liebt es, wie sich seine Lippen und seine Augenfältchen in die Breite ziehen. »Nein, nie. Du?«

»Nein, aber ich frage mich, wie das geht. Bei so vielen Passagieren geht es eigentlich nur im Waschraum, oder? Aber ich weiß, daß es Leute schon geschafft haben.«

»Willst du es versuchen?«

Manchmal verfangen sie sich in einem Netz von gegenseitigen Herausforderungen, das keiner als erster verlassen will; auf diese Weise haben sie sich in einigen kühnen und schändlichen Positionen wiedergefunden. Knutschen auf Parkplätzen nach späten Fakultätssitzungen bis die Windschutzscheiben beschlugen, o Gott! Es ist kaum zu glauben, daß sie niemand bemerkt hat, aber sie bestehen darauf, es zu glauben.

»Ist das eine Aufforderung? Eine Einladung?«

Tom blickt, wie Lila findet, etwas nervös nach hinten. Und sie bemerkt auch die Erleichterung in seiner Stimme, als er sagt: »Oje, schade. Die Leute stehen Schlange vor den Toiletten.«

»Verdammt. Gerade kriege ich Lust.«

»Warte bis heute Abend. Und morgen, und die Nacht danach. Am Ende dieser Reise wirst du eine müde alte Frau sein und mußt im Rollstuhl ins Flugzeug zurückgeschoben werden.«

»Und du wirst auf der Bahre liegen, du Angeber. Geschient.«

Lila kann sich nicht mehr vorstellen, was sie ohne ihn machen würde. Wenn sie daran denkt, wird ihr Gehirn leer, und sie ist eine Frau, deren Gehirn gewöhnlich immer mit etwas beschäftigt ist. Es ist wirklich erschreckend, daß sich aus der ursprünglichen Zuneigung und dem daraus folgenden Verlangen womöglich eine Abhängigkeit entwickelt hat.

Kein Wunder, daß sie bei dem Versuch freizukommen manchmal strampelt, wild um sich schlägt und dabei gelegentlich auch Schaden anrichtet. Der Gedanke, daß dies zu den Gefühlen gehören könnte, die man Liebe nennt, gruselt sie.

»O Gott«, sagt sie und streckt sich. »Man könnte sich totlachen.«

»Über uns?«

»Was sonst?«

Verglichen mit ihnen beiden ist es überhaupt nicht zum Fürchten, in der Hand eines Fremden zu fliegen.

»Mein Hintern tut weh«, sagt er und bewegt sich ebenfalls. »Rede mit mir. Mach, daß die Stunden so leicht und schnell dahinfliegen wie dieses Flugzeug.«

»Mein Mann mit der goldenen Zunge.«

»Das nehmen wir später auch noch durch.«

Wer würde nicht abhängig werden von einem Mann mit Lach- und Denkfalten um Augen und Mund, der sagt: »Rede mit mir«, und dann mehr oder weniger zuhört? Diesem Mann, der jetzt mit seinen langen, schönen Fingern den Rhythmus künftiger glücklicher Stunden auf ihren Schenkel trommelt.

2

Tom ist nicht der einzige, dessen Hintern in diesen engen Sitzen aus falschem Tweed weh tut. In der Businessclass hätten sie sich beide ausstrecken und ausbreiten können.

Egal. In nur wenigen Stunden wird sie sich in jede vorstellbare Richtung ausstrecken können.

Diese Geduld hat Lila in den vergangenen fünf Jahren gelernt, und diese Zurückhaltung – sie wundert sich manchmal immer noch darüber. Sie hätte schließlich für Bequemlichkeit kämpfen können, sie hätte eine Auseinandersetzung riskieren können über Vorrechte und Ansprüche an Tom und sein Geld. Ist das wieder eine von den beunruhigenden Definitionen der Liebe? Daß man in kleinen Dingen nachgibt?

Kleine Dinge häufen sich, verbinden sich zu großen, steinharten Mißständen.

Sie hat fast vergessen, wie man sich fühlt, wenn man ohne Angst mit einem Liebhaber in ein Restaurant essen geht oder offen durch die Straßen spaziert, in eine Galerie, ins Kino, ins Theater geht, ohne ständig auf der Hut zu sein. Sie leidet sehr darunter, auch wenn Tom darauf besteht, daß es ihm genauso geht. »Ich mag es genauso wenig wie du«, versichert er, und sie weiß, daß er es in gewissen Grenzen auch so meint.

In den nächsten zwei Wochen können sie sich in Restaurants frei bewegen, sich umarmen, wann immer sie wollen, überall hingehen, ohne sich umschauen zu müssen. Sie sind schon zusammen im Flugzeug, es hat schon angefangen. Was ist dagegen ein bißchen Unbequemlichkeit?

Wenn diese Reise vorbei ist, werden sie sich dann überhaupt noch so wie früher verhalten können?

Sie weiß, daß ihre Klagen nicht mit großer Sympathie aufgenommen werden.

Wie jedermann hat sie gelegentlich Talkshows gesehen und kennt das Drehbuch für solche Fälle: »Wir haben schwere Zeiten durchgemacht«, erzählt ein Paar den Fernsehkameras und einem Millionenpublikum zum Thema Untreue und Vertrauensbeweise. »Wir versuchen, es wieder auf die Reihe zu kriegen. Wir gehen in eine Beratung, wir geben uns Mühe.«

»Es tut mir so leid«, sagt der untreue Partner mit Nachdruck, reuig und elend und schuldig. »Ich bin dankbar, daß sie bereit ist, uns eine Chance zu geben. Ich habe meine Lektion gelernt. Ich hoffe, sie kann mir verzeihen, und ich kann ihr Vertrauen wiedergewinnen.«

Ein rührendes Bild. Eines, wie Lila immer feststellt, bei dem eine Person fehlt.

»He, halt!« hört sie die anonyme, verlassene, dritte Person schreien und dem Bildschirm mit dem Finger drohen, schwindlig von dem Verrat an ihr. »Was, zum Teufel, ist hier gerade passiert? Noch vor einer Minute war ich ein riesiges, wichtiges Geheimnis, die Liebe seines Lebens, und jetzt bin ich ein Pfennig, der ihm aus der Tasche fällt? Moment mal, bitte!«

Aber da kann man eigentlich nichts machen, nur lachen. Oder aufgeben.

»Worüber lächelst du?« fragt Tom.

»Rede mit mir«, sagt er in freundlichen Zeiten; und in stabilen Zeiten. »Du kannst mir alles sagen.« Na ja, nicht immer.

»Ich habe darüber nachgedacht«, sagt Lila statt dessen, »was die Leute beim anderen suchen. So wie in den Illustrierten-Umfragen, weißt du. Was will die Frau bei einem Mann, was bevorzugen Männer bei Frauen? Frauen sagen immer so was wie Humor, Freundlichkeit, Intelligenz, Zärtlichkeit. Und wahrscheinlich, daß er anständig verdient und einem nicht zur Last fällt. Was würdest du sagen? Wonach würdest du suchen?«

»Bei einer Frau?« Er macht eine Pause, wartet einen Moment.

Grinst. »Riesige Brüste und das Gehirn von der Größe einer Walnuß. Das ist so ziemlich alles. Warum? Was willst du bei einem Mann?«

»Riesiger Penis. Erbsengroßes Gehirn.«

»Ach, Lila!« Sie lachen. »Ich liebe dich unendlich.«

»Das gehört sich auch für einen Mann!«

Da. Darum liebt sie ihn. Genau deswegen: Lachen.

Und Intelligenz, Freundlichkeit und Zärtlichkeit. Und seine Ungeduld. Seine Geduld auch. Sein Einkommen betrifft sie nicht, höchstens, wenn sie bei einem Transatlantikflug auf billigen Plätzen sitzen muß.

Und fairerweise gefällt ihr auch, daß er nicht Dinge sagen kann wie:«Wo warst du?« oder »Ich will nicht, daß du das tust.« Über diese Variante von Liebe kann man viel sagen. Nells zweiter Mann hat auf diese Weise Ärger gemacht. »Ich glaube«, sagte sie zu Patsy und Lila, »ich lasse mich scheiden, damit ich mit euch ins Kino gehen kann, ohne daß es ein Riesentheater gibt. Obwohl man das den Anwälten natürlich nicht so sagen darf.«

Noch andere erfreuliche Bilder: Toms aufmerksam liebendes Gesicht über ihrem, ihre Hände, die seine Wangenknochen streicheln. Er kann im Bett schweben wie ein Hubschrauber, so aufmerksam, daß nur sie beide und der Augenblick existieren.

Ist das überreizt? Stilistisch übertrieben und inhaltlich ziemlich unrealistisch?

Er hat überaus zärtliche Augen, ein sehr dunkles Blau. Wenn er begeistert ist oder auch zornig, werden sie sogar noch dunkler.

Wenn sie in ihrem Garten an einem windstillen heißen Tag Federball spielen, strengen sie sich beide an, zu gewinnen. Sie sind beide Menschen, die gern gewinnen, aber sie lachen auch über ihren Ehrgeiz. Sie benehmen sich wie Kinder; vielleicht ist das auch ihre Absicht oder jedenfalls ihr Thema. Tom schwitzt und zieht sein T-Shirt aus, setzt seinen Kugelbauch mit der schmalen Spur dunkler Haare dem Licht aus. Männer können so etwas einfach machen und sich nichts dabei denken.

Ihr gefällt dieser Bauch, der in ihrer Erinnerung verschiedene Formen annehmen kann. Es ist ein zusätzlicher Körperteil, noch etwas zum Anfassen und sehr liebenswert. Sie hofft, daß es ihm mit ihrem Bauch genauso geht.

Und seinen Penis, seine Finger, seine Zunge betet sie wirklich an. In seinen Händen ist sie vollkommen glücklich, und das kann sie keineswegs von allen Händen sagen, in denen sie gewesen ist.

Wer hätte gedacht, daß ihr unvollkommener Körper mit zweiundvierzig Jahren noch mal in so geschickte Hände gerät? Und daß ihre eigenen Hände (sagt Tom) ebenfalls geschickt sind. Und (sagt Tom) ihre Zunge, ihre Brüste und andere sehr sensible Körperteile. Wer hätte gedacht, daß sie zu einem so fortgeschrittenen Zeitpunkt das Glück haben würde, diesen erfahrenen und geschickten Liebhaber zu finden?

»Fortgeschrittener Zeitpunkt« hat etwas Pikantes, Schwungvolles. Man wird sich der Veränderung und des Verfalls der Körper bewußt, der Tatsache, daß die Zeit davonläuft.

»Komm Lila«, sagt Tom wieder. »Sag's mir.«

Sie grinst noch breiter. »Ich habe gerade daran gedacht, wie gern ich mit dir vögle. Und wie sehr ich mich darauf freue, das ganz oft zu tun.«

»Lila! Die Leute können dich hören!« Aber er lacht ebenfalls. Gefahr reizt ihn, zumindest wenn sie in Sicherheit sind.

Normalerweise muß sie diskreter sein. »Ich schätze«, sagt sie spöttisch versonnen, »es ist in England genauso illegal wie zu Hause, sich die Hosen vom Leib zu reißen, um es in der Öffenlichkeit zu treiben.«

»Nur auf der Straße, wo man die Pferde erschrecken könnte. Aber vielleicht finden wir ein verlassenes Moor, wer weiß, wenn wir suchen.«

»Mein Heathcliff!«

»Meine Cathy!«

Lilas Garten ist kein verlassenes Moor, aber dort draußen haben sie miteinander geschlafen, haben die Gefahren vergessen oder ignoriert. Frische Luft und Gefahr – sehr amüsant, sehr ungestüm. Und wieder einer seiner Vorzüge, denn er fragt: »Weißt du noch, wie wir es im Gras getrieben haben? Das hatte ich vorher noch nie gemacht.«

Es ist etwas Großartiges, daß sie, nur sie beide, eine Vergangenheit haben, die so viele Bilder und Erinnerungen enthält. Lila ist gierig nach gemeinsamen Bildern, vielleicht weil sie sich mit Tom dieser Bilder beraubt fühlt. Heroin für den Süchtigen, Schnaps für einen Alkoholiker, Schokolade für ein Kind – Lila will mehr und mehr und mehr.

»Natürlich. Stickige heiße Nacht und Moskitos. Ich wurde gestochen und hatte Grasflecken am Hintern. Es war wunderbar, einfach wunderbar.«

»Ich hatte die Grasflecken an den Knien. Glaubst du, daß uns einer von deinen Nachbarn gesehen hat? Vielleicht ist einer aufgestanden, um pissen zu gehen und hat aus dem Fenster geguckt. Ich hoffe, daß mein Arsch im Mondlicht gut ausgesehen hat.«

»Dein Arsch *ist* das Mondlicht. Jedenfalls haben sie uns wahrscheinlich eher gehört und waren zu höflich, um etwas zu sagen. Und was könnten sie auch schon sagen? ›Wenn Sie das nächste Mal draußen um Mitternacht solche Orgasmen haben, könnten Sie dann bitte etwas leiser sein, wir müssen arbeiten und brauchen unseren Schlaf!‹«

Ihnen wird schwindlig vom Kichern, wie Kindern in der Pause, die die Köpfe zusammenstecken und Unsinn machen.

Was erwartete sie, als es anfing? Vielleicht hat sie geglaubt, daß sie kühler sein würde, weniger verstrickt, weniger launisch und verletzlich. Oder sie hatte erwartet, daß sie wichtiger für ihn sein würde. Vielleicht hat sie sich vorgestellt, daß sie wichtiger sein würde als alle anderen.

Als ginge es um Maße und Gewichte.

Als ginge es nicht darum.

»Wir nehmen uns besser zusammen«, sagt er. »Sonst schmeißen

sie uns aus dem Flugzeug.« Darüber lachen sie noch mehr: das Bild, wegen schlechten Benehmens hinausgeworfen zu werden, hinausgeschleudert in die kalte Luft und dann hinunter, wenn sie Glück haben, in Fallschirme geschnallt.

»Ich frage mich immer, wie eine nette Englischprofessorin so vulgär sein kann.« Er verwendet das Wort »vulgär«, als sei es etwas Köstliches, als sei es eine dieser Pralinen, die einem Kirschen und Schlagsahne in den Mund spritzen. »Hast du das aus einem Buch?«

»Natürlich. Das und noch ein paar andere Laster.« Das stimmt, Geschichten sind im Leben keineswegs bedeutungslos, egal, wo sie herkommen. Genau wie Fernsehen, vermutet Lila, aber das vielleicht eher für ihre Studenten als für sie. Aber was hereinkommt, kommt irgendwie wieder heraus: nichts wird verschwendet oder geht völlig verloren, weder für einen scharfen Beobachter noch für einen aufgeschlossenen Menschen

Das hat mit Vulgarität wenig zu tun, aber Tom könnte es auf die Nerven gehen, wenn er wüßte, wie genau sie seine Bewegungen oder die Veränderungen seines Tonfalls registriert. Beobachtet zu werden hat ihn manchmal geärgert. Vermutlich fühlt er sich dadurch ausgestellt oder belastet. Ihr ginge es wahrscheinlich ebenso, wenn sie mit plötzlicher Aufmerksamkeit konfrontiert wäre.

Aber ein kluges Kind, und Lila war ein kluges Kind, paßt immer auf, und das ist kein Trick, den man verlernt, auch wenn die Aufmerksamkeit nicht unbedingt zunimmt. Sie kann Spannung erspüren und verborgene Freude oder Sorge identifizieren, was aber nicht besonders dabei hilft, Gründe dafür zu finden oder Methoden, dem abzuhelfen.

»Ich habe praktisch alles, was ich weiß, aus Geschichten gelernt«, erzählt sie ihm. »Aus Büchern oder Filmen.« Vielleicht glaubt er, das beziehe sich nur auf Schöngeistiges, aber das tut es nicht.

Als Kind konnte sie den Ursprung von Spannungen unter den Erwachsenen nicht kennen, aber ein kluges Kind weiß, daß welche da sind und wann sie gefährlich sind. Nicht körperlich gefährlich für

Lila, nichts ganz Schreckliches, aber dicke Luft, ein geheimnisvoller erwachsener Groll, der das Atmen im Haus erschweren konnte.

Was immer es war, das so etwas auslöste, ein einzelnes dramatisches großes Ereignis oder eine Reihe kleinerer, unverzeihlicher, unvergeßlicher Sünden, weiß Lila auch heute nicht. Aber irgend etwas zwischen ihrer Mutter und ihrem Vater warf ein Schweigen wie eine Glasscheibe zwischen sie.

Geld konnte es nicht gewesen sein; ihr Vater war in einer Bank für die Abteilung Kredit und Hypotheken zuständig und verdiente sicher ausreichend. Auch keine andere Frau oder Frauen; er war zu regelmäßig im Haus, wenn er nicht arbeitete. Ein anderer Mann? Bestimmt nicht. Auch an ihrer Mutter konnte es nicht liegen. Sie war eine Frau, die ihr Leben guten Taten weihte, wenn sie auch selbst nicht unbedingt gütig war.

Vielleicht etwas Sexuelles zwischen den beiden? Auf jeden Fall etwas von tiefer Leidenschaft und Geheimnis.

Hätte Lila fragen sollen? Nachdem sie erwachsen war und als Erwachsene hätte fragen können, hätten sie ihr geantwortet?

Wenn sie einander so wenig zu sagen hatten, hatten sie auch übereinander wenig zu sagen. Sie waren auf unterschiedliche Weise grausam, preßten ihr gemeinsames leidenschaftliches Geheimnis fest an sich.

Lila und ihr Bruder Don ertrugen quälende Abendessen, bei denen ihr Vater selten sprach, und ihre Mutter über ihren Alltag und über Lilas und Dons Leben mit einer so falschen, hohen Stimme plapperte, daß Lila nach dem Essen die Zähne weh tun konnten.

Abends kamen ihre Eltern einzeln an ihr Bett, um ihr gute Nacht zu sagen, und gingen dann zu Don. Ihr Vater beugte sich herunter, um sie auf die Stirn zu küssen; ihre Mutter zog die Bettdecke gerade und klopfte sie mit einem schnellen, effizienten Schlag zurecht. Und was machten sie dann mit dem Rest des Abends ohne Kinder? Lila kann es immer noch nicht ertragen, sich das vorzustellen.

Sie fühlte sich, als würde sie wie ein Seil zwischen ihnen hin und hergezogen. Sie hatte das Gefühl, daß sie und Don die Eltern wie ein Band zusammenhielten. Lebensumstände von Scheidungskindern, so denkt sie heute, werden nicht richtig gewürdigt.

Als die Schule anfing, starrte sie verständnislos Dick und Jane und deren strahlende, aufmunternde Eltern an. In dem Buch *A Childs Garden of Verses* (Ein Garten aus Versen für Kinder) aus dem Bücherregal zu Hause war von Spielarten der Liebe die Rede, die sie nie kennengelernt hatte. Hatten ihre Eltern je Romeo und Julia geähnelt, wie es in ihrer Kinderausgabe von Shakespeare zu lesen war? Sie überlegte, was aus Romeo und Julia geworden wäre, wenn sie weitergelebt hätten. Die bitteren Geheimnisse von *A Girl of the Limberlost* waren ihr eher vertraut, und eine Zeitlang fühlte sie sich bei den schlimmen Dramen der Brontës ganz zu Hause.

Sie las, als sei ihre Familie mehr als nur die Menschen, als sei sie auch eine Ansammlung von Geschichten, die sie nur deshalb nicht begreifen konnte, weil sie noch zu klein war.

Don machte es anders. Er blieb lange draußen und verweigerte jedes Interesse an dicker Luft. Vielleicht brachte er auch Lila mit der Düsterkeit in Verbindung, darum mied er sie ebenso. Aber über all das redet er nicht; oder erträgt es nicht, darüber zu reden. Er und Lila haben außer der Farbe ihrer Augen, der Liebe zu seinen Kindern und einem schrecklichen Ereignis noch immer nicht viel gemeinsam.

Aber er ist zum zweiten Mal verheiratet. Zumindest muß er gelernt haben, daß man nicht stehenbleibt, wenn etwas Unwiederbringliches geschehen ist.

Heute glaubt Lila, daß ihre Eltern den falschen Weg aus Gründen gegangen sind, die nicht sie betreffen; es hatte nur mit Erwachsenen zu tun, nichts mit ihren Kindern. Das kann passieren. Es gibt nichts an der Ehe oder gutgemeinten Versprechen, das davor bewahrt.

Wenn das geschieht, muß man in der Lage sein, sich zu befreien.

»Geht's dir gut?« fragt Tom, und Lila merkt, daß sie ihre Hand an ihren Hals hält, als sei ihr schlecht, was aber nicht der Fall ist.

Sie nickt. »Und dir?«

»Ja, aber ich glaube, ich geh mal aufs Klo. Oder stell mich zumindest an.«

»Übel?«

»Nein, der Scotch. Und die Aufregung. Vorfreude. Scheiße, Lila, du weißt nicht, wie sehr ich mich auf diese Reise gefreut habe.«

Er ist ein so wahnsinnig süßer Mann, daß sie ihn erdrücken könnte.

Wie ist die Atmosphäre in seinem Haus? Schwer von Geheimnissen, von denen Lila sicher das größte ist? Oder herrscht nur eine funktionierende, fahrplanmäßige Unruhe bei zwei vielbeschäftigten, gestreßten Leuten?

Tom hat Geheimnisse nach allen Richtungen. Er verfügt über ein größeres Maß an Privatheit als üblich.

»Du hast kein Vertrauen«, hat er sich des öfteren beklagt. In ihn, meint er. »Vertrau mir«, sagt er. Und sie tut es, so gut sie kann.

Über seine Töchter spricht er frei, wenn schon nicht über seine Frau. Er spricht stolz über sie, als seien sie heilig, und als könne er sie selbst heute noch im Guten wie im Schlechten zu dem formen, was sie sind.

»Aber«, so argumentierte Lila vom unvorteilhaften Standpunkt der Kinderlosen aus, »man kann doch nie sagen, was im Gedächtnis haften bleibt. Du hast keine Ahnung, an was man sich erinnert oder wie oder warum.«

»Ich weiß«, gab er zu, »du hast recht.« Aber sein Herz war nicht dabei.

Was Lila meinte, ist, daß sich zum Beispiel niemand hatte vorstellen können, daß Tante June sich in Lilas Gedächtnis viel tiefer eingraben würde, als angemessen: eine Frau, die schon lange tot war, die nicht einmal eine richtige Tante war und Lila nicht einmal besonders mochte. Hat sie Tom gegenüber Tante June überhaupt je erwähnt? Sie hat ihm so viel erzählt, es ist schwer, alles zu behalten.

In jedem Sommer ihrer Kindheit fuhren ihre Eltern mit Lila und Don hundert Meilen, um eine Woche bei den Eltern ihrer Mutter zu verbringen. Als sie in den Weg einbogen, trat Lilas Großmutter aus dem alten Ziegel-Bauernhaus, die Haare in einem dünnen Zopf um den Kopf geflochten, die Arme ausgebreitet, in einem bedruckten Hauskleid (was ist eigentlich aus Hauskleidern geworden? Dasselbe vermutlich, was aus Hausfrauen geworden ist!), mit einer Schürze davor, das Gesicht von der Hitze ihrer Küche gerötet.

Lila flog vom Rücksitz des Autos in diese Arme. Don stürzte zum Stall mit seinen Heuhaufen und Kätzchen und dem atemberaubenden süßsauren Gerüchen. Später kreuzten sich dann ihre Wege, sie tauschten Plätze und spielten manchmal sogar zusammen, kletterten auf Bäume und Heuhaufen, fingen Frösche, wateten in dem kleinen Fluß.

Jedes Jahr war diese kurze Sommerperiode von der wirklichen Zeit ausgenommen. Der Haushalt wurde von Personen geführt, die noch älter als ihre Eltern waren, und diese alten Leute waren ganz und gar nachsichtig und liebevoll. Lila, die nicht mehr wachsam sein mußte, fieberte vor Erleichterung.

Was Lila an den Besuchen bei Tante June, die eigentlich eine Nachbarin war, gefiel, war, daß Lilas Großmutter ein kleines Picknick einpackte, und sie beide Hand in Hand zusammen losmarschierten, auf dem Pfad durch das Feld, der für das Vieh und die Traktoren benutzt wurde. Ihre Großmutter erklärte ihr die Vögel, zeigte ihr Murmeltierlöcher, sprach mit Lila über Wolkenformationen und verscheuchte die Kühe, die Lila jedes Jahr eine Zeitlang ängstigten, bis sie sich wieder an ihre friedliche, einfältige Neugier gewöhnte.

Wie alt war sie, bevor sie verstand, daß die Kühe zum Schlachten gemästet wurden? Sie weiß, daß sie von da an ihren Großvater mit etwas anderen Augen sah.

Lilas Großmutter, die nach Wäsche, Flieder und Hefe roch, und deren Stimme viele Tonlagen hatte, sagte zu ihr: »Du mußt jetzt lieb sein. Ich weiß, June ist ein bißchen seltsam, aber sie ist meine beste Freundin.« Sie war wahrscheinlich für ihre Großmutter das, was Patsy oder Nell für sie sind, die, soweit Lila weiß, die einzigen Menschen auf der Welt sind, die wissen, wo sich Lila jetzt befindet und wie sie diese zwei Wochen verbringt.

Als June Anfang zwanzig war, wurde ihr Vater von einem Traktor überrollt – »plattgedrückt« sagte Lilas Großmutter –, und ein paar Monate später starb ihre Mutter. »An gebrochenem Herzen.« War das möglich? Es klang schrecklich romantisch.

Wenn Lilas Vater sterben würde, würde das Herz ihrer Mutter nicht brechen, dessen war sich Lila sicher. Das Herz ihrer Mutter schlug mehr für die Nöte anderer und hatte sich ihren eigenen Nöten gegenüber irgendwie verhärtet.

Lila versuchte sich vorzustellen, was mit ihr und Don geschehen würde, wenn entweder ihr Vater oder ihre Mutter stürbe. Wie sie sich fühlen würden. Ihr Kopf wurde leer. Auch Junes Kopf war offenbar mehr oder weniger leer geworden. Sie blieb allein auf ihrem kleinen Stück Land. Aber Lilas Großmutter sagte, daß sie seitdem den Maschinen die Schuld am Tod ihres Vaters und in der Folge auch am Tod ihrer Mutter gab. Und wie eine Mennonitin weigerte sie sich, jemals wieder etwas damit zu tun zu haben. Deshalb fuhr sie nie Auto und hatte keinen elektrischen Herd. Sie hatte einen alten Holzofen und hackte selber das Holz dafür, denn offenbar wollte sie nichts von einer Kettensäge wissen. Sie pflanzte ihr eigenes Gemüse an, und für alles, was sie sonst brauchte, ging sie entweder vier Meilen zu Fuß in die Stadt und zurück, oder Lilas Großeltern oder sonst jemand nahmen Sachen für sie mit. Natürlich gab es keinen Staubsauger, und sie wusch alles mit der Hand und hängte es draußen auf die Wäscheleine.

Sie muß sehr wütend gewesen sein. Ihr Vater war fahrlässig mit den Maschinen umgegangen, ihre Mutter hatte sie nicht genug geliebt, um am Leben zu bleiben. Und offenbar deshalb krempelte June ihr eigenes Leben in einer lächerlich fanatischen Weise um.

Sie hielt auch Ziegen, eine ganz andere und viel unangenehmere Angelegenheit als das Halten von Kühen. Wenn Lila und ihre Großmutter Junes Besitz erreichten, scheuchte ihre Großmutter die Ziegen durch das Gatter und hielt Lilas Hand und den Picknick-Korb gut fest. »Zeig ihnen nicht, daß du Angst hast«, sagte sie. »Sie tun dir nichts, wenn du mutig und selbstsicher aussiehst.« Dies zählt Lila zu den nützlicheren Lektionen, die sie von ihrer Großmutter gelernt hat. Bei den Ziegen funktionierte es allerdings nicht so gut. Sie kamen laut meckernd auf sie zu, stießen und beschnupperten sich gegenseitig und stürmten auf Lila und ihre Großmutter los, die ständig sagte: »Geh jetzt immer weiter, wir sind gleich da« und »Ksch« und »Bleib weg, du blödes Ding«.

Hinter Junes wackliger Veranda und der Fliegentür mit Löchern und Rissen, waren – was sonst? – noch mehr Ziegen: sie lagen in der Küche, trotteten im Wohnzimmer umher, sie ruhten auf Tante Junes Bett, auf den schönen, kaputten alten Quilts. Es gab ein oder zwei Zicklein, die mit der Flasche gezogen wurden oder einen Ziegenbock, der den Rest von Tante Junes Frühstücksteller verzehrte, denn sie stellte das Geschirr einfach auf den Fußboden, um es sauberschlecken zu lassen. Sie sagte, sie und die Ziegen hätten nichts, was sie einander nicht geben könnten; und darum hatte Lilas Großmutter ihr Essen selber mitgebracht.

Trotzdem verkaufte Tante June Milch und Käse und niemand starb daran. Die Männer gingen zwar nicht mit ihr aus, aber sie kauften Ziegen von ihr und schlachteten sie, das einzige, was Tante June nicht selber machte. Lilas Großmutter sagte: »June, es wäre wirklich einfacher für dich, wenn du ihnen keine Namen geben würdest.« Aber das tat sie; kaum waren sie geboren, nannte sie sie irgendwie. Lila erinnert sich, daß June ihr die Ziege vorstellte, die auf dem Bett lag. »Das ist Delilah, sie ist ein nettes kleines Mädchen, genau wie du. Möchtest du sie streicheln?«

Offen gesagt fand Lila, daß June selbst ein bißchen wie eine Ziege aussah: dürr, braun und mit einem Anflug von Schnurrbart. Wie konnte diese Person die beste Freundin ihrer eigenen, anspruchsvollen Großmutter sein?

Aber wenn sich die beiden unterhielten, welche Offenbarungen für ein lauschendes Kind! Wer heiraten würde, wer nicht, wer schwanger war – »in Erwartung« – und wer nicht, wer Streit hatte oder trank oder ein Verhältnis hatte.

Eigentlich süß, daß sie es so nannten: ein Verhältnis haben.

Sie hatten eine bestimmte Vorstellung von dem, was sie »Anstand« nannten. Von dem was Lila mitkriegte, betrachteten sie es als die Grundvoraussetzung zum Beheben fast jedes Problems. Ihrem Urteil nach hatte es weniger mit Regeln zu tun als mit Toleranz: den Leuten Raum geben. Dies war vor allem für June bedeutsam, die gewußt haben muß, daß die Leute sie komisch fanden. Lila, die sich in einer Ecke vor den Ziegen versteckte und ihr Sandwich aß, fand sie auf jeden Fall schräg.

Aber trotzdem glaubt Lila immer noch, daß June und ihre Großmutter recht hatten; wenn ihre Auffassung von Anstand die Basis war, bestand der Rest nur noch aus Kleinigkeiten. Als sie das einmal Tom erklärte, reagierte dieser fast beleidigt: »Ich glaube, daß Politik und Geschichte wirklich mehr ist als das!«

»Das frage ich mich gerade. Eigentlich sind Politik und Geschichte die Kleinigkeiten, aber menschliches Verhalten, Respekt – das ist der eigentliche Trick.« Aber das war kein Thema, bei dem sie lange blieben. Sie und Tom sind nicht unbedingt ein gutes Paar, um über anständiges Verhalten zu diskutieren. Man muß sie nur ansehen.

Andererseits hat Lila ziemlich viel Respekt vor Toms Frau, und das ist sicher wenigstens teilweise anständig. Sie kann behaupten (wenn auch nicht gegenüber Tom, der da empfindlich ist), daß Dorothy eine erwachsene Frau ist, kein bißchen hilflos, die, wenn sie will, sehen kann, was es zu sehen gibt, und selbst entscheiden kann, was sie in gewisser Weise schon getan hat. Sie ist Lila oder Tom in all dem absolut ebenbürtig, in mancher Hinsicht sogar mehr als ebenbürtig.

Wenn man länger darüber nachdenkt, mag das vielleicht etwas trügerisch sein. Zumindest ist es kompliziert; aber es ist auch erfreulich, wie geschmeidig Lilas Denken sein kann. Sie muß darüber lachen.

Wenn sie und Tom in England sind, werden sie dann immer noch bestimmten Themen ausweichen? Allerdings sind manche Themen aus großer Distanz vielleicht weniger interessant oder wichtig. Sie werden beide sehr mit Vergnügen beschäftigt sein, damit, die Zeit zu nützen und gemeinsame Bilder zu schaffen.

Lilas Großmutter sagte, daß sie sehr gerne gereist wäre, es aber nie konnte. Vor June breitete sie all ihre Nöte aus, so wie June die Teller für die Ziegen auf den Boden stellte. Auf diese Weise erfuhr Lila, daß sie manchmal einsam und nicht immer glücklich war. Einmal schenkte ihr Lilas Großvater eine Schachtel Pralinen und das rührte sie so, daß sie fast weinen mußte, als sie es June erzählte. Oder sie weinte aus einem anderen Grund. »Ich bin so müde«, sagte sie.

Wem sonst hätte sie das erzählen können, außer June, die nicht sagte: »Kopf hoch« oder »Aber trotzdem hast du doch sehr viel Glück!« Sie sagte: »Ich weiß.« Und »Ja.« Sie waren Freundinnen. Für Lila war das damals eine Art von Zuneigung, die ihr unvertraut war.

Im Herbst, als Lila zehn oder elf Jahre alt und ihre Familie wieder aus den Ferien zurück war, rutschte June in ihrem Hof aus, schlug mit dem Kopf auf, wurde bewußtlos und brach sich auch noch die Hüfte. Über einen Tag lang lag sie draußen im Regen, bis sie schließlich von einem Mann, der Käse kaufen wollte, gefunden wurde. Ein paar Tage später starb sie im Krankenhaus an Lungenentzündung.

Als ihre Großmutter Lila das am Telefon mitteilte, war ihre Stimme trocken und unsentimental. Lila erschrak vor dem Tod. Jemand, den sie kannte. Sie war wirklich traurig für ihre Großmutter, aber sie war zu jung, um eine echte Vorstellung davon zu haben, was dieses Ereignis bedeutete. »Es tut mir wirklich sehr leid, Oma«, sagte sie. Das waren nicht genug Worte für den Anlaß; sie rang nach mehr und fragte: »Was ist mit den Ziegen?«

Es entstand eine Pause, und als ihre Großmutter wieder sprach, hatte ihre Stimme eine Brüchigkeit, bei der Lila sich schrecklich fühlte. Hatte sie das Falsche gesagt? Oder war ihr unbeholfenes Mitleid nutzlos? »Dein Großvater hat das erledigt. Sie wurden zum Schlachten verkauft. Er hat auch ihr Land gekauft.« Er hatte kaum mehr Ahnung als Lila, warum sich ihre Großmutter darüber ärgerte, und hätte er es gewußt, wie hätte er es verstehen können? Daß er Junes kleinen Besitz aufräumte, erschien ihm freundlich, praktisch und profitabel.

Es kam Lila nicht seltsam vor, daß ihre Großmutter und ihr Großvater nicht die besten Freunde waren. Seltsam war, und das hatte sie sich vorher nie überlegt, daß Erwachsene beste Freunde brauchten, sich bei ihnen anlehnten, sich um sie kümmerten, so gut sie konnten, und um sie trauerten. Ihre Großmutter und June vermittelten Lila auch die erste Ahnung von Frauen, die andere Gesichter hatten und andere Worte sprachen, wenn sie zusammen waren. Wie Lila, Nell und Patsy. Vermutlich hatten Lilas Großmutter und June auch ihre Meinungsverschiedenheiten, genau wie Lila, Nell und Patsy.

Nells bisherige drei Ehen haben die anderen beiden ziemlich erstaunt – was will sie eigentlich? –, und Patsys Scheidung war für alle eine Prüfung. Sie waren beide da, als Lila Geoff kennenlernte, ihren letzten Liebhaber vor Tom. »Weißt du«, sagte Patsy einmal Samstagabends, als sie etwas zusammen tranken, »wenn es darauf ankommt, interessiert er uns einen Dreck. Er mag okay sein, aber uns liegt nur an dir.«

»Wenn er dich also betrügt«, warf Nell ein, »müssen wir ihm sehr, sehr weh tun!« Sie konnten alle lachen, aber in schweren und kritischen Phasen war das immer ein Trost.

Was Lila und Patsy und Nell sich sagen, ist, daß sie am Ende einander haben. »Wir klingen wie Kinder, die Blutsbrüderschaft schwören«, sagte Patsy. »Sollen wir uns schneiden und unser Blut vermischen?«

Nell prustete los. »Wir sind Frauen, verdammt noch mal. Wir müssen uns nicht schneiden, um Blut zu kriegen.«

Alle drei fingen ungefähr zur selben Zeit zu lehren an. Patsy Psychologie, Nell und Lila Englisch. Sie haben sich über die normalen Schwierigkeiten, die man als Frau in einem nicht sehr kollegialen Universitätsbetrieb hat, kennengelernt, durch Bündnisse und kleine Absprachen. Aber bald mochten sie sich und dann vertrauten sie einander. Wie in der Liebe gibt es auch bei Freundschaft die Chemie. Keine von ihnen würde davon träumen, alle ihre Geheimnisse zu erzählen, das wäre lächerlich, aber sie können sich erzählen, was sie wollen.

Deshalb sind Nell und Patsy die einzigen Menschen, die wissen, daß Lila hier ist.

Wenn sie sich auch nicht mehr erinnert, ob sie Tom von June erzählt hat, daß sie ihren Freundinnen von ihr erzählt hat, weiß sie. Unter anderem von Junes außergewöhnlicher Reaktion auf ein paar außergewöhnliche Ereignisse, von der Entscheidung, die sie trotz schwerwiegender Konsequenzen getroffen haben muß. »Und wißt ihr«, sagte Lila, »es sah aus, als könne so was ganz schnell passieren. Es ergab sich einfach. Versteht ihr, was ich meine?«

»Aber«, sagte Nell, »wie du sagst, geht es doch um Konsequenzen, oder? Risiken einzugehen ist leicht, solange du die Folgen tragen kannst.« Aber Nell ist tapferer als Patsy oder Lila, die weder zu der stoischen Hauskleid-Grazie ihrer Großmutter neigt noch zu Junes Gummistiefel-Verschrobenheit.

Tom scheint unfähig, richtig zu begreifen, daß Eltern im allgemeinen, und er im besonderen keine Ahnung von den kleinen zufälligen Augenblicken, dunklen Einflüssen, unverdauten Beobachtungen haben können, die unerwartete, unbeabsichtigte Ängste und Wünsche und Muster in ihren Kindern auslösen. »Ich weiß, daß du wichtig bist«, würde Lila gern sagen, »aber nimm es nicht zu ernst. Nicht alles hat mit den guten Absichten oder dem Engagement der Eltern zu tun.«

»Ich weiß«, würde er antworten. Aber sein Herz wäre immer noch nicht dabei.

Was würde Lilas Großmutter jetzt von ihr halten? Wäre sie enttäuscht, würde sie es mißbilligen oder würde sie Lila noch immer ohne Vorbehalt lieben?

Wäre es nicht nett, wenn Liebe rein bliebe?

»Entschuldige, daß ich so lang gebraucht habe.« Tom, der zurück auf seinen Sitz schlüpft, schreckt sie auf. »Ich bin im Gang hinter der Stewardeß steckengeblieben. Sie wird gleich hier sein. Willst du noch einen Drink?«

Nett, daß er fragt. »Klar. Noch mal Scotch?« Um ihren Kopf frei zu machen; sie hierher zurückzubringen, sie aus der Vergangenheit in die Gegenwart zurückzuschalten. Tom wird dieses Gefühl oft haben, wenn er durch die Drehbücher seiner verschiedenen Leben hüpft: Matineen als Hamlet, Abendvorstellungen als Lear. Welcher Text gehört wohin? Lila kann es mitfühlen.

Als sie von Sheila die Gläser bekommen, fragt er: »Wissen Sie, wo wir sind?« Er muß meinen, über welche Gegend sie gerade fliegen, nicht eigentlich wo sie sind, denn das ist innerhalb einer engen, fliegenden, magischen Silberkugel, die ihn und Lila zu zwei Wochen voller Wunder trägt.

Sheila schaut auf ihre Uhr. »Ich nehme an, daß wir gleich über dem Meer sein werden.«

Lila wünscht sich, er hätte nicht gefragt. Es ist zwar unlogisch, aber Wasser fühlt sich bedrohlicher an als Land, auch wenn sie zehntausend Meter weiter oben sind. Dennoch lauern in einem Ozean seltsam beschaffene, unerkennbare Gestalten, egal wie tief unten es ist. An Land kann man die Kreaturen wenigstens identifizieren.

»Gut.« Tom nickt glücklich. Er empfindet also nicht so. »Wir kommen vorwärts.«

»Ich kann es kaum erwarten.« Lila glaubt, daß jeder in diesem Flugzeug auf ein besonderes Ereignis zusteuert, aber sie und Tom sind in dieser Hinsicht besonders gesegnet, egal, was unter ihnen oder in zwei undenkbaren Wochen vor ihnen liegt.

3

Ein kleines Mädchen auf der anderen Seite des Ganges wird immer quengliger. Das Kind wirkt wie eine mißvergnügte fünfjährige Version der adretten Frau neben ihm, beide haben Stupsnasen, Mandelaugen und glänzende, kurze, dunkle Locken. Ein hübsches Kind bis auf das Gezeter: »Ich will was machen. Was kann man denn hier machen?«

»Lesen wir doch dein Buch!« schlägt die Mutter munter vor.

»Nein, das hab ich schon gelesen.«

»Wie wär's mit einem Spiel? Zum Beispiel ›Ich sehe was, was du nicht siehst?‹ Du darfst anfangen. – Also komm, Susie. Siehst du was, was ich nicht sehe?«

»Nein. Ich will nicht.

O Gott, das bis England? Warum tun Eltern das ihren Kindern an? Oder genauer gesagt, sich selbst. Oder noch genauer gesagt, den anderen Passagieren, denen sie damit die Laune verderben. »Armes Kind« sagt Tom, und sein Kommentar verstärkt Lilas Unmut noch. »Es ist schwer für sie, so lange stillzusitzen.«

»Ja, ich habe gerade gedacht, wie dumm es ist, so etwas mit ihnen zu machen. Lästig.«

Tom runzelt die Stirn. »Auch Kinder haben Rechte.«

»Vielleicht hätten sie lieber das Recht, nicht stundenlang auf einem engen Sitz, in einem engen Flugzeug zu verbringen, noch dazu mit einem Haufen fremder Menschen, die vielleicht nicht unbedingt begeistert von ihnen sind.« Nicht, daß Lila Kinder nicht mag. Keineswegs. Die, die sie kennt, liebt sie. Aber daß Tom sie automatisch und sentimental in Schutz nimmt, ärgert sie. Entweder er vergißt, wie persönlich Lila seine Rücksicht auf Familie nimmt, oder er wird einfach von geballten Vaterschaftsgefühlen heimgesucht.

Lila wünschte, sie würde nicht nur ihn lieben, sondern auch alles an ihm; aber ihre Erfahrung verbietet ihr, sich vorzustellen, daß so etwas möglich ist.

»Ich will aber aus dem Fenster schauen«, verlangt das Kind.

»Es tut mir leid, aber wir sitzen nun einmal nicht am Fenster, sondern wir sitzen hier, damit wir nicht über alle Leute klettern müssen, wenn wir zur Toilette wollen.« Die Stimme der Mama klingt langsam ein wenig ungeduldig.

»Also, setz dich bitte hin, Susie, und sei leise.« Es muß aufreibend sein, wenn jemand nicht nur andauernd Unterhaltung oder Zuwendung von dir erwartet, sondern auch Grenzen und Erklärungen und Regeln. Da muß man jeden Augenblick auf der Hut sein, um immer zu wissen, was gerade gefordert ist. Für einen kurzen Moment empfindet Lila der Frau gegenüber warmes Mitgefühl.

Dann aber, ohne auch nur eine fragende Augenbraue in Lilas Richtung hochzuziehen, lehnt sich Tom über den Gang, und ihr Mitgefühl verschwindet. »Entschuldigen Sie, wir haben hier einen leeren Fensterplatz, wenn Susie ein Weilchen hinausschauen will. Nicht«, er lächelt das Kind an, »daß es von hier oben aus viel zu sehen gäbe, aber«, er wendet sich wieder der Mutter zu, »sie kann gerne rüberkommen. Ich weiß wie schwer es ist, Kinder auf einer Reise bei Laune zu halten.« Endlich dreht er sich zu Lila um. Ein bißchen spät. »Macht dir doch nichts aus, oder?« Sie antwortet ihm nicht einmal. »Komm schon, Kinder sind doch lustig. Du könntest ihr eine Geschichte erzählen.«

Ist Lila vielleicht das Sandmännchen?

Aber das Kind kann ja nichts dafür. Als es über sie weggeklettert ist, auf dem Fenstersitz kniet und voller Begeisterung auf die Wolken schaut, die unter ihnen vorüberziehen, ist Lila durchaus liebevoll. »Wir sind ganz hoch«, sagt Susie und dreht sich zu Lila um: Ihr kleiner Mund und ihre braunen Augen sind vor Erstaunen weit offen.

»Ja, das sind wir«, bestätigt Lila.

In einem hat Tom recht: Ein Kindergesicht ist unwiderstehlich. Das liegt auch an der Art, wie Kinderaugen jede unbekannte Erfahrung registrieren: als furchteinflößend, aber auch als aufregend. Eine Art des Sehens, die die ganze Welt frisch halten könnte.

Eltern sollten dieser Fähigkeit, die Welt noch so zu sehen, mit reiner Liebe und Aufmerksamkeit begegnen. Es gibt viele Bereiche der Kindererziehung, bei denen Eltern nicht versagen sollten, aber soweit Lila weiß, versagen sie trotzdem immer.

In jedem anderen Bereich kann Lila die Möglichkeit des Versagens ertragen: wissenschaftliche Abhandlungen können von der Kritik zerrissen werden, Liebhaber sind enttäuscht, manche Studenten lernen einfach nichts. Aber sie glaubt nicht, daß sie es ertragen könnte, wenn eine junge Frau, eine Tochter, sie anschreien würde mit Worten wie: »Was weißt du schon? Wie kommst du dazu zu glauben, du hättest mir jetzt noch irgendwas zu sagen?«

So wie Lila einmal ihre Mutter bei einer Auseinandersetzung, an die sie sich nicht einmal mehr erinnern kann, angeschrien hat. Aber sie erinnert sich an ihre erhobenen Arme und an eine weiße Bluse mit langen Ärmeln – noch immer sieht sie die umgeschlagenen und am Handgelenk zugeknöpften Ärmel an diesen emporgereckten Armen.

Sechzehn oder vielleicht siebzehn war sie damals. Die Lippen ihrer Mutter wurden ganz schmal.

Damals wie heute wird sie gelegentlich von der seltsamen Neugier erfaßt, wie es wohl wäre, mit diesem oder jenem Mann ein Kind zu haben. Zeitweilig hatte sie sogar ein echtes Verlangen danach. Aber die Möglichkeit eines unerträglichen Augenblicks des Versagens hat diesen Wunsch immer erstickt.

Das ist natürlich nicht die ganze Wahrheit. Es gab andere komplizierte Ungewissheiten und Umstände, und sicher wurden manche Entscheidungen unnötig, weil sie einfach nicht mehr gefällt werden mußten. Aber jetzt kann sie sich es nicht mehr anders überlegen, selbst wenn sie es wollte. Was für eine Erleichterung!

Nein, das Problem jetzt ist überhaupt nicht die Schönheit von Kindern, oder die entzückende Susie. Das Problem ist Tom. Hat er vergessen, mit wem er hier ist? Ist das der Tom aus jenem Teil seines Lebens, den Lila nicht kennt? Ein Mann, der etwas entscheidet, und sei es auch etwas so Unwichtiges, wie Susie herüberzubitten, ohne auch nur mit einem Kopfnicken das Einverständnis und die Wünsche seiner Begleiterin zu erfragen?

Es gibt immer noch Überraschungen bei ihnen, und es sind nicht immer freudige. Das gilt natürlich für beide. Kein Wunder, daß er im Kabinett Schwierigkeiten bekommen hat und gelegentlich als »Außenseiter« bezeichnet wurde, wenn sein Name in den Zeitungen erwähnt wurde. Kein Wunder, daß auch seine Frau schließlich die Arme erhoben und ihren Laden für Kunsthandwerk eröffnet hat.

»Tut mir leid«, flüstert er. »Ich weiß, was du denkst, und du hast recht. Es ist nur dieses Mitgefühl, daß mich plötzlich überkommen hat. Es soll nicht wieder vorkommen.« Wie ruhig und höflich und dabei doch so schneidend er sein kann.

Es ist auch ärgerlich zu wissen, wie unvernünftig sie ist. Sie kann ja nicht mal über sich lachen.

Der Fenstersitz scheint Susie wirklich glücklich gemacht zu haben. Sie schaut und schaut in die unendliche strahlende Leere des Himmels. »Ist es da draußen wirklich heiß?« fragt sie Lila. »Sind wir schon ganz nah an der Sonne?«

»Nein, ich glaube, es ist sehr kalt, denn hier oben ist einen andere Art von Luft als unten am Boden. Wir sind zwar ein bißchen näher an der Sonne, aber die ist immer noch ganz ganz weit weg.«

»Es sieht aber nicht kalt aus, es sieht heiß aus. Würde man einen Sonnenbrand bekommen, wenn man auf einer Wolke sitzen würde?«

Die Frage erscheint Lila etwas wunderlich, aber schließlich ist das ja ein Kind. »Es sieht heiß aus, nicht wahr? Aber du würdest dich wundern, wie kalt es ist. Eiskalt. Brrr.« Lila legt ihre Arme um sich und tut so als zittere sie.

»Muß ich da eine Decke haben?«

»Zwei, mindestens.«

»Das ist komisch, oder?«

Lila nickt.«Es ist immer komisch, wenn Sachen anders sind, als sie aussehen, das stimmt.«

Susie sieht verwirrt aus und dreht sich wieder zum Fenster.

Als das Essen endlich serviert wird, lehnt sich ihre Mutter, die wieder zu Kraft und Geduld gefunden hat, über den Gang und ruft sie. »Komm Liebling, Zeit zum Essen.« Sie lächelt Tom und Lila an. »Vielen, vielen Dank. Ich hoffe, sie hat sie nicht gestört. Eine kleine Pause tut einem wirklich gut.«

Tom ist ein freundlicher Mann. Sein Herz schlägt für die Bedürftigen. Er kann zum Beispiel an keinem Bettler vorbeigehen. Einmal, als Lila dabei war, blieb er stehen und hockte sich zu einem Teenager, der unter einer Decke auf dem Bürgersteig kauerte, um den Hund des Jungen zu tätscheln und zu bewundern, und dabei herauszubekommen, ob er irgendwie helfen könne. »Nimm deine verdammten Pfoten von meinem Hund«, warnte ihn der Junge. Lila hätte das abgeschreckt, nicht aber Tom, der einen Fünfer aus seiner Brieftasche holte und ihn neben den Jungen legte. »Ich weiß nicht«, sagte er seufzend zu Lila, als sie weitergingen. »Ich verstehe nicht, wie so etwas passieren kann. Ein Junge, der auf der Straße lebt, und der einzige Freund, den er hat, ist sein Hund.« Sie zog seinen Arm näher an ihren Körper. Diese Neigung zu impulsivem Mitgefühl und spontaner Hilfe brachte ihm in der Politik nur Schwierigkeiten ein: Freundlichkeit war ihm immer wichtiger als finanzpolitische Notwendigkeit.

Es gibt einen Unterschied zwischen Freundlichkeit und Zartgefühl. Lila würde sagen, daß sie zartfühlender ist als er, aber nicht im entferntesten so freundlich. Wer weiß, wie viele Menschen er in den nächsten zwei Wochen von ihrer Langeweile befreien oder vor dem Untergang retten will? Vielleicht wird Lila ja von seiner Freundlichkeit angesteckt, wenn sie ihr lange genug ausgesetzt ist? Vielleicht kommt sie als guter Mensch oder sogar als Heilige zurück?

In diesem Fall, adieu Tom.

Sie stoßen mit den Ellbogen zusammen, als sie sich an ihr Abendessen machen. Das Essen sieht aus wie ein gemischter Gemüsereis, ein Salat, allerdings ohne Eissalat, und Fleisch, das offensichtlich vom Rind stammt. Es gibt ein kleines Brötchen und als Dessert ein Schälchen ungesüßter Früchte. Ein wirklich romantisches Essen; weitaus romantischer als edles Geschirr in einem kleinen Restaurant mit schummrigem Licht, Champagner und Kerzen. Denn hier sind sie, Seite an Seite, eingezwängt in ihre harten Sitze, bemühen sich, nicht dauernd mit den Ellbogen zusammenzustoßen, kämpfen mit dem Plastikgeschirr und – fliegen zusammen!

Und in mancher Hinsicht ist das ebenso privat wie in jedem dunklen Restaurant. Individuen verlieren sich in der der Menge. Hier sind Dutzende und Aberdutzende in einen engen Raum zusammengepfercht, in dem jedes Stückchen Platz seinen Zweck hat, und nichts verschwendet oder unnütz ist; aber gerade wenn man Menschen zusammenquetscht, errichten sie sofort Mauern um sich herum, und Lila und Tom können ganz allein sein.

All diese Fremden in ihren ordentlichen Reihen fliegen in dieselbe Richtung, aber sicher haben sie ganz unterschiedliche Ziele und Gefühle, Hoffnungen und Wünsche. Jeder ist nicht nur eine Person, sondern auch eine Geschichte. Lila und Tom, sie beide sind eine Geschichte; sehr wahrscheinlich sind sie auch zwei Geschichten. Er hat seine eigene, und die ist zweifellos etwas anders als ihre.

Natürlich findet sie ihre gemeinsame Geschichte faszinierend, aber die Geschichten der anderen müssen auch interessant sein.

»Fragst du dich auch, warum die alle hier sind?«

»Du meinst im kosmischen Sinne? Den Urgrund der Menschheit? Oder nur, warum wir alle in diesem Flugzeug sitzen?« Es macht ihm Spaß, sie zu necken.

»Fang klein an. Im Flugzeug«

»Ich nehme an, ich könnte mich das fragen. Oder du könntest mir einfach erzählen, was du denkst.« Es macht ihm auch Spaß, wenn sie ihm Geschichten erzählt; ihm gefällt die Kompaktheit von Fiktion, er hält sie für sauberer und runder als seine unordentlichen, widerspenstigen historischen Fakten. Das ist nach Lilas Ansicht zwar eine falsche Vorstellung, aber ihr gelingt es zweifellos ebensowenig, seinen Zugang zur Geschichte ganz nachzuvollziehen.

»Okay«, beginnt sie. »Susie und ihre Mutter zum Beispiel – ich glaube, man braucht einen sehr guten Grund, um eine Fünfjährige zu so einer Reise in ein Flugzeug zu verfrachten. Wie wäre es, wenn die Mutter Susie entführt?«

»Warum in aller Welt sollte sie das tun?«

»Weil sie, laß mich überlegen, also, sie hat – als sie jung war – einen reichen älteren Herren kennengelernt, mit viel Einfluß und vielen Verbindungen, und sie ist geblendet von seinem Glanz. Er ist charmant, ein Beschützertyp, und sie glaubt, daß er sich um sie kümmern wird. Aber als sie schließlich verheiratet sind, stellt sich heraus, daß er ein absoluter Machtmensch ist, daß er sie nirgends hingehen läßt, sie nichts tun läßt und außerdem fängt er an, sie zu verprügeln. Dann bekommen sie Susie, aber statt netter zu werden, wird er noch schlimmer, prügelt weiter und bricht ihr einmal sogar den Arm. Auch Susie gegenüber ist er brutal, und sie fängt an, sich Sorgen zu machen, daß er sie ernsthaft verletzt. Das ist zuviel, das ist das Ende. Sie kann nicht zulassen, daß er ihrem Kind weh tut.

Aber wo kann sie hingehen? Sie selbst besitzt nichts, hat keine Ausbildung. Dennoch packt sie eines Tages ein paar Sachen ein und schleicht sich mit Susie davon. Sie mietet sich ein Zimmer und findet einen Anwalt.«

»Woher hat sie das Geld dafür?«

»Von einer alten Schulfreundin, mit der sie noch in Kontakt ist. Und ihr Bruder und ihre Schwester geben ihr so viel, daß es reicht. Dann arbeitet sie halbtags als Kellnerin, währenddessen paßt ihre Schwester auf Susie auf. Fast denkt sie schon, daß sie auf eigene Füße kommt.

Schließlich sagt ihr Mann okay, sie kann die Scheidung haben, aber Susie nicht. Er will Susie. Ihr Anwalt meint, daß ihr Ehemann vermutlich das Sorgerecht bekommen würde, da er dem Kind eine gute Erziehung und jeden Luxus garantieren kann, und sie nicht. Was kann sie also tun? Sie ist verzweifelt. Sie nimmt all ihren Mut zusammen und sagt ihrem Mann, daß sie ihn wegen Kindsmißbrauch anzeigen wird, wenn er auf Susie besteht.

Sie hat ihn noch nie so wütend gesehen, selbst als er sie geschlagen hat. Er wird eiskalt. Er sagt ihr, daß er sie und Susie umbringen wird, wenn sie auch nur einen Schritt gegen ihn unternimmt. So oder so, sie würde Susie nicht behalten. Die Art wie er sie dabei anschaut, läßt sie keinen Moment an seinen Worten zweifeln.«

Tom schüttelt den Kopf. »Du hast vielleicht eine Phantasie, Lila.«

»So etwas gibt es doch, oder?«

Er nickt, schiebt das Tablett nach hinten, faltet die Hände über dem Bauch und schließt die Augen. Er weiß schließlich, daß es nur eine Geschichte ist. »Und dann?«

»Sie kann nur noch eines tun. Sie muß weg, sich verstecken und Susie retten. Sie leiht sich noch mehr Geld, hat keine Ahnung, wie sie es je zurückzahlen soll, und jetzt sitzen sie hier im Flugzeug. Sie weiß nicht, was sie machen soll oder wo sie hingehen soll, wenn sie einmal in England sind. Vielleicht sind sie jahrelang auf der Flucht durch ganz Europa. Bis Susie groß ist. Aber für Susies Sicherheit ist sie bereit, alles zu tun, jedes Opfer zu bringen. Schon jetzt hat sie Angst, daß ihr Mann Detektive auf ihre Spur gesetzt hat, und daß sie nicht weiter als bis Heathrow kommt. Aber sie muß es versuchen.« Lila atmet tief durch.

»Das war's. Ende.«

Tom applaudiert. »Sehr gut.«

»Danke.«

Die Geschichte hat ihre Ungereimtheiten und Fehler, das weiß Lila; Susies Mutter sieht zum Beispiel viel zu entspannt aus für eine Frau, die auf der Flucht in eine ungewisse und verzweifelte Zukunft ist.

»Weiter«, sagt Tom. »Erzähl mir noch mehr.«

»Also gut.« Sie blickt sich um. »Wie wär's mit dem Dicken am

Notausgang, hast du den gesehen?« Tom öffnet kurz die Augen, richtet sich auf, um ihn sehen zu können und nickt.

»Also der hat gestern Nacht seine Frau umgebracht.«

Tom reißt die Augen auf. »Was?«

»Ja, wirklich. Totgeschlagen, ihr alle Knochen gebrochen, oder er hat sie erstochen, oder erschossen, oder Gift in ihre Suppe oder ihren Drink geschüttet. Dann hat er ein paar Sachen zusammengeschmissen und hat sich aus dem Staub gemacht. Und jetzt ist er auf der Flucht, genauso wie Susie und ihre Mutter, wenn auch aus anderen Gründen.

Er hofft, daß noch niemand die Leiche gefunden hat und daß er ein paar Stunden Vorsprung hat, bevor sie anfangen, ihn zu jagen.«

»Und warum hat er das gemacht?«

Ja, warum eigentlich? Lila kann wohl kaum den Vorschlag machen, daß er eine Affäre hatte und deshalb seine Frau loswerden wollte (man stelle sich vor, Tom hätte Dorothy aus diesem Grund umgebracht – nein, das ist nicht witzig). »Laß mich überlegen – vielleicht hat sie ihm gesagt, daß ihre Kinder nicht von ihm sind? Oder daß er zu fett wird, oder zuviel trinkt, oder daß sie die Art, wie er sich anzieht verabscheut, oder die Geräusche, die er beim Kauen macht? Vieleicht hat sie ihm gesagt, daß sie nichts, aber auch gar nichts an ihm mehr ertragen kann.«

»Und er hat sie umgebracht, um ihr Elend zu beenden?«

»So was in der Art.«

Auch so etwas gibt es.

»Er ist groß«, sagt Tom und schaut sich den Mann an, »aber er sieht nicht gefährlich aus. Wie kommst du auf diesen Verdacht? Oder ist heute nur dein Tag für böse und finstere Männer? Wie wär's, wenn der arme Kerl nur unterwegs ist, um, was weiß ich, zwielichtige Investments oder Sumpfland an gutgläubige Briten zu verkaufen?«

»Nein, um Gottes willen. Das ist doch viel zu langweilig. Natürlich sieht er nicht gefährlich aus, darum geht es doch. Du weißt doch, daß neun von zehn Menschen, die völlig normal aussehen, irgend etwas Schreckliches zu verbergen haben. Ich glaube, es gibt sogar Untersuchungen, die das zeigen.«

»Ganz bestimmt.« Tom lacht. Er haßt diese Untersuchungen, die mal dies und mal jenes beweisen und überhaupt alles beweisen, je nachdem, was gewünscht wird.

»Außerdem, schau mal, wo er sitzt. Vielleicht glaubt er, wenn er sich auf einem Fenstersitz verkriecht, würde er nicht entdeckt, falls irgendwer nach ihm sucht. Aber in Wirklichkeit fällt er noch mehr auf. Er hat offensichtlich keine Erfahrung. Ein Mann seiner Größe, der das Fliegen gewöhnt ist, würde sich nie einen solchen Platz aussuchen.«

»Gut beobachtet, Sherlock.«

»Ms. Marple, bitte. Jedenfalls, halt die Augen in Heathrow offen. Scotland Yard wird auf jeden Fall wegen irgendeiner dieser Geschichten da sein.«

Ja, auch das gibt es. Die Schwierigkeit besteht darin, Geschichten zu finden, die nicht passieren. Neue, ungewöhnliche, unglaubliche Geschichten.

»Müßte der Film nicht langsam anfangen?«

»Eigentlich schon. Schaust du ihn an?«

Die Hauptrolle spielt ein Mann, dessen Talent sie beide bewundern. Aus den Kritiken wissen sie, daß der Film keiner dieser klassischen alten Western ist, wo es weiße und schwarze Hüte gibt, und die Guten gut und die Bösen böse sind, was offenbar manchen Leute immer noch gefällt. Doch die moderne moralische Zweideutigkeit ist faszinierender und weitaus realistischer, da sind Tom und sie einer Meinung.

Natürlich sind sie da einer Meinung. Sie müssen es ja sein. Moralische Zweideutigkeit ist gewissermaßen ihr Motto. Sie könnten beide gleiche Sweatshirts tragen, auf denen diese Worte vorne und hinten eingestickt sind.

Die meisten guten Geschichten sind noch viel zweideutiger als die, die Lila gerade erzählt hat. Jeder hat seine eigene Perspektive, seine eigene Geschichte, seine eigenen Ansichten. Die Frage ist nur, ob sie erzählt werden oder nicht, berücksichtigt werden oder nicht. Wenn Lilas Geschichte wahr wäre, so hätte Susies Vater sicher einiges aus seiner Sicht dazu sagen, und der Mann auf dem Fenstersitz ebenso. Ganz zu schweigen von dessen Frau. Auch Lila und Tom kennen das zur Genüge: Sie sieht ein Ereignis mit ganz anderen Augen als er. Vielleicht einigen sie sich darauf, daß beide Ansichten verständlich sind, aber das bedeutet nicht, daß die Unterschiede vereinbar wären und manchmal sind sie erschreckend.

So hat sie beispielsweise erst vor ein paar Wochen entdeckt, daß er das, was sie immer als eine lebhafte Diskussion betrachtet hatte, manchmal für einen Streit hielt. Wenn man sich vorstellt, wie leicht man Jahre, Jahrzehnte, ja das ganze Leben miteinander verbringen kann, ohne so etwas zu wissen – welche enormen Mißverständnisse da entstehen können.

Worüber haben sie gesprochen? Massaker, genau, das war es. Denn sie saßen auf dem Sofa und tranken wie immer ihren Drink nach der Arbeit und schauten wie immer die Nachrichten im Fernsehen an. Und da wurde dieser schreckliche, blutige, sinnlose Ausbruch von Gewalt gezeigt. Irgendeine Gruppe ging wie besessen auf eine andere Gruppe los, obwohl beide kaum zu unterscheiden waren. Gliedmaßen flogen herum, das Blut spritzte nur so, und überall lagen Leichen auf verstaubten Straßen und in Gräben herum. Niemand in der Nachrichtensendung erklärte, wie es zu dem Massaker gekommen war, aber mehrere Experten waren sicher, daß noch mehr Gewalt und noch schlimmere Exzesse bevorstünden.

War es nicht erstaunlich, daß diese Menschen, die sich nun gegenseitig abschlachteten, lange Zeit als friedliche Nachbarn in einer Gemeinde, manchmal sogar in einer Familie miteinander gelebt hatten? Für Lila war es erstaunlich. Sie fragte sich, welche schrecklichen, aber nicht immer schrecklichen Geschichten sich hinter all dem verbargen.

Gewiß würde Tom, der frühere Politiker und jetzige Historiker, dazu eine erhellende Analyse parat haben. Geschichte, so wie er sie beschreibt, ist vor allem die Darstellung von Konflikten; ähnlich wie die Nachrichten, auch wenn er diesen Vergleich nicht mag, weil er damit gelegentlich schlechte Erfahrungen gemacht hat. Nachrichten sind seiner Ansicht nach flüchtig und wenig informativ, in den meisten Fällen erweisen sie sich als ungenau und auf lange Sicht unbrauchbar. Wohingegen Geschichte genau diese lange Sicht darstellt.

»Wie, glaubst du, kann so etwas geschehen?« fragte sie. »Kannst du dir vorstellen, so etwas zu tun? Deine Nachbarn in Stücke hacken? Und kleine Kinder? Schau dir das an, kleine Kinder auf beiden Seiten, die hacken oder die in Stücke gehackt werden. Was soll aus denen werden? Wie sollen sie sich je davon erholen? Wären wir auch dazu fähig? Ich wette, wir sind es. Ich wette, das steckt bei jedem ganz dicht unter der Oberfläche. Wodurch wird so etwas freigesetzt, was meinst du?«

Er runzelte leicht die Stirn und fing an, von der Willkür des Imperialismus und des Kolonialismus zu sprechen, von Grenzen, die man gezogen habe, ohne die Einwohner zu fragen: »Das ist überall geschehen, in Afrika, in Europa, vor allem in Osteuropa, hie und da in Südamerika, bis zu eine gewissen Grad selbst in Nordamerika. Es gibt immer alte Spannungen und Rivalitäten, und selbst heute können wir es vermutlich nicht mal ansatzweise begreifen.« Er zuckte die Achseln. »Vermutlich begreifen es diese Leute selbst nicht mehr. Heute ist es Rache, die sich immer wieder aufschaukelt, hin und her. Es sitzt in den Knochen. Oder im Blut. Ich weiß es nicht.«

Das war rätselhaft. Warum ging einer in die Politik oder beschäftigte sich mit Geschichte, wenn er nur die Achseln zucken konnte und manche Dinge als hoffnungslos ansah? Aber es war auch nicht ganz das, wonach sie gefragt hatte.

»Das weiß ich alles,« sagte sie vorsichtig. »Aber ich habe mich gefragt, ob nicht bei jedem Menschen etwas in den Knochen oder im Blut steckt, egal wie die Geschichte verläuft. Gibt es so etwas wie eine angeborene Bösartigkeit im Menschen, muß man nur ein bißchen an der Oberfläche kratzen, und schon springt sie heraus?« Trotz ihres relativ friedlichen und gewaltfreien Lebens hat Lila diesen Verdacht schon lange.

»Ach Lila.« Er seufzte. »Ich weiß es nicht. Ich habe einen harten Tag hinter mir. Laß uns nicht darüber streiten. Willst du noch einen Drink?«

Was für eine Überraschung.

Wäre es nicht interessant, die Worte, die gewechselt wurden, zurückzuverfolgen und zu vergleichen, wie jeder sie gemeint und verstanden hatte? Tom würde das für pathologisch halten; nicht im Sinne von verrückt (vielleicht sogar das), sondern im Sinne der intensiven, zielgerichteten Analyse und Untersuchung in einem Leichenschauhaus.

Wenn Lila arbeitet, Texte und Geschichten analysiert, hat sie nicht die Absicht, etwas zu zerstören und hinterher vor einem Haufen von Einzelteilen zu stehen, die sich nicht mehr zusammenfügen lassen. Es geht darum, das Ganze deutlicher zu erkennen, ein Auge für Komplexität zu entwickeln. Zu sehen, wie sogar völlig unvertraute Emotionen gefühlt und auch unwahrscheinliche Umstände erfahren werden können.

So hat sie viel mehr Leben als ihr eigenes, und sie kann sich diese anderen Leben – wenn auch nur kurz – vorstellen und sich in sie hineinfühlen.

Natürlich haben sie und Tom einige verschiedene Meinungen und Ansichten, aber könnten Differenzen nicht auch Möglichkeiten sein? Könnten sie beide nicht daran wachsen, oder könnten die Differenzen sie nicht zumindest vor dem Schrumpfen bewahren? Die größte Gefahr einer abgesicherten Existenz in den mittleren Jahren ist die Verlockung, geistig träge zu werden. Lila vergleicht das mit altem Salat: Es wird immer leichter zu verschrumpeln, an den Enden braun zu werden und schließlich in Altersschwäche zu verwelken. Darauf hat sie überhaupt keine Lust.

Sie schaut ihn an und sieht, daß er offensichtlich das Interesse verloren hat und jetzt – du lieber Gott! – ist er auch noch eingeschlafen. Muß sie etwa weiter Geschichten erfinden, damit er wach bleibt? Und wie kann er überhaupt müde sein, wo doch ihre Reise gerade erst begonnen hat? Vielleicht ist er von seinem anderen Leben erschöpft, das Lila verschlossen ist. Sie hat kaum eine Vorstellung davon, wie er seine private Zeit verbringt, in der er nicht mit ihr zusammmen ist. Vielleicht gab es ja große und unbeschreibliche Ereignisse in seinem Terminkalender?

Allerdings ist es sehr nett, wie sein Kopf so vertrauensvoll langsam auf ihre Seite sinkt.

Wenn Lila nach Europa reist, nimmt sie normalerweise ein Flugzeug, das nachts startet und in den Sonnenaufgang fliegt. Diesmal ist es anders, sie fliegen in die Dunkelheit. Wahrscheinlich schlafen nach und nach alle Leute ein wie Tom, eingelullt durch das ermüdende, gleichmäßige Geräusch des Flugzeugs und den Zwang zur Bewegungslosigkeit. Aber werden sie dann nicht ihre Orientierung verloren haben, wenn sie ankommen?

Es ist möglich, daß der Grund für sein Dösen darin liegt, daß er für die Zeit, die sie miteinander verbringen, Energie tanken will. Als er ihr einmal erzählte, daß vielbeschäftigte Leute in der Lage sein müssen, überall, wo sich die Gelegenheit ergibt, ein Schläfchen zu machen, erinnerte sie das an etwas, was sie mal über die Queen gelesen hatte: »Ihre Majestät läßt keine diskrete Gelegenheit verstreichen, um auf die Toilette zu gehen«; deshalb hat man sie bei ihren öffentlichen Auftritten auch noch nie mit zusammengepreßten Knien gesehn. »Du schläfst so«, hatte Lila damals zu Tom gesagt, »wie die Queen pinkelt.«

»Ich würde dem gewiß zustimmen, wenn ich wüßte, was das bedeutet. Ist das eine Art königliches Kompliment?«

Tom hatte die Königin von England auf einer seiner transatlantischen politischen Spritztouren einmal getroffen. »Nun ja, nicht direkt getroffen, also jedenfalls nicht so wie dich zum Beispiel.«

»Das will ich doch hoffen.«

»Eher, daß ich mit ein- bis zweitausend weiteren ähnlich tief beeindruckten Menschen persönlich in ihrem Palast weilte, als sie ganz nah an mir vorbeischwebte. Möglich, daß sie sich an diesen Moment nicht einmal erinnert.«

»Oh, ich bin sicher, sie erinnert sich. Wer könnte dich vergessen.«

»Könntest du es?«

»Nein. Niemals.« Was natürlich der Wahrheit entspricht, wie immer ihre Geschichte auch ausgeht (es sei denn, sie bekommt eine dieser Vergeßlichkeitskrankheiten). Nicht so klar ist allerdings, woran sie sich erinnern wird und wie.

Ich will, denkt sie. »Wollen« ist ein Verb, das nach einem Objekt verlangt, aber sie findet das Wort dafür nicht.

Nun, sie will Tom, dessen Kopf näher und näher an ihre Schulter gleitet.

Das Gefühl, mit ihm zusammen zu sein, würde sie so beschreiben: Es ist, als hätten sich die Wurzeln bewegt und sich vorsichtig tiefer und tiefer ihren Weg gebahnt, sich windend und drängend, bis sie jedes Glied, jedes Organ und jede Ader umranken. Wichtige Teile ihres Körpers fühlen sich inzwischen an, als würden sie von diesen Wurzeln zusammengehalten; wie ausgedörrtes Ackerland, das in Gefahr ist, zu verwehen, wenn nicht darauf angebaut wird.

Herrje, wieder so ein überzogenes Bild – sie neigt zu Übertreibungen in ihrem Enthusiasmus. Sie schüttelt den Kopf.

Tom ist durch ihre Bewegung aufgewacht und schüttelt ebenfalls den Kopf. »Ich habe so ein komisches Gefühl in den Ohren. Glaubst du, da stimmt irgendwas nicht mit dem Druckausgleich?«

Sie zuckt die Achseln. »Mir ist der Druck im Flugzeug immer unangenehm. Der und die Luft. Ich habe immer diese schreckliche Gefühl, gleichzeitig ausgetrocknet und aufgeblasen zu werden, jedenfalls, wenn der Flug etwas länger ist.«

Er lacht. »Klingt verführerisch. Da werden sich ja am Schluß alle um dich reißen.« Er schaut auf seine Uhr. »Tut mir leid, daß ich eingepennt bin. Es war nicht deinetwegen, aber Flugzeuge machen mich nach einer Weile einfach immer bewußtlos.« Das wußte sie nicht von ihm; daß sein Nickerchen nichts mit ihr zu tun hatte, hört sie gerne. Und was wird er in diesen zwei Wochen über sie erfahren? Nicht alles wird angenehm oder schmeichelhaft sein, für keinen von beiden – Gott sei Dank.

Jetzt rennen ein paar Kinder, von weiß der Himmel welchem Teil des Flugzeugs, den Gang rauf und runter. Susie beobachtet sie, schüchtern, aber interessiert. Lila hofft, daß die Schüchternheit siegt, denn zwei Kinder, die in ihrer Nähe so kampflustig miteinander spielen, sind mehr als genug.

Auch die Erwachsenen sind unruhig, verkrampfte Muskeln schaffen sich Bewegung. Manche stehen auf und strecken sich, der ganze Raum ist erfüllt von Kleiderrascheln, und mit dem Motorengeräusch klingt es wie das Flattern von riesigen Mottenflügeln.

Irgendwo vorne fängt ein Baby an zu schreien.

Tom zieht die Augenbrauen hoch: »Immer noch kein Film?«

Lila zuckt wieder die Achseln. »Noch nicht.«

»Ich könnte noch einen Drink vertragen. Wie steht's mit dir?«

»Klar. Jederzeit. Sie müßte gleich kommen.«

Er dreht sich um und schaut den Gang hinunter, dreht sich wieder zurück und runzelt die Stirn.

»Die stehen alle da hinten und quatschen ganz offensichtlich. Alle vier!«

Der freundliche, warmherzige Tom kann bei schlechter Bedienung in Restaurants und Geschäften ziemlich störrisch werden, was Lila anfangs sehr überrascht hat. Wenn er nicht schnell genug bedient worden ist, hat er die Sachen, die er kaufen wollte, einfach auf den Ladentisch geschmissen und ist rausstolziert. Und in Restaurants wird er ausgesprochen barsch, wenn die Bedienung nicht aufmerksam genug ist. Das erspart Lila, ähnlich scharf zu reagieren, wenn sie zusammen sind.

Im großen und ganzen sollte sie sich vor so was hüten. Sie kann es sich nicht leisten, Rollen vorauszusetzen und davon abhängig zu werden wie Ehepaare: Männer, die sich automatisch ans Steuer setzen,

Frauen, die automatisch auf dem Beifahrersitz Platz nehmen, solche Sachen. Man macht es sich schnell zu leicht; etwa, daß immer er die Drinks bestellt.

»Hör mal«, sagt er drängender. »Hörst du das?«

Sein Gesicht hat einen ganz fremden Ausdruck bekommen. Unvertraut, fast unheimlich. Was, zum Teufel, hat er?

Er schaut über sie hinweg, über ihre Schulter: Seine Augen werden groß, sein Mund klappt nach unten.

»Mein Gott«, sagt er leise, etwas wie Furcht liegt in seiner Stimme.

»Ach du großer Gott.«

4

Mein Gott, ja wirklich, ach du großer Gott.

Lila kann es nicht glauben. Dann muß sie fast laut auflachen – allein schon die Idee, daß ihr Glauben oder ihre Weigerung, es zu glauben, irgend etwas verändern könnte. Aber wie kann man in solch einem Moment nur kichern!

Mit offenem Mund schaut sie Tom an, der immer noch über sie und den leeren Sitz hinweg aus dem Fenster starrt. Wie kann er nur?

Sie hat sich nur umgedreht, hingesehen und sich dann so schnell sie konnte, wieder ihm zugewandt.

Draußen ist ein Feuer. Feuer und Himmel; etwas, das schrecklich real und gleichzeitig schrecklich leer ist.

Nein.

Nein, solche Dinge passsieren zwar, aber doch nicht in Wirklichkeit. In den Nachrichten, ja, oder im Kino, aber doch nicht ihr, Lila. Es ist nur – was? – eine Filmszene. Kein Wunder, daß sie in Flugzeugen keine Filme über Flugzeugkatastrophen zeigen, denkt sie. Und wieder muß sie kichern. Vermutlich verkaufen sie auf Flughäfen auch keine Bücher über Flugzeugkatastrophen.

Toms Blick bleibt starr auf den Flügel gerichtet, aus dem Flammen züngeln. Seine Ungläubigkeit äußert sich offenbar anders als ihre. Aber vor ihr, zwischen ihrem Gesicht und seinem, tanzt auf jeden Fall Feuer. Sie beobachtet seine Augen durch einen flackernden, roten Vorhang.

Lila betet: was da geschieht, soll sofort aufhören. Alles, nur nicht diese Angst, bei der sich das Herz zusammenzieht, gegen die sie umgehend diese falsche und brüchige Barrikade errichtet. Es überrascht sie, sich beten zu hören. Eigentlich ist es eher ein Flehen, denn mehr als »Oh, bitte« fällt ihr nicht ein, und das ist nicht einmal an jemand bestimmten gerichtet. Wie ein verängstigtes Kind: zu wenige und zu kleine Worte für sehr große Ereignisse.

Aber es war doch nur ein ganz kleines Feuerchen, oder? Nur eine Andeutung, nichts Ernstes?

Beim Bauen von Flugzeugen kalkuliert man so etwas doch ein, da gibt es doch Vorkehrungen und Maßnahmen. Aber welche? Wissen die Leute, die dieses Ding fliegen und die die Vorkehrungen und Maßnahmen kennen, überhaupt, daß es da jetzt ein Problem gibt?

Bis auf seinen Ausruf haben sie und Tom noch kein Wort gesagt, auch wenn er beim ersten Anblick vielleicht aufgestöhnt hat, Lila kann sich nicht mehr erinnern. Doch die Neuigkeit verbreitet sich um sie herum, das Entsetzen springt von Sitz zu Sitz, von Reihe zu Reihe, es wird immer lauter. Vereinzelte Rufe. Hie und da Kreischen.

Es gibt ein Wissen, das ist explosiv, zu groß, um unter Kontrolle gehalten zu werden. Vielleicht schlagen deshalb manche die Hände vors Gesicht, bedecken die Augen und die Ohren: Der Versuch, angesichts der neuen Situation nicht gleich zusammenzubrechen.

Gemeinsam erlebte Angst ist viel zu real, sie vervielfacht sich automatisch und unkontrollierbar nach einer Formel, die vielleicht Toms jüngere Tochter, die kluge Mathematikerin, erklären könnte.

Als Lilas Großmutter June einmal von einem aufregenden Ereignis erzählte, hat sie dieses Gefühl mit den Worten beschrieben: »Mein ganzes Innerstes ist nach außen gekehrt«, und dabei flatterten ihre Hände vor Aufregung wie Schmetterlinge.

Sanft und zaghaft berührt Lilas Hand Toms Wange, sie spürt den Knochen. Knorpel unter der Haut.

In ihrer eigenen Haut aber hat sie kein Gefühl mehr. Irgendwo hinter ihnen ertönt ein furchtbarer hoher Schrei. Lila empfindet Bewunderung: Wie offen muß diese Frau sein, daß sie die Kraft einer Katastrophe so schnell absorbiert und in einen solchen Schrei umwandeln kann.

Die Leute fangen an, sich zu bewegen, manche versuchen zu

rennen. Andere klettern sogar über Sitze, als würden sie vor ihrem Leben noch den Verstand verlieren – Wo wollen sie denn hin? Was denken sie nur? »Seid ruhig«, möchte sie rufen. »Seid doch bitte alle endlich still, damit ich das verstehen kann.« Sie kann nicht sagen, was »das« ist. Wenn sie es könnte, würde das helfen, es zu reparieren oder einfach verschwinden zu lassen? Ist ihr Glaube an Worte so groß, daß sie meint, das richtige Wort könnte etwas lösen?

Sie hofft, daß die Mitglieder der Besatzung nicht so dumm sind. Natürlich sind sie das nicht; ihr Glaube bezieht sich naturgemäß auf Maschinen und nicht auf Worte.

Endlich reagiert Tom auf Lilas Berührung, sein starrer Blick wendet sich, widerwillig wie es scheint, ihr zu. »Lila?« Sie kann ihn nicht hören, aber sie sieht, wie sein Mund ihren Namen formt. »Lila?«

»Ich weiß nicht.« Sie kann nicht sagen, ob er sie hören kann. »Ich weiß nicht« ist keine Antwort, aber andererseits war es ja auch keine richtige Frage.

Es ist keine Zeit dafür, alles zweimal zu sagen. Es ist eigentlich nicht einmal Zeit dafür, alles auch nur einmal zu sagen.

Vielleicht hat sie sich geirrt. Vielleicht haben sich alle geirrt. Sie hat ja nur eine Sekunde hingeschaut. In Flugzeugen sieht es manchmal so aus, als ob etwas nicht in Ordnung sei, oder es gibt merkwürdige Luftreflexe, und in Wirklichkeit ist gar nichts. Auf Nachtflügen haben sie Funken in der Dunkelheit schon öfters erschreckt. Vielleicht sind das nur Funken im Hellen?

Sie dreht sich um und schaut noch einmal hinaus. Das sind keine Funken. Das ist das Flackern von Flammen an der Flügelkante.

Wo ist in Flugzeugen der Treibstoff untergebracht? Wie kann da draußen überhaupt ein Feuer sein, dort, wo die Luft, wie sie Susie zu erklären versucht hat, derart kalt ist? Warum tut denn niemand was? Dagegen muß man doch etwas tun können. Sie kann nur hoffen, daß diese lähmende Ungläubigkeit, die sie verspürt, nicht auch die Besatzung befallen hat.

Abrupt dreht sie sich wieder zu Tom. »Das ist doch nicht wahr, oder?« Er kann die Realität gewiß ändern. Solange sie ihn kennt, hat er Aspekte ihrer Realität geändert, warum also nicht jetzt?

»Mein Gott«, sagt er, »wir werden sterben.«

Was?

Sie könnte ihn schütteln. Sie hatte solche Hoffnungen, und er versucht es nicht einmal. Wenn er dieselben Zweifel entwickeln würde wie sie, könnten sie dann nicht mit ihrem vereinten Willen dafür sorgen, daß nichts passiert? Statt dessen ist in seinem Gesicht nur Verzweiflung und Angst.

Wieder berührt sie seine Haut. In diesem Augenblick liebt sie ihn und gleichzeitig tut er ihr unendlich leid, und diese Kombination kommt ihr nicht einmal merkwürdig vor.

Warten, einfach warten. Sie ist ein vernüftiger Mensch, und deshalb weiß sie, wie wichtig es ist, informiert zu sein. Fakten können einem sagen, wie man sich fühlen soll. Aber im Moment fliegen sie ohne entscheidende Informationen. Das ist nicht fair.

Die rennenden Kinder sind aus den Gängen verschwunden. Susie weint in den Armen ihrer Mutter. Versteht sie, was los ist, oder hat sie nur der Hysterieausbruch der Erwachsenen so erschreckt? Niemand versteht, was los ist; wie soll Susie es da verstehen? Warum sagt ihnen niemand, was da nicht stimmt? Vielleicht gibt es ja Hoffnung, vielleicht ist es gar kein großes Problem, und keiner sagt ihnen das. Sie steht auf, schaut sich um und will jetzt von irgendwem irgendwas hören. Sie spürt Toms Hand auf ihrem Arm und sieht zu ihm hinunter. »Lila«, sagt er, »Lila, bitte.«

Diese Worte. Sie hat es wirklich satt, jedesmal, wenn es wichtig wird, diese Worte zu hören. Es gab einmal, am Anfang, eine Zeit als sie wollte, daß sie und Tom zusammenziehen, aber er sagte nur: »Lila, bitte.«

Sie sagte: »Andere machen das doch auch.«

»Lila, bitte, es hat keinen Sinn, darüber zu reden. Ich weiß, die Mädchen sind schon fast erwachsen, aber trotzdem, es wäre furchtbar für sie. Sie stehen ihrer Mutter sehr nahe, und ich möchte sie nicht verlieren. Vielleicht wird es anders, wenn sie auf ihren eigenen Füßen stehen.«

Was sie inzwischen tun, aber schon damals hatte Lila ihre Zweifel. Sie sah voraus, daß die familiären Ereignisse und Bande nie aufhören würden – Abschlußfeiern, Hochzeiten, Geburt der Enkel – ein ganzes Universum von Festlichkeiten, mit den dazugehörigen Krisen: Zerfall, Katastrophen und Todesfälle. Doch sowohl das eine wie das andere würde eine Entscheidung verhindern. Und sie hatte recht.

Und nun das. Am liebsten möchte sie sagen: »Ich hoffe, jetzt bist du glücklich.«

Noch immer kann sie leise Geräusche, so wie seine Stimme, nicht gut hören, doch die entfernteren Rufe und Schreie bohren sich wie Löcher in ihren Kopf.

Gebete waren früher Versprechen für sie, oder Abmachungen: »Wenn ich eine Puppe zu Weihnachten bekomme, verspreche ich, daß ich immer brav sein werde.« Oder »Wenn ich in dieser Arbeit ein gute Note bekomme«, oder »Wenn ich zu dieser Party eingeladen werde« – und dafür immer das Versprechen, brav zu sein. Sie nimmt an, daß sie es nie besonders gewissenhaft eingehalten hat; heute aber würde sie das tun. »Ich würde alles aufgeben, ich würde alles tun. Ich wäre so brav im Leben, wenn ich nur, bitte, bitte, mein Leben behalten darf.«

Tom ist ihre einzige herausragende Sünde – ein altertümliches, ungewohntes Wort, das selbst in diesem furchtbaren Moment des Feilschens nicht passend erscheint. Ohne ihn wäre sie einsam und traurig, aber lebendig. Und sie ist nicht mehr jung und könnte sich zumindest an die Liebe erinnern. Und es muß ja auch noch andere Freuden geben: Weisheit, Demut, Großzügigkeit und all die Tugenden, um die sie sich nicht gekümmert hat. Sie ist nicht dumm; sie könnte wahrscheinlich auch der Güte etwas abgewinnen.

»Lila!« Seine Stimme ist jetzt scharf, und sie kann die Schärfe deutlich hören. »Setz dich wieder, Lila. Komm jetzt, setz dich hin.« Sie bemerkt, daß sie immer noch steht, und daß Tom, der zu ihr hochblickt, offenbar besorgt ist. Oder enttäuscht. Oder verärgert. Das weiß sie nicht immer genau. Manchmal ist der Unterschied nicht groß. Enttäuschungen und Sorgen ärgern ihn immer. Ursache und Wirkung gehen ineinander über.

»Ja«, sagt sie, »okay«, und setzt sich gehorsam hin.

Er hält ihren Arm immer noch fest. »Bleib ganz ruhig. Wir müssen jetzt ruhig bleiben.« Er sollte nur für sich sprechen. Den Platz in ihrem Herzen und Leben, der ihm das Recht gäbe, für sie zu sprechen, hat er sich nicht verdient.

Ihre Haut ist empfindlich. Schon jetzt sammelt sich Blut um die weißen Stellen, an denen seine Finger ihren Arm gepackt haben. Und ihre Knochen sind dünn. Eigentlich ist nicht viel an ihr dran. Die kleinen Sommersprossen auf ihren Handrücken würden in den Flammen schnell verbrutzeln; ihre Knochen würden schon beim ersten Sturzflug brechen und beim Aufprall auf dem Land sofort zerschmettert.

Oder auf dem Meer, wie ihr einfällt.

Dies ist eine jener Gelegenheiten, bei denen der geschickte, wurstfingerige Lebensretter Geoff recht nützlich wäre.

Aber hinterher wäre er wahrscheinlich noch nützlicher, um die unzähligen Teile, die vom Himmel fallen, wieder zusammenflicken.

Armer Geoff, vielleicht hat sie ihm unrecht getan. Vielleicht hat sie auch Tom unrecht getan und all den anderen, und sogar sich selbst.

Nicht denken, nicht schauen. Die Gedanken müssen in der Luft bleiben.

Und bei Geoff, der ohnehin mit den Übergängen von Leben und Tod zu tun hat. Sechs Jahre hat sie mit ihm verbracht, etwas länger als bis jetzt mit Tom. Am Abend ihres 35. Geburtstags luden Nell und Patsy sie in ein Restaurant ein, um zu feiern. Er saß am Nachbartisch mit ein paar Freunden, oder wohl eher Kollegen. Es gab viel Gelächter und Champagner, und am Schluß saß man an einem Tisch. Am nächsten Morgen schickte Geoff ein halbes Dutzend weiße Rosen – »Einen Tag zu spät, aber es sollte nie zu spät sein«, stand auf der Karte, irgendwie kryptisch, irgendwie verlockend.

»Ich habe einige unangenehme Situationen hinter mir«, vertraute er ihr ein paar Nächte später beim Abendessen an, »seit meiner Scheidung. Ich habe mehrmals erlebt, daß eine Frau nur wegen meiner Arbeit mit mir ausgegangen ist. Ich meine, weil ich ziemlich bekannt bin.«

»Ja«, stimmte Lila zu, »ich kann mir vorstellen, daß das ein Risiko ist.«

Später fielen andere Worte in einem anderen Tonfall. »Verdammt noch mal, Lila, du hast von Anfang an gewußt, wieviel ich arbeite.« Durchaus richtig. Er hatte sich einige Mühe gegeben, ihr klarzumachen, daß seine Ehe genau daran gescheitert war, daß er so viel arbeitete; und nicht nur das, sondern daß er mit derart edlen und notwendigen Aufgaben betraut war, daß persönliche Beschwerden zurückzustehen hatten.

Wer wollte, wer konnte schon nach seiner Gegenwart verlangen, wenn in der anderen Waagschale ein Leben lag? Geoffs geschickte Wurstfinger wurden absolut gebraucht, um durch das Fleisch hindurch nach Organen und Adern zu graben, sie herauszuziehen und zu begutachten, sie zu ersetzen und den Körper wieder zusammenzunähen, manchmal vielleicht nur Augenblicke bevor der Tod eintrat.

Eine Frau konnte solch einem Mann wohl kaum sagen, »Ja, ich weiß, der Mann hat nur noch eine Niere und während wir hier sitzen, hört die auch noch auf zu arbeiten, aber ich habe wirklich eine schlimme Woche hinter mir und ich will mich an deiner Schulter ausruhen, wenn's dir nichts ausmacht.« Wer andererseits konnte jedesmal zustimmen, daß es immer wichtiger ist, in Rotary-Clubs flammende Reden zu halten als jemanden zu trösten, der eine schwere Woche hinter sich hatte?

»Ich muß«, sagte er. »Es ist wichtig.«

»Auch andere Dinge sind wichtig. Das solltest du wissen. Ich hoffe, du weißt das.«

Er sagte, der Ton gefalle ihm nicht, es klinge wie eine Drohung. »Es ist deine Sache« – sie zuckte die Achseln –, »was du da heraushörst.«

Sie las Berichte über seine Reden in der Zeitung (wie prominent doch manche ihrer Liebhaber waren). »Es ist schwierig für einen Arzt«, so erzählte er seinen Zuhörern, wo immer er sie erreichen konnte, »eine trauernde Familie darum zu bitten, eine solch schmerzhafte Entscheidung zu treffen. Aber es kann Leben retten – und als Ärzte müssen wir den Familien diese Möglichkeit zeigen. Als Gedenken an die Werte und das Vermächtnis der geliebten Verstorbenen ist so etwas größer als der größte Grabstein und die tiefsinnigste Grabschrift.« Klang er nicht wunderbar. Waren seine Reden nicht selbst außerordentlich tiefsinnig!

Wenn dieses Flugzeug abstürzt, wird es keine Organe geben, die zum Spenden geeignet sind, nichts, was die Chirurgen »einsammeln« könnten, wie Geoff das immer nannte. Lila ließ dieser Ausdruck frösteln. Aber verglichen mit der augenblicklichen Kälte, die die Knochen klappern läßt, war das harmlos.

»Es tut mir leid, Liebling«, sagte Geoff, als Lilas Mutter starb, und er legte seine langen, sommersprossigen Arme um sie. »Ich wollte, ich könnte bei dir sein.« Eine Eröffnungsrede auf einer nationalen Konferenz. Er mußte nach Westen fliegen, sie nach Osten fahren. »Ich rufe dich an, wenn wir beide angekommen sind.«

Lilas Mutter starb an einem schweren Herzinfarkt, nachts, als sie in ihr Bett stieg. Sie war erst 64, darum traf es alle wie ein Schock. Genau wie Tante June lag sie über einen Tag lang sterbend und tot da, bevor ein Nachbar sie fand. Die Verzweiflung, die Lila empfand, als sie sich diese letzten Stunden vorstellte, ließ sie Laute hervorstoßen, von denen sie selbst überrascht war.

Aber Geoff flog wegen höherer Ziele davon; und Lila begann nicht ganz grundlos, einen Horror davor zu entwickeln, sie könnte allein und unentdeckt sterben.

Offenbar hat sie sich mit völlig falschen Vorstellungen Angst gemacht. Nun wird sie vielleicht auf die genau entgegengesetzte Art sterben: mitten in der Menge, vor aller Augen.

Auf der Fahrt in die Stadt, in der sie aufgewachsen war, wo sich bei jedem Besuch ihr Magen verkrampfte, und sie unerklärliche Kopfschmerzen bekam, auf dieser Fahrt, die sie acht Jahre zuvor zur Beerdigung ihres Vaters gemacht hatte, mußte Lila mehrmals anhalten, um zu weinen. Die Tränen galten etwa zur Hälfte ihrer Mutter, zur Hälfte ihr selbst.

Später, als sie ruhiger geworden war und Abstand gewonnen hatte und deshalb bei der weitausholenden und pathetischen Grabrede abschaltete, kam ihr in den Sinn, daß ihre Mutter wahrscheinlich einfach zersprungen war, weil sie ihre wahren Gedanken und Gefühle zu sehr unterdrückt hatte. »Tod durch Unterdrückung von Gefühlen« fiel Lila als Grabschrift ein. Sie hörte sich selbst lachen und überdeckte das Geräusch schnell mit einem Husten. Ja, sogar einem Schluchzen; sehr stolz war sie da nicht.

Sheila, die Stewardeß, eilt vorbei, sie kämpft sich ihren Weg nach vorne, vorbei an grellen, angstvollen Stimmen und fuchtelnden Armen und sie bleibt bei niemandem stehen. Ihre Bluse ist ihr an einer Seite herausgerutscht, ihr dunkles Haar ist nicht mehr ganz glatt. Vielleicht verraten ihre Augen etwas: Angst und Untergang oder auch nur die Entschlossenheit, durchzukommen.

Aber bevor Lila ihr in die Augen schauen kann, ist sie bereits vorbei. Menschen zeigen und verbergen ihre Gefühle in so unterschiedlicher Weise, daß es bei einer so flüchtigen Bekanntschaft ohnehin schwer wäre, den wahren Gefühlszustand von Sheila zu erkennen, es sei denn, sie würde wirklich echte Panik zeigen.

Aber wenn es eine gute Gelegenheit gibt, aufbrechende Gefühle zu unterdrücken oder zu verbergen, dann ja wohl jetzt.

Dennoch kann Lila immer noch nicht glauben, daß solche Dinge wirklich geschehen. Leute wie sie sterben nicht, jedenfalls nicht so. Sie sterben so wie ihre Mutter: so, wie es sich gehört und privat.

Lila und Don und seine neue zweite Frau, Anne, gingen zum Anwalt der Familie, ordneten den Besitz und organisierten den Verkauf des Hauses. Don nahm den Fernseher und die Möbel aus dem Eßzimmer. Lila nahm das Porzellan mit den rosa-goldenen Blumen am

Rand, das ihre Großmutter schon ihrer Mutter vererbt hatte. »Ist das alles, was du haben willst?« fragte Don.

»Ich glaube schon.« Ganz bestimmt nicht die Stickrahmen, auf denen ihre Mutter die Kissenbezüge für Arme oder Neuvermählte stickte, oder die Weidenkörbe, die sie immer mit Suppe, Brot und Eintopf für Kranke, Waisen oder Hungrige vollpackte.

Zur Beerdigung kamen erstaunlich viele Leute. »Sie war immer so freundlich«, sagten sie und berührten Dons schwarzen Trauerflor am Ellbogen und Lilas schwarz umhüllte Schultern. »Sie war ein sehr guter Mensch, ihre Mutter.«

Und das war sie auch. Lila, die ihrem Beispiel nicht gefolgt ist, wird bei ihrem eigenen Begräbnis weitaus weniger Publikum haben, mit weitaus weniger wohlwollenden Erinnerungen. Und dieses Begräbnis wird wohl erschreckend bald stattfinden. Ach bitte, bitte, denkt sie wieder. Ich werde mich bessern. Ich werde mich ganz bestimmt bessern.

Als sie wieder zu Hause war, und Geoff sie nach der Beerdigung, den Begleitumständen und den Trauergästen fragte, betrachtete sie seine Hände, die auf ihren ruhten. Er war offenbar sehr besorgt. »Es ist zu spät, und man kann es nicht beschreiben«, sagte sie. »Zu viele Gefühle in zu kurzer Zeit. Ich glaube, es ist wie ein schlechter Witz – man muß dabeigewesen sein, um ihn zu verstehen.«

Sie dachte: Diese plumpen, fetten Finger hatte ich auf meinem Körper, wie konnte ich nur? Wenn ich daran denke, wo diese Hände überall waren!

Es gibt Momente, da stellt sich Vertrautes dem Auge oder dem Verstand auf einmal ganz anders dar, und alles ändert sich.

»Geoff«, begann sie vorsichtig, »ich weiß, daß du Menschenleben rettest, daß sehr viele Anforderungen an dich gestellt werden, und daß sehr viele Menschen etwas von dir wollen.« Sie fragte sich, mit welchem Wort man seinen Ausdruck beschreiben könnte – aufgeblasen, dachte sie schließlich. Er war geschmeichelt und sah aus wie irgendein feister, stolzer Gockel oder sonst ein Vogel, herausgeputzt und aufgeblasen. Aber nicht wie ein Papagei, die Züge eines Papageis sind markanter.

»Und das ist sehr schön für dich, und du hast es verdient, aber wie sich herausgestellt hat, ist das mit der Liebe nicht sehr gut vereinbar. Und mit Zusammenleben übrigens auch nicht.«

Sie dachte, das sei deutlich gewesen, aber das war es offensichtlich nicht.

»Was sagst du da? Ich verstehe überhaupt nicht, wovon du redest.«

»Ich sage, daß es keine Frage der Schuld ist, aber ich bin müde, meine Mutter ist tot, und ich habe keine Kraft mehr für Großzügigkeit, oder auch nur Verständnis und ich bin fertig.«

»Mit uns?« Er hatte immer noch nicht begriffen. »Mit mir?«

»Erstaunt dich das?«

»Ohne Vorwarnung? Das ist nicht fair. Mich aus heiterem Himmel mit so etwas zu konfrontieren!«

»Ach Geoff, es hat so viele Vorwarnungen gegeben. Du hast sie einfach nicht gehört.« Er hatte viele Vorzüge, auch privat: Energie, Konzentration, Hingabe, Intensität. Und Liebe, wie er sagte. Aber es hatte sich gezeigt, daß er auch taub war.

»Lila, sei vernünftig! Ich habe dich für klüger gehalten. Das ist dasselbe, was ich mit meiner Frau durchgemacht habe, verdammt noch mal. Ich hätte nie gedacht, daß ich das auch mit dir erleben würde.« Das saß, ein Vergleich mit der verhaßten, nicht ernst zu nehmenden, verständnislosen Ehefrau.

Zumindest das hat Tom nie gemacht. Eigentlich eher das Gegenteil, und das war genauso schlimm.

»Ich habe getan, was ich konnte«, sagte Geoff, und aus seiner Sicht hatte er das ohne Zweifel getan. Er sah sie an, als wolle er sie schütteln oder schlagen. Hatte er seine längst verflossene Ehefrau je mit diesen Metzgerfäusten geschlagen?

Er hält immer noch Reden und tut immer noch gute Werke. Sie liest seinen Namen immer noch in der Zeitung, seine Geschichte geht weiter. Ein Jahr verging – eine angenehme streßfreie Zeit, die Lila vor allem damit verbrachte zu lehren, zu forschen, zu lesen und sich mit Patsy und Nell zu vergnügen, ins Kino, ins Theater oder in Bars zu gehen, sich Geheimnisse, Sorgen und Witze zu erzählen – und dann traf sie Tom, wieder ein guter Mann, der sich viel um andere Dinge kümmerte.

Es ist schwer, Prozentsätze, Dezimalstellen und winzige Zuwächse in der Liebe zu berechnen. Schwer im Sinne von schwierig, aber auch im Sinne von schmerzhaft. Lila hat ihren Spaß daran, wie Worte manchmal in verschiedene Richtungen wandern können.

Wie bringen es manche Menschen nur fertig, in einem einzigen Leben zu bleiben, wenn schon ein Wort so viele verschiedenen Existenzen haben kann? Lila weiß, daß sie, die von so vielen realen und fiktiven Geschichten umgeben ist, dem Gedanken an Abwechslung und Wandel sehr leicht erliegt: Daß eine Vielfalt von Charakteren in einer Vielfalt von Situationen auch eine Vielfalt von Antworten hervorbringt.

Das macht den heutigen Tag besonders unvorhersehbar und unübersichtlich. Außer Tom sind alles Fremde und selbst bei ihm, wer weiß schon etwas über ihn? Oder über sich selbst? Man kann wirklich nicht sagen, was in ihnen beiden schlummert, geschweige denn in den anderen.

Wie lange ist es ihr gelungen, sich kein Bild davon zu machen, was gerade geschieht und wie es um sie steht? Es kommt ihr wie eine Ewigkeit vor. Und selbst wenn es eine lange Zeit war, so ist das doch ein gutes, hoffnungsvolles Zeichen. Aber vielleicht waren es nur Sekunden. In kritischen Momenten fliegen die Gedanken. Fliegt die Zeit auch?

Und fliegt dieses Flugzeug? Sie muß schon wieder lachen.

Und wieder stößt sie Tom vor den Kopf, auch wenn sie nicht weiß warum. Sie lacht ja nicht über ihn. »Lila!« Seine Stimme zerschneidet das Surren und den Lärm. Und plötzlich fühlt sie geschockt seine Hand auf ihrem Gesicht brennen. »Hör auf! Das darfst du nicht.«

Sie starrt ihn an, ist überrascht, nicht wegen des Schmerzes, sondern weil sie nicht im Traum daran gedacht hat, daß Tom sie je schlagen würde. Auf die eine oder andere Weise hat er ihr, manchmal absichtlich, meistens unabsichtlich, gelegentlich Schmerzen zugefügt, aber sie hatte nie auch nur einen Moment Angst davor, daß er so etwas tun würde. Wie dumm, jetzt damit anzufangen. Glaubt er etwa, er kann sie erschrecken oder bestrafen? Wie kann er sich das nur einbilden?

»Tut mir leid, Lila; aber wir müssen einen kühlen Kopf behalten.« Wofür, zum Teufel, wenn sie bald alles andere verlieren? Diesen kleinen Scherz behält sie für sich.

Was ist los mit ihr? Denn er hat ja recht, was hier geschieht, ist furchtbar und nicht komisch. »Was ist denn los mit dir?« fragt er, und das ist eine sehr gute Frage, aber auch eine erstaunlich dumme.

»Ich hab es nicht so mit der Realität, glaube ich.« Sie hat Mühe, ihre Augen unter Kontrolle zu halten. Wenn ihre Großmutter Tante June von irgendeinem Erlebnis erzählte, pflegte sie zu sagen: »Ich weiß nicht, ob ich lachen oder weinen soll.«

Lila ist versucht, Tom zu sagen, »Ich habe nämlich das Talent, den Tatsachen nicht direkt ins Auge zu sehen, und das ist dein Glück.« Denn kein realistisch denkender Mensch würde seine kostbare Zeit mit einer Person verbringen, die anderswo fest gebunden ist. Nur jemand, der die Realität kaum wahrnimmt, würde das Schicksal herausfordern und mit solch einer Person eine zweiwöchige Reise in ein anderes Land unternehmen. Was glaubt er denn?

Wenn es eine Sache gibt, von der sie etwas versteht, dann ist es das Schicksal. Sie hält ganze Vorlesungen darüber, wie es sich in den verschiedenen Geschichten und Stücken im Lauf der Zeit mal da und dort entfaltet. Sie weiß viele Beispiele und kennt viele schöne Worte für die traurigen Opfer des Schicksals.

Zweifellos widerstrebt einem Historiker solch ein Konzept. Und auch ein Politiker läßt sich wohl eher vom Hoffnungs- als vom Schicksalsgedanken leiten.

Allerdings ist Schicksal ein ziemlich grandioses Konzept. Eine große Idee, die nur zu Charakteren mit Übergröße paßt. Viel zu groß für jemanden wie sie selbst. Oder auch für Tom. Irgend jemand muß in diesem Flugzeug sitzen, der groß genug ist, um so etwas wie Schicksal zu rechtfertigen.

Oder es gibt etwas wie akkumuliertes Schicksal, und dies ist eine ganze Flugzeugladung von normalen Leuten, die das Schicksal auf ihre kleinliche Weise herausgefordert haben und jetzt zusammen dafür den Bach runter gehen. Sehr effektiv.

Niemand, der realistisch ist, hätte seine Karriere mit Ideen und Geschichten vertrödelt, deren Realität, ganz im Gegensatz zu der von Tom, nur im Kopf bestand.

Sie bemerkt, daß sie die Vergangenheitsform benutzt. Als Professorin weiß sie, daß das eine bedeutsame Stilveränderung ist.

Sie ist so verdammt kalt. Es ist doch unmöglich, was hier passiert. Aber es fällt ihr nichts ein, was sie tun könnte, damit es nicht passiert.

»Schau«, sagt Tom und berührt ihren Arm. Ja, da ist Sheila, sie hat es bis nach vorne zur ersten Sitzreihe in diesem angsterfüllten Flugzeug geschafft, und jetzt steht sie auf irgend etwas, auf einem Sitz, und rudert in weitausholenden Bewegungen mit den Armen, etwa so wie das Bodenpersonal, das ein Flugzeug auf seinen Platz am Terminal einweist. Lila fällt ein, daß bei Landungen in der Nacht Lichter an den Enden dieser weit umherrudernden Arme sind.

Und es gibt Terminals. Boden. Wärme und Licht. Lange Wartezeiten am Zoll und an den Förderbändern für Gepäck. Dieses etwas merkwürdige Gefühl von Steifheit, wenn sich nach so langer Zeit in der Luft die Beine wieder bewegen, die Füße wieder auftreten. Die Orientierungsschwierigkeiten, wenn man an einem neuen Ort ist, nachdem man doch gerade noch ganz woanders war.

Kaum vorstellbar. Unendlich wünschenswert.

Nicht jedem gelingt es, Panik schnell zu überwinden. Wie unbeholfen und unelegant Menschen werden, wenn sie Angst haben – wo glauben sie denn hinkriechen zu können, wo sie doch alle in dieser Sardinenbüchse eingeschlossen sind? Was, glauben sie, würde passieren, wenn sie wirklich herauskämen? Haben sie es so eilig, diesen dunklen, eisigen Moment zu erleben? Es dauert eine Weile, bis Sheila, vermutlich unterstützt von den anderen Flugbegleitern, etwas Ruhe und Ordnung herstellen kann. Sheila sieht aus, als habe sie Angst, aber hielte durch. Zweifellos werden Flugbegleiter für Krisensituationen und deren Kontrolle geschult; aber wie Lila selbst sehr gut weiß, ist das Klassenzimmer höchstens eine Vorbereitung auf andere Klassenzimmer, und nicht mehr.

Wenn Sheila Angst hat, ist das dann nicht ein Beweis dafür, daß die Lage ernst ist?

Susie schluchzt, und dieses Schluchzen hört auch nicht auf, als die anderen Geräusche verebben. Ihre Mutter streicht ihr über das Haar und schaukelt sie auf den Knien, aber sie wirkt unaufmerksam und starrt mit leerem Blick nach vorn. Ob Susie merkt, daß ihre Mutter nicht ganz bei der Sache ist? Weiß Susie, daß ihr Schutz Grenzen hat?

Dabei wäre es schön, sich in schützende Arme zu kuscheln. Toms Arme wären schön. Im Idealfall könnten sie sich gegenseitig in den Armen wiegen.

»Ich hab Angst«, wimmert Susie. »Es soll aufhören.« Zweifellos spricht sie für alle, dennoch wünscht sich Lila, daß sie still wäre. Bei manchen Dingen ist es einfach zu viel, wenn sie ausgesprochen werden.

»Bitte«, ruft Sheila mit einer Stimme, der man das Bemühen anhört, daß sie Panik vermeiden will. »Darf ich um Ihre Aufmerksamkeit bitten. Könnten Sie bitte alle zu Ihren Sitzen zurückkehren und zuhören.«

Wie höflich, all diese Bitten. Was für ein nettes Kind Sheila gewesen sein muß, gut erzogen von rücksichtsvollen Eltern, die sie, so stellt sich Lila vor, abgöttisch geliebt haben. Wollten sie, daß ihre Tochter Stewardeß wird, oder hätten sie wie Tom etwas anderes vorgezogen, Anwältin oder Ärztin oder Mutter? Waren sie enttäuscht über ihre Entscheidung oder stolz darauf? Wie traurig sie sein werden, daß sie ihre Tochter zu einer solch verantwortungsvollen Höflichkeit erzogen haben, um dann dies hier zu erleben.

Es gibt so viele Menschen, die in der Stimme einer hübschen Frau keine Autorität spüren. Würde es helfen, wenn Lila aufstünde und riefe: »Jetzt hält jeder mal die Schnauze!«? Lilas eigene Erziehung war auch eher sanft, aber das hat sie überwunden.

Dennoch, Sheilas Bemühungen fruchten etwas. Die meisten Leute dürsten begierig und ängstlich zugleich nach Worten und geben zumindest Ruhe. Lilas Hände zittern und Tom ergreift eine ihrer Hände. Es spielt kaum eine Rolle, ob er damit trösten oder getröstet werden will.

Alle schauen Sheila an, aber es ist nicht ihre Stimme, die dann kommt. Es ist auch nicht die dünne Stimme des Piloten, die sie nach dem Start gehört haben. Was ist mit ihm, ist er zu beschäftigt?

Nein, diese Stimme ist tief, besänftigend und ruhig. Entkörpert. So als spräche Gott von allen Seiten zu ihnen.

Nun, wer auch immer da oben im Cockpit ist, wird Gott ziemlich ähnlich sein müssen, soviel ist klar. All diese Hände werden sehr sehr fähig sein müssen, die Gehirne klar und präzise. Was nötig ist, ist ein ausgeprägter Realitätssinn. Lila ist froh, daß sie die Piloten nicht kennengelernt, ja nicht einmal gesehen hat. Das gibt ihr die Freiheit, zu hoffen und sich vorzustellen, daß sie viel klüger und mächtiger und scharfsinnger und vernünftiger sind als alle Menschen, die sie kennt.

Jeden, der sie hier rausholt, wird sie gerne nach Hause einladen. Sie könnten ihre besten Freunde werden. Alles. Wenn jetzt jemand ihr Haus betritt, soll es nicht mehr um leichtfertige Kriterien wie Zuneigung gehen. Sie will einfach nur selbst dort sein. Wenn ihr jemand das ermöglicht, würde sie ihr Haus nie mehr verlassen.

»Meine Damen und Herren«, die Stimme spricht langsam und fest, »darf ich um Ihre Aufmerksamkeit bitten.« Die meisten Leute sind ruhig, manche, wie der dicke Mann am Notausgang, wenden ihren Kopf sogar dem Lautsprecher zu. Dennoch hört man hier und dort ein Wimmern oder Schluchzen, und drüben auf der anderen Seite des Raumes, ganz hinten, schreit jemand immer wieder »Nein, nein, nein.« Es klingt wie eine ältere, zitternde Frauenstimme, angesichts der Umstände könnte sie aber genauso gut einem jungen muskulösen Mann gehören.

In ihrer Vorstellung sieht Lila alle Erscheinungsformen verkochen, nur Essenzen zurücklassend.

»Meine Damen und Herren. Hier spricht Ihr Copilot, Frank McLean. Wie Sie inzwischen bemerkt haben, haben wir im Moment einige Schwierigkeiten.« Schwierigkeiten! Hält er sie für Idioten? Andererseits, wie würde es Lila an seiner Stelle formulieren? Er kann ja wohl nicht sagen: »Meine Damen und Herren, wir haben da ein häßliches kleines Feuer, und wir werden gleich 10 000 Meter tief abstürzen, und wenn uns nicht schon der Absturz umbringt, so wird es der Aufprall ganz bestimmt tun.«

Ups. »Lila!« Tim runzelt die Stirn. Hat sie schon wieder laut gelacht?

Sheila hat aufgehört, mit den Armen zu winken und scheint selbst zuzuhören. Wie jung sie ist, zumindest verglichen mit Lila, wenn auch nicht mit Susie. Lila sollte dankbar sein, daß sie so viel mehr Zeit hatte.

Sheila muß ziemlich tapfer sein, wie sie da auf dem Sitz steht und die Passagiere im Auge behält, vermutlich um herauszufinden, wo es zu Ausbrüchen kommt, wer am aufgeregtesten ist, wie sich das äußert und wie dabei geholfen werden kann; aber auch sie wird wohl daran denken, wie ihre Überlebenschancen stehen, verlorenen Freuden und Jahren nachtrauern.

Vielleicht hat sie sich heute morgen langsam aus den Armen eines genauso jungen, feurigen Mannes gelöst, sich still im Dunkeln angezogen, damit sie ihn nicht weckt, traurig, daß sie ihn verlassen muß und weil er ihr schon in diesem Moment fehlte.

Vielleicht aber ist sie auch aus ihrem einsamen Bett gesprungen, hat das Licht und das Radio angedreht, sich schnell angezogen, ihre Bluse zugeknöpft, die Strümpfe hochgezogen, hat sich mit flinken Fingern den bunten Schal um den Hals gebunden und sich auf die Liebe gefreut, die sie am Ende dieses Tages in einem anderen Land erwartet.

Oder Susie, ein kleines Kind, das noch alles vor sich hat: Brüste und Vergnügungen, Entscheidungen und Katastrophen, Leidenschaften und Schmerzen. »Mir tun die Ohren weh«, hört man sie aus dem Zufluchtsort in den Armen ihrer Mutter weinen. »Mein Kopf tut weh. Mach, daß das aufhört.« Wie rührend, dieser Glaube.

Wieder spricht Susie für alle, und wieder denkt Lila, daß es bei manchen Dingen besser wäre, wenn sie nicht so offen ausgesprochen würden.

Es stimmt, man hört ein Dröhnen und eine Art scharfes Pfeifen. Lila sieht wie einige Leute den Kopf hin- und herbewegen, so als wollten sie den Ton abschütteln, andere stecken die Finger in die Ohren. Manche gähnen, was normalerweise bei Druckveränderungen hilft. Was auch immer da geschieht, es verursacht nicht direkte Schmerzen, auch wenn Susie weint, aber es produziert eine Art Surren im Kopf. Auch Tom runzelt die Stirn und schüttelt den Kopf. Was er wohl denkt? Kaum anzunehmen, daß sich seine und Lilas Gedanken in dieser Situation nicht unterscheiden.

»Meine Damen und Herren«, sagt die tiefe dunkle Stimme wieder. Es muß ein schönes Gefühl sein, denkt Lila, wenn einem so viele Menschen an den Lippen hängen. Sicher etwas anderes als vor einer Schulklasse zu stehen. Natürlich hat dieser Mann das Publikum auf seiner Seite. Da wird wohl keiner gelangweilt aufstehen und weggehen.

Diesmal knufft Tom sie. Er fängt an, sie zu ärgern. Jetzt ist sie es, die die Stirn runzelt. Zu jeder Beziehung gehört viel mehr als Liebe. Wenn es eine lebendige Beziehung ist, gehören dazu komplizierte Balanceakte, kleine Machtkämpfe, Positionswechsel. Sie starrt ihn kurz wütend an, denn in der Liebe muß man vor mehr auf der Hut sein als Liebe.

Aber trotzdem ist jetzt nicht die Zeit sich auseinanderzusetzen. »Hör zu«, sagt sie und umfaßt seine Hand mit hartem Griff.

5

Die Stimme füllt den Raum. Oder saugt die Luft ab. »Wie die meisten von Ihnen bereits bemerkt haben, haben wir es mit einem der Triebwerke zu tun.«

Triebwerke? Fast dreht sich Lila um, um noch mal nachzuschauen: Sie hatte den Eindruck, das Problem sei das Feuer am Flügel. Aber andererseits sind die Triebwerke wahrscheinlich an den Flügeln angebracht, wenn also eines kaputt ist, wirkt sich das wohl oder übel auf die anderen aus. Wie bei ihr und Tom: Eine Unstimmigkeit mit seiner Frau, oder auch ein Augenblick der Zärtlichkeit mit ihr, berührt automatisch in einer unausgesprochenen, kaum erkennbaren Art Lilas Leben. Oder ein trotziger Student, ein schwieriger Bericht, ein Abend oder ein Wochenende, an dem er ihr fehlt, rieselt ganz von selbst aus ihr heraus und kippt in ihn.

Und anders als bei ihr und Tom (eher wie bei Tom und seiner Frau) sind manche Teile eines Flugzeugs eben miteinander verschraubt und verschweißt. Daher beeinflussen sie einander natürlich, wie dumm von ihr.

»Was einige von Ihnen vielleicht schon sehen konnten, ist ein Feuer von sehr geringen Ausmaßen« – wie mißt man Feuer? –, »und das hat Auswirkungen auf mehrere Mechanismen, die die Stabilität und den Kabinendruck betreffen. Ihre Besatzung möchte Ihnen hiermit versichern, daß dies alles vermutlich gefährlicher aussieht als es ist.« *Vermutlich* bedeutet ebenso *vermutlich nicht*. »Das Wichtigste im Augenblick ist, Ruhe zu bewahren.«

Nicht unbedingt. Ruhe ist gut, aber das Flugzeug in der Luft zu halten, bis es sicher und friedlich an seinem Bestimmungsort landen kann, wäre unendlich viel besser; was nicht heißt, daß ein Tumult nicht auch gefährlich ist.

»Diejenigen, die mit diesem Flugzeugtyp vertraut sind,« und das schließt Lila aus, denn sie hat keine Ahnung, in was für einem Typ Flugzeug sie fliegen, außer daß es groß ist und, wie sie hofft, stabil, »wissen, daß wir vier Triebwerke haben. Das bedeutet, daß wir beim Umgang mit unseren derzeitigen Schwierigkeiten über eine gewisse Flexibilität verfügen. Daß ein Triebwerk Probleme macht, ist zwar ungewöhnlich und ärgerlich, aber kein einzigartiger Vorgang.«

Wirklich? Lila möchte wetten, daß es für jeden im Raum einzigartig ist und wahrscheinlich auch ziemlich einzigartig für die Männer im Cockpit, außer sie hätten im Lauf ihrer Karriere außergewöhnliches Pech gehabt. Es gibt auch Menschen (ihre Mutter zählt dazu), die darin Trost finden, daß es zumindest andere Leute gibt, die ein ähnliches oder noch schlimmeres Unglück erleiden. Lila hingegen hält »ich bin nicht die einzige« für eine sonderbare Behauptung. Es hilft ihr nichts, wenn Tom oder Susie und ihre Mutter oder der Dicke am Notausgang mit ihr abstürzen, und ihr eigenes Schicksal verbessert deren Schicksal auch nicht gerade. Wie in aller Welt könnte es das?

»Was das Feuer selbst angeht, so sind wir sicher, daß wir aufgrund der Konstruktion des Flugzeugs und seines Sicherheitsstandards dieses Problem in den Griff bekommen werden.« Und was genau heißt »in den Griff bekommen«? Die ganze Rede kommt Lila bedrohlich schwammig und wattiert vor, mit zu vielen vagen, perlenden Wörtern und zu wenig eindeutigen und klaren. Sie persönlich würde lieber Wörter wie »löschen«, »auslöschen« oder einfach »ausmachen« hören.

»Wir möchten Ihnen außerdem versichern, daß unsere Besatzung äußerst erfahren ist, und uns die Sicherheit von jedem einzelnen von Ihnen am Herzen liegt. Ihr Kapitän, Luke Thomas, der früher schon zu Ihnen gesprochen hat, ist seit achtzehn Jahren Pilot und hat mich gebeten, Ihnen mitzuteilen, daß er volles Vertrauen in eine sichere Landung hat.«

Luke Thomas – na, das ist mal ein solider Name, ein Name, dem man vertrauen und auf den man zählen kann, ein Name mit Haaren auf der Brust und vielleicht sogar auf dem Rücken. Pech ist nur seine Stimme. Lila überlegt, ob seine Fähigkeiten eher seinem Namen ähneln oder seiner Stimme?

»Wir befinden uns außerdem in ständigem Kontakt mit Beratern in unserem Heimatflughafen und auch mit mehreren möglichen Zielflughäfen und arbeiten ununterbrochen daran, verschiedene Alternativen zu prüfen. Wir werden Sie über alle Sie betreffenden Entscheidungen auf dem laufenden halten. Zum Beispiel, wenn ein anderer Landeplatz wie Reykjavik in Island Heathrow vorgezogen werden sollte.« Unterdrückte Laute der Unzufriedenheit wallen unter seinen Hörern auf; ist der Gedanke an Island genauso beunruhigend wie das Meer? Sicher nicht.

»Bitte seien Sie inzwischen versichert, daß wir unser Möglichstes tun.« Lila hört den traurigen Ton der Ärzte bei dem Versuch, schlechte Nachrichten abzufedern: »Wir tun unser Möglichstes« ein Satz, der selbst ihrer geringen Erfahrung nach praktisch sicheren Untergang bedeutet.

Die geringe Erfahrung bezieht sich auf drei kurze, endlose Tage zwischen dem Morgen, an dem das Kind ihres Bruders von einem Auto überfahren wurde und dem späten Nachmittag, an dem es starb – Ärzte und Krankenschwestern haben diese Worte immer und immer wieder wiederholt, notwendig, aber unerträglich zu hören. Unerträglich war es auch, bei dem winzigen blonden Dreijährigen zu wachen, der lebhaft und strahlend gewesen und jetzt plötzlich zerbrochen war, an Drähte und Schläuche angeschlossen und ein hoffnungsloser Fall. Als Lila sich über ihn beugte, erinnerte sie sich mit Bedauern an ihren Ärger über seine laute, hohe Stimme und seine Rücksichtslosigkeit mit wertvollen Gegenständen. Seine größte Rücksichtslosigkeit, so stellte sich nun heraus, galt ihm selbst.

Armer hilfloser Sam, er schaute auf und wunderte sich, warum die Menschen, denen er vertraute, ihn nicht einfach wieder reparieren konnten; so wie Susie, die wimmernd in den Armen ihrer Mutter liegt, sich vielleicht dasselbe fragt.

Niemand kann alles reparieren. Don und seine Frau Alice konnten sich selbst oder einander nicht mehr reparieren. Beide gaben Alice – wenn auch mehr oder weniger unausgesprochen – die Schuld an dem Impuls ihres Kindes, loszustürzen und zwischen parkenden Autos auf die Straße zu flitzen. Der zu Tode erschrockene, zitternde Fahrer des Autos, das ihn überfuhr, sagte – und die Polizei war derselben Meinung –, daß man nichts hätte machen können.

Das einzige, was man hätte machen können, wäre gewesen, besser auf ihn aufzupassen, ihn fester zu halten, ihn keinen Augenblick aus den Augen zu lassen, und darin hatte seine Mutter versagt. Natürlich seine Mutter. Lila fand, es hätte ebenso sein Vater, Don, ihr Bruder, sein können, aber er war bei der Arbeit und von der Aufgabe befreit, aufzupassen und in der Nähe zu sein.

Lila liebt ihren Bruder, obwohl sie ihn nicht immer mag, und sie glaubt, daß er ihr gegenüber ähnlich empfindet. Sie mochte auch Alice gern, eine nette Frau mit bescheidenen, zerstörten Hoffnungen. Vor dem Ereignis hatte sie auf Lila eher schmächtig und undefinierbar gewirkt, aber ihr Leiden erwies sich als keineswegs schmächtig. Es war laut und schrecklich, und man konnte ihr nicht helfen, ihr Kummer wogte weit jenseits von Worten in eine rauhe heulende Reinheit. Don wiegte und umfaßte mit seinen Armen nur sich selbst.

Wenn schon Lila sich und ihre Hilflosigkeit, etwas zu reparieren oder ungeschehen zu machen, kaum im Griff hatte, so muß es für Alice und Don unermeßlich viel schwerer gewesen sein. Für jeden von ihnen. Danach blieben sie auch getrennt, Alice mit ihrem offen gelebten Schmerz, und Don mit seiner bleichen, schweigenden Trauer und offensichtlichem Vorwurf.

In den langen Stunden im Krankenhaus warteten Alice und Don, warteten, weigerten sich, sich umzuziehen oder zu essen oder sich auszuruhen. Lila hingegen fand es notwendig, nach Hause zu gehen und dann geduscht und sauber wiederzukommen, in frisch gebügelten Sachen, als könne Ordnung oder sogar Normalität die Ordnung im Rest ihres zerstörten Universums wiederherstellen.

Jenseits des Erduldens war alles lebendig, nichts konnte zum Verstummen gebracht, gedimmt oder abgestellt werden. In dem Augenblick, als Lila aus dem Fahrstuhl in Sams Krankenhausgang trat, schnitten ihr scharfe Gerüche in die Nasenlöcher, und die hohen, weit entfernten Lichter begannen ihre Augen anzugreifen. Die Frische der gestärkten Uniformen der Krankenschwestern, die durch die Gänge eilten, erreichte ihre Ohren als kratzende, verrücktmachende, atmosphärische Störung.

Die Worte, an die sie sich vor allem erinnert, waren: »Wir tun alles, was wir können«. Und: »Alles Menschenmögliche wird getan werden.«

»Solche schrecklichen Sachen passieren immer wieder«, sagten die Leute. »Tragisch, einfach ein furchtbarer, tragischer Unfall.« Alles wahre Worte. Offensichtlich gibt es Grenzen für das, was wahre Worte reparieren können.

Ebenso wie Don war Lila wütend vor Kummer. Aber während sich seine Wut vor allem gegen Alice richtete, zielte ihre auf das Unfaire ab, auf den Betrug um Glauben und Hoffnungen und auf das Leiden selbst: Dons, Alices und am meisten Sams.

Lila hat Alice seit der Scheidung vor zwölf Jahren nicht mehr gesehen. Don und seine zweite Frau Anne mit ihren drei Kindern, zwei Töchter und ein kleiner Junge, sieht sie oft. Es sind süße Kinder, freundlich wie kleine Hunde. Lila ist eine geduldigere und aufmerksamere Tante als sie es früher war, und Don ist ein geduldigerer und aufmerksamerer Vater.

Robbie ist jetzt vier, älter also als Sam war, als er starb. Es gibt kein Vergessen, aber das Leben geht weiter, nimmt neue Formen an und überdeckt sogar die schlimmsten Lecks und Sprünge, die auftreten.

Wie es ohne Zweifel auch ohne Lila weitergehen würde.

Wer würde sie vermissen?

Tom, hofft sie, würde an der Spitze der Trauerliste stehen, wenn er nicht hier neben ihr säße. Dann vor allem Patsy und Nell, stabile Genossinnen aus den Jahren des Lachens, der Siege, der Sorgen, Mißverständnisse, Geheimnisse und der Gallonen von Schokolade und Ozeanen von Wein.

Ihr kommen selbst die Tränen, wenn sie daran denkt, wie sie sie vermissen wird.

Aber das ist dumm. Wenn sie stirbt, wird sie weg sein und überhaupt nichts vermissen. Aber sie hofft, daß sie sie vermissen werden. Und da sie auf so spektakuläre Art abgetreten sein wird, muß man sich auch daran erinnern. Sie wäre dann eine richtige Geschichte, spielt eine Rolle in einem aufregenden, öffentlichen Ereignis, und ist nicht nur eine liebe, persönliche Erinnerung.

Der arme Tom, er muß über völlig andere Familienangelegenheiten nachdenken.

»Da wir auf jeden Fall«, fährt die Stimme fort, »für alle Eventualitäten gerüstet sein sollten, werden unsere Flugbegleiter in Kürze mit Ihnen die Sicherheitsvorschriften wiederholen und durchgehen und Sie auf die Vorsichtsmaßregeln und die Ausstattung für Notfälle hinweisen. Wir wären dankbar, wenn Sie dem Ihre volle Aufmerksamkeit widmen würden.« Kein Problem diesmal, möchte Lila wetten. Alle werden gefesselt sein, und niemand wird die Gestik der Stewardessen komisch finden.

»Lassen Sie mich Ihnen noch einmal versichern, daß wir volles Vertrauen haben, sicher zu landen. Wir bitten Sie, sich weiterhin ruhig und verantwortungsvoll zu verhalten. Es hilft gar nichts, sich allzu große Sorgen über Schwierigkeiten zu machen, die fast sicher gelöst werden.«

Für Lila klingt er wie ein Mann, der auf Nummer Sicher geht, das »fast« ein tödlicher Ausrutscher.

Sozusagen. Aber sie darf nicht lachen.

Toms Hand hält eigentlich nicht mehr ihre Hand, sie liegt nur irgendwie einfach da, schlaff. Manchmal ergab sich die seltene Gelegenheit, daß sie die ganze Nacht miteinander verbringen konnten.

Sie erwachte dann mit einem Gefühl, daß sie ersticken müßte, eingesperrt von einem Arm oder einem Bein, das schwer über ihr lag, und sie mußte sich verzweifelt und vorsichtig befreien.

Vielleicht hätte sie statt dessen üben sollen, den Zustand des Eingesperrtseins zu ertragen.

»Bitte bleiben Sie in Ihren Sitzen und versichern Sie sich, daß Sie angeschnallt sind. Nach den Sicherheitsanweisungen wird Ihnen unser Flugpersonal etwas zu trinken servieren, Kaffee und Tee, auf Kosten der Fluggesellschaft. Alkoholische Getränke werden nicht mehr ausgegeben, wie Sie sicher verstehen werden. Unsere Flugbegleiter werden auch gerne versuchen, Ihre Fragen zu beantworten, falls Sie welche haben, aber sie werden es vielleicht nicht immer können. Ein Flugzeug ist ein sehr kompliziertes Gebilde, und daher sind natürlich auch manche der Maßnahmen, die wir ergreifen, um eine sichere Landung zu gewährleisten, kompliziert.«

Gut zu wissen, daß es Maßnahmen gibt, egal wie kompliziert sie sind. Lila wäre jedenfalls aufgeschmissen, wenn sie herausfinden müßte, wie man eine Flamme am Flügel eines Flugzeugs löscht, ganz zu schweigen von den anderen Problemen, die sich aus dem Feuer ergeben, aber wenn es Lösungsmöglichkeiten gibt, ist es hervorragend, daß jemand sie kennt.

Vielleicht gibt es eine Bedienungsanleitung. Vielleicht sitzen die Besatzungsmitglieder jetzt gerade im Cockpit und blättern fieberhaft in der Bedienungsanleitung auf der Suche nach der Seite, die ihnen die spezielle Antwort auf diese spezielle Katastrophe gibt.

»Abspringen«, könnte dort stehen, »geben Sie auf und verlassen Sie das Flugzeug.«

Der große, dicke Mann am Notausgang sitzt jetzt aufrechter und füllt seinen Platz sogar noch mehr aus als zuvor. Er dreht sich nach allen Seiten um, um zu sehen, was um ihn herum vorgeht. Er wirkt wie jemand, der die Absicht hat, für sich selbst zu sorgen. Lila kennt diesen Ausdruck in Männergesichtern: in sich gekehrt, entrückt, hart.

Lila ist selbst auch nicht schlecht in imponierendem Verhalten, wenn es verlangt wird; es ist nicht nur eine Frage der Größe. Man weiß nie, wie nützlich es sein kann, auf jeden Fall ist es eine Begabung. Tatsächlich hat sie eine Menge Talente; ihre größten sind jedoch nicht unbedingt die, die heute sehr gelegen kommen.

Sie würde sagen, daß sie anpassungsfähig ist, ziemlich leidenschaftlich und einige Dinge leicht und kühl analysieren kann. Sie ist ziemlich gut in Hoffnung und Vergeßlichkeit, was so oft zusammengehört. Sie hat überhaupt keinen Sinn für konkrete Fertigkeiten, wie Basteln oder Schreinern. Sie hat viel und alles mögliche gelesen, aber jetzt, spontan, fällt ihr kein einziges Beispiel aus der Literatur ein, das sich auf diesen Moment irgendwie nützlich anwenden ließe.

Wenn es nicht zuviel Umstände macht, versucht sie nett zu sein. Sie hat auch ein Talent zur Rücksichtslosigkeit, wenn sie das Gefühl hatte, daß es angebracht war. Und so weiter. Es läßt sich einfach gar nicht sagen, welche Charaktereigenschaften heute nützlich sind, und welche der Sache des Überlebens schaden würden.

»Alle Personen mit besonderen Beschwerden, wie etwa gesundheitlichen Problemen, sollten das Flugpersonal davon in Kenntnis setzen. Wir werden Sie laufend über den Stand der Dinge unterrichten. Vielen Dank für Ihre Aufmerksamkeit.« Ein abruptes Klicken und die tiefe, beruhigende Stimme ist weg. Die Trauer über diesen Verlust gibt Lila einen Stich ins Herz. Die anderen empfinden wahrscheinlich ebenso. Die Menschen sehen einander an, und erneut tauchen Geräusche der Panik auf.

Das hier ist ein Ereignis, das extremes Verhalten hervorrufen muß. Was immer sich im tiefsten innersten Kern eines jeden Menschen in diesem Flugzeug befindet, wird an die Oberfläche geholt. Jemand, der die menschliche Natur fröhlicher betrachtet, fühlt sich wahrscheinlich sicher, oder gar beschützt, daß er die Krise in Gesellschaft von so vielen anderen durchlebt. Lila empfindet das als gefährlich.

Immerhin ist die Maschine auf diesem Flug nicht vollbesetzt, daher gibt es etwas weniger Probleme, als es hätte geben können. Zumindest sitzt niemand neben ihr auf dem Fensterplatz, der drängelt, schreit oder sie schubst, weil er heraus will. Oder jemand, der ihre Hand streichelt und leise auf sie einredet. Aber trotzdem sind es viele, viele Menschen, jeder eine unbekannte Größe. Und das in einem Raum, der zwar für seinen ursprünglichen Zweck ausreichend, für Explosionen von Verzweiflung und Entsetzen oder auch für große Ausbrüche von Großzügigkeit und Güte gänzlich ungeeignet ist.

Solange sie ordentlich in Reihen saßen und nach vorne schauten, aßen und tranken, redeten, lasen oder schliefen, nur langweilige Stunden überbrückten, waren sie einfach Leute, die eine gemeinsame Richtung hatten, jeder mit seinen eigenen Geschichten und individuellen Beweggründen. Aber jetzt könnte es natürlich entscheidend sein, ob die Hingabe von Susis Mutter an ihr Kind so extrem ist, daß sie sie entführen würde. Und es wäre auf jeden Fall von Bedeutung, wenn der Mann am Notausgang wirklich ein Typ ist, der letzte Nacht seine Frau hätte ermorden können.

Was ist, wenn die Höflichkeit abbröckelt und verschwindet wie auf Lilas Fernsehschirm, bis alles in einem blutrünstigen Horror endet? Was ist, wenn sie recht hatte, daß direkt unter der dünnen Haut der Höflichkeit Zerstörungswut schlummert, die heraus will, die nur auf eine Entschuldigung wartet, ausbrechen zu können und Rache zu üben?

Rache wofür? Für Kummer, Entbehrung und Demütigung, oder wie in diesem Augenblick, Angst – für alles, was unter dieser brüchigen und transparenten Oberfläche hochkocht?

Aber jetzt noch nicht. Bis jetzt gibt es Aufruhr, aber keine wirkliche Zerstörungswut. Ganz in der Nähe stöhnt jemand oder betet: »O Gott, o Gott!« Manche Leute bewegen stumm die Lippen, manche zupfen an irgendwelchen Perlen, und wer weiß, was andere unter Bärten und Schleiern tun?

Wenn sie abstürzen, wird es nach Lilas Ansicht ein relativ repräsentativer multikultureller Crash, demoskopisch gesehen.

Soweit sie weiß, gibt es sowohl kulturelle als auch individuelle

Unterschiede in der Art, wie die Menschen auf eine lebensbedrohende Situation reagieren. Ein zusätzlicher möglicher Mißklang. Auf jeden Fall gibt es innen und außen Gefahren.

Eigentlich ein Wunder, wie klein die Welt geworden ist, so daß Menschen von praktisch überall – wenn sie mehr Glück haben als heute – in nur wenigen Stunden praktisch überall woanders sein können; und daß sie innerhalb von Sekunden miteinander sprechen können. Menschen von praktisch überall können sich in einem einzigen kompakten, engen Raum zusammenfinden und gemeinsam dem Tod entgegen sehen.

»Was für eine Welt«, sagt Lila.

»Was?«

Es wäre faszinierend, wenn man, sagen wir mal, Gott wäre: Wenn man die Fähigkeit hätte, in diese Menschen und in dieses spezielle Ereignis hineinzusehen, um zu sehen, was dabei herauskommt. Eine Art wissenschaftliches Experiment unter dem Mikroskop.

»Was denkst du?« fragt sie Tom, der sicher Erfahrung und ein Gespür für Feinheiten hat und Tatsachen von Hoffnung unterscheiden kann – schließlich ist das die Hauptaufgabe von Politikern. Aber als Politiker hat er sich verschätzt, am Ende hat er verloren.

Wenn die Wähler an jenem Tag anders entschieden hätten, dann säße Tom jetzt nicht neben ihr. Und sie hätte dann auch keinen Grund hier zu sein, ohne ihn. Man stelle sich das vor. Eine Wahl vor sechs Jahren, und jetzt sitzen sie hier.

Natürlich spielen auch viele andere Faktoren eine Rolle; es kann nicht nur die Schuld von Toms früheren Wählern sein.

»Was ich über was denke?«

Kann es sein, daß Ärger in seiner Stimme liegt? Wie – kleinkariert von ihm.

Gott, er sieht furchtbar aus. Blutunterlaufen und wackelig, als hätte er tagelang nicht geschlafen. Lila ist dreimal in ihrem Leben vor Schmerz und stechenden Krämpfen ohnmächtig geworden; sie vermutet, daß sie kurz davor so ähnlich ausgesehen haben muß, wie er jetzt. In Ohnmacht zu fallen, fühlt sich genauso an, wie es ist: Das nährende Blut verläßt rasch das Gehirn und übrig bleibt Luftigkeit und Abwesenheit, und schon bist du weg.

Hier ist kein Platz zum Hinfallen, höchstens ein wenig nach vorne oder sanft zur Seite.

»Tom? Was ist los?«

Komisch, wie selbst in außergewöhnlichen Situationen, normale, alltägliche Fragen aus einem herauskommen. Als ob er gerade vor ihrer Tür aufgetaucht sei und nach einem anstrengenden Tag des Unterrichtens blaß aussieht.

An den meisten Abenden in der Woche haben sie beide frei; sie erholen sich von ihrem Tag in Lilas kühlem und ruhigen Wohnzimmer. Es ist in blassen Grau-, Blau- und Grüntönen gehalten, nur durchbrochen von der Lebendigkeit rot und gelb gestreifter dicker, weicher Kissen, so ähnlich wie sich Sheilas leuchtendes Tuch von ihrer Uniform im Militärstil abhebt.

Lilas Haus ist klein, aber es gehört ihr, und lieber Gott, wie gern wäre sie jetzt dort! Oben in ihrem Büro ist es ein bißchen chaotisch, übersät mit Papieren, Aufsätzen und Listen, aber ansonsten ist es vor allem heiter und einigermaßen sicher.

Tom andererseits beschwert sich manchmal über seine Hypotheken und Reparaturen und Umbauten. Sein Haus ist natürlich größer als ihres, es muß auch mehr fassen.

»Es ist zwar peinlich«, hat er ihr erzählt, »aber von jeder Reise, auf der ich war, habe ich immer irgendeine Kleinigkeit mitgebracht. Und jetzt habe ich ein ganzes Zimmer voll von diesen Sachen, nur ein paar Stühle sind außerdem noch drin. An allen Wänden und Regalen hängen Skizzen und Schnitzereien und alles mögliche Zeug, das mich an bestimmte Ereignisse erinnert. Ich kann also in das Zimmer gehen und mein ganzes Leben sehen. Zumindest die Zeiten, in denen ich verreist war.«

Offenbar viele Geschichten in einem überfüllten Raum.

Und was würde er von dieser Reise für dieses Zimmer mitbringen? Was könnte er eines Tages auf einem Regal sehen, das ihn an Lila erinnert?

»Gar nicht peinlich«, sagte sie. »Es klingt doch nett. Ich habe auch Sachen von meinen Reisen, aber nichts, was so eindeutig ist.« Sie neigte eher dazu, sich auf ihre Erinnerungen zu verlassen – an Pauls schlanke Glieder, an den Ort, an dem Virginia Woolf mit Steinen beschwert ins Wasser ging, an ein Eiersandwich in einem französischen Zug, an gesungene Echos in gewölbten Kathedralen, an Gerüche und Farben, an Menschenmassen und Freunde und Momente der Einsamkeit – eher das als Souvenirs; aber wer weiß, ob das klug war?

Wenn sie das hier überleben, wird es keine Reise gewesen sein, für die man Souvenirs braucht, um sich an sie zu erinnern.

»Ich stelle mir vor, wie ich als alter Mann auf einem der Stühle sitze und herumgucke, mich an alles erinnere und für so vieles dankbar bin.« Lila übelegte, ob er sich seine Frau dazu in dem anderen Stuhl vorstellte. Sie fragte sich, ob seine Frau auch Reiseerinnerungen sammelte, in Form von, sagen wir, Schnitzereien oder Wandteppichen. Vielleicht ist es das gewesen, was sie überhaupt auf die Idee mit dem Kunsthandwerk gebracht hat.

In Toms und Lilas früheren Zeiten schlossen sie die Eingangstür hinter sich und stürmten in ihr Schlafzimmer und rissen sich die Kleider vom Leib. In letzter Zeit, nachdem sie ruhig geworden (oder bedauernswerterweise aneinander gewöhnt) sind, sitzen sie eher auf ihrem perlgrauen Sofa und besprechen bei einem Drink ihren Tag, tauschen ihre Sorgen mit der Arbeit aus, und beraten einander mit Vorschlägen und Taktiken. An guten Tagen hat Lila Käse und Bisquits bereitgestellt, nicht aber an Tagen, an denen ihre Gedanken und Worte an besonders vernagelten Studenten abgeprallt sind. Da schüttet sie einfach Chips in eine Schale. Tom mixt die Drinks.

Einmal nannte sie diese Zeit »eine Art Bilderrahmen um jeden Tag herum«, und er nickte. Trotzdem war es anders als einander in Autos zu umarmen und es kaum bis nach Hause zu schaffen. In jenen Tagen erschrak sie manchmal angesichts der beschlagenen Autoscheiben. Überrascht von sich selbst sagte sie dann: »Das ist wirklich schlimm.«

»Mit Sicherheit pubertär.« Er grinste.

»Wenn wir erwischt werden, werden die Leute denken, daß wir uns lächerlich machen und zu alt sind, um in Autos herumzuknutschen.«

»Wenn wir erwischt werden, werden sie ungeheuer beeindruckt sein.«

Sie war selbst ziemlich beeindruckt. Und ängstlich, wie er wahrscheinlich auch, denn, Spaß beiseite, erwischt zu werden, wäre furchtbar. Einige Leute wären beeindruckt, ein paar tief verletzt. Vor allem würden sich die Ereignisse überschlagen, und sie hätten sie nicht mehr in der Hand.

Verlangen kann ernste Folgen haben, auch wenn es nicht immer einfach ist, dauernd daran zu denken.

Wahrscheinlich gibt es Gerüchte. Im eng begrenzten Rahmen des Campus bleiben weder Zuneigung noch Feindschaft unbemerkt. Tom und Lila haben sich darauf verlassen, daß es viele Möglichkeiten der Mißinterpretation gibt und keine Beweise. Abgesehen von Situationen, in denen die Leidenschaft sie mitriß, waren sie enorm clever.

Und jetzt das.

Es gab immer noch Situationen, in denen die Leidenschaft sie mitriß, aber hauptsächlich im privaten Bereich. Sie verbrachten Stunden auf ihrem Sofa und diskutierten über ihre jeweiligen Tage, ihre Arbeit, ihre Studenten, ihre Frustrationen und ihre verschiedenen Interessensgebiete. Dabei tranken sie und sahen fern, kommentierten dieses und jenes (zum Beispiel Massaker und Blut), aber sie schlüpften auch in ihr dunkles, höhlenartiges Schlafzimmer, um vorsichtig an den Kleidern des anderen zu zerren und voll glücklicher Lust übereinander herzufallen. Nach Lilas Meinung gingen sie mit dem Begehren des anderen aufmerksam um. Nicht all ihre Liebhaber waren so klug wie Tom.

Schließlich stand er dann auf, um in die Nacht zu fahren, nach Hause, zurück zu dem, was von seiner Familie übrig ist. Zu der nicht mehr deprimierten Dorothy, dieser praktischen, erstaunlich fähigen Geschäftsfrau. In der Highschool, wo sich Tom und Dorothy kennengelernt haben, war sie offenbar Cheerleader mit dem Namen Dot gewesen. Aber es wäre nicht fair, ihr das noch Jahre später vorzuwerfen. Leicht war es allerdings auch nicht, auf kleine Sticheleien zu verzichten, um ein bißchen Dampf abzulassen.

»Die Sache ist die, Lila«, erklärte Tom (oder versuchte es zu erklären; bei dem Thema war sie keine besonders mitfühlende Zuhörerin), »sie und ich kennen uns schon so lange, und wir haben so viel durchgemacht. Jetzt sind zwar viele Gefühle vielleicht nicht mehr so wie früher, aber ich kann nicht meine ganze Geschichte wegwerfen.« Das sähe er offenbar als eine Art Amputation und nicht als rettenden chirurgischen Eingriff, den man, wegen des beträchtlichen Gewinns, gerne machen läßt.

Natürlich tauchte der Gedanke auf: »Man kann nicht alles haben«, aber andererseits tauchten viele Gedanken auf.

Jedenfalls ist es notwendig, den Tatsachen ins Auge zu blicken, und nicht immer auf das zu starren, was nicht ist. Schon allein deswegen, um nicht so zu werden, wie die, die über schreckliche Eltern, eine furchtbare Kindheit, blöde Lehrer, verrückte Chefs klagen und jammern, und gnadenlos immer andere für alles verantwortlich machen.

Wenn es nicht um wirkliche Verbrechen geht, hat Lila mit so was keine Geduld. Ihre eigenen Eltern hatten Fehler und ihre Kindheit war unglücklich, aber wessen Kindheit ist das eigentlich nicht? Aber es ist etwas aus ihr geworden, und dazu haben sie im Guten wie im Schlechten beigetragen.

Wie Tom häufig und richtig sagt (unter den heutigen Umständen scheint ihm das allerdings nicht in den Sinn zu kommen): »Wir sollten genießen, was wir haben, und nicht dem nachtrauern, was wir nicht haben.«

Meistens, so Lilas Eindruck, ist er ein sturer und unverbesserlicher Optimist. Anders als ihr wird ihm auf der Straße der Freude fast nie ein Bein gestellt oder von einem andersdenkenden und aufsässigem Geist aufgelauert.

Aber auch wenn sie vielleicht unterschiedliche Auffassungen haben, so haben sie doch auch viel gemeinsam: das Talent zum Beispiel, eher aus Vorhandenem zu schöpfen als selbst kreativ zu sein. Lila hat zwei Bücher mit literarischen Textanalysen veröffentlicht, kein allgemein faszinierendes Thema – wer in der weiten Welt interessiert sich schon besonders für den Vergleich ländlicher und städtischer Einflüsse auf bestimmte Romane von englischen und nordamerikanischen Autorinnen? –, obwohl die Arbeit für sie interessant war und eine ausgezeichnete Übung. Tom schüttelt politische Analysen für diverse Medien aus dem Ärmel (genaugenommen feilt er langsam und mühselig an ihnen herum und ruft sie manchmal auf der Suche nach dem genau passenden Verb sogar an). Aber sie glaubt nicht, daß sie beide wirklich etwas Besonderes *geschaffen* haben, einfach so aus dem Nichts.

Außerdem leben beide von geistiger Arbeit. Ihre Hände sind weich, ihre Körper nicht besonders muskulös, aber in Lilas Vorstellung sind dafür ihre Gehirne gestählt und voller Schwielen und drahtig von regelmäßigem und angestrengtem Gebrauch.

Im Moment würde sie ihre Gedanken gern abschalten können, sie lockern, aber das scheint nicht zu funktionieren.

Tom hat offenbar gerade andere Probleme. Das hat sie noch nie gesehen: seine Augen sind so weit aufgerissen, daß man das Weiße rund um die Iris sehen kann. Er sieht aus wie erschreckte Pferde aussehen, die im Stall von Feuer eingeschlossen sind. Anscheinend geraten Pferde, so hat sie gelesen, in Panik und wissen dann nicht, wie sie entkommen sollen. Im Rauch verlieren sie den Kopf.

Vielleicht sollte sie ihn ohrfeigen. Sie schuldet ihm eine.

Was wird sie tun, wenn sich herausstellt, daß er hier zu den Leuten gehört, die zusammenbrechen, sich auflösen, implodieren, explodieren, was auch immer?

Andererseits hat sie sich auch nicht damit beschäftigt, wie sie selber sein wird. Es könnte sich durchaus noch irgendein vorher unbekannter, unvertrauter Aspekt ihres Wesens still und leise durchsetzen.

Sie lehnt sich an ihn und legt beide Hände auf seine. Wenigstens sind sie zusammen. Sie hatten ihre Höhen und Tiefen, und sie sind beide daran schuld, daß sie hier sind, aber wenn es überhaupt einen Trost gibt, dann den, daß er neben ihr sitzt.

Neben ihr in gewisser Weise. Neben ihr auf seine Art. »Tut mir leid«, sagt er schließlich. Eine Andeutung von Farbe kehrt in sein Gesicht zurück, und er verliert diesen lächerlichen glotzäugigen Blick. Er schaut in ihre Richtung, schaut sie aber nicht wirklich an. Seine Augen sind niedergeschlagen und unruhig, so als hätte ihn irgend etwas gerade in Verlegenheit gebracht.

Gut. Diesen Ausdruck kennt sie zur Genüge und jetzt ist er wirklich nicht angebracht. Ihre eigenen Augen verengen sich, sie zieht ihre Hände zurück, aber da er sie nicht direkt ansieht, kriegt er dieses Warnsignal nicht mit.

Oder es ist ihm egal. Andere Interessen stehen im Vordergrund. Zum Beispiel: »Ich muß dir etwas sagen«, sagte er eines Abends vorsichtig, als sie zusammen auf dem Sofa saßen und diese Bildumrahmung ihres Tages machten. »Ich bin die ganze nächste Woche nicht da.« Er blickte nach unten, möglicherweise auf ihre Knie.

Es war ein Donnerstag. »Wann? Wieso?«

»Am Wochenende, nehme ich an. Eine kleine Reise, die Mädchen besuchen, ein kleines, spontanes Familientreffen.«

»Du nimmst es an? Was heißt das? Wann hast du das beschlossen?« Seine kleinen Überraschungen waren oft Stiche in ihr Herz, die sie im ersten Moment verletzt und atemlos zurückließen.

»Eigentlich habe ich das gar nicht. Entschieden, meine ich. Es ist nur… Dorothy vermißt die Mädchen und sie glaubt, daß Angela Probleme hat, über die sie am Telefon nicht sprechen will, darum hat sie beschlossen, daß wir sie besuchen sollen, und daß wir, wo wir schon da sind, den Umweg machen und auch noch bei Peggy vorbeifahren.«

Angela ist die Tochter, die Tom zum Großvater gemacht hat. Wieder mal Familienzeit, bitter für Lila (und es wäre banal, wenn auch zutreffend, zu erwähnen, daß sie kurz danach zu ihrer eigenen Konferenz nach England und in die überraschenden, vorübergehenden Umarmungen des akademischen Paul flog).

Peggy ist in der Universität und studiert irgend etwas Unverständliches, was mit Mathematik zu tun hat, obwohl Tom sagt: »Ich habe keine Ahnung, woher sie diesen Verstand hat. Ihre Art Mathematik ist rein und abstrakt. Ich weiß nicht mal, ob es richtig ist, es Mathematik zu nennen, oder ob es etwas ist, das noch viel subtiler ist. Jedenfalls sind es furchtbar viele Zahlen und sonderbare Symbole, und ich verstehe null. Sie redet davon, daß sie etwas mit Computern machen will. Es ist sehr seltsam, Lila, wenn du das Gefühl hast, daß deine Kinder Wege gehen, die du dir nicht vorstellen kannst. Du hast sie so weit begleitet und plötzlich kannst du nur noch auf ihre Rücken starren, während sie in ein völlig anderes Universum aufbrechen.«

Sicher hat Angela das verständlichere Leben. Oder, wie Tom es ausdrückt: »Sie ähnelt sehr ihrer Mutter.«

Halt dich zurück, Lila!

»Und wann wurde diese Reise beschlossen?«

Er machte eine vage Handbewegung. »Ach, erst neulich. In den letzten Tagen, glaube ich. Dorothy hat alles organisiert. Sie hat mit ihnen gesprochen.« Manchmal tat er so hilflos, so als sei er nur ein Spielball in den Händen starker Frauen, sie eingeschlossen, daß Lila ihn prügeln könnte.

Sie hätte auch weinen können, aber vor allem aus Wut, und ihrer Meinung nach verstehen Männer das selten. Vielleicht verstehen auch Frauen nicht allzu oft, daß ihr Weinen eher eine Alternative zum Gläser schmeißen oder mit der Faust schlagen ist, als ein Ausdruck von Kummer. Und daß Kummer und Wut oft gemeinsam im Herzen tanzen.

Er würde also eine Woche in Gesellschaft seiner Frau verbringen und die beiden jungen Frauen besuchen, die sie zur Welt gebracht und großgezogen hatten. Sie würden dieselben Worte hören, dieselben Bilder sehen und später im Auto und im Bett darüber sprechen, was sie gehört und gesehen hatten. Tom täuschte Überraschung vor, daß so etwas Lila ärgern könnte. Sein gekonnter Ausdruck des Erstaunens war, wie sie fand, extrem kühl und sehr klug.

In solchen Zeiten zeigten sie einander höchst unattraktive Gesichter. Was sie gerettet hat, war vermutlich, daß sie beide der Ansicht waren, daß dies nicht ihre wahren Gesichter waren, abgesehen von kurzen und speziellen Augenblicken.

Sie können nicht gut streiten. Sie wären ein schlechtes Beispiel für Bücher über die Kunst des Streitens.

Sonderbar, daß es tatsächlich Bücher darüber gibt, wie man streitet, ganz zu schweigen von Ratgebern für fast alle anderen Arten menschlichen Handelns. Und die Leute schreiben und lesen diese Sachen.

Dabei ist der Markt für wirklich große Themen noch gar nicht entdeckt. Sie kann sich an keinen einzigen Ratgeber erinnern, der die Kunst des Hungerns beschriebe, oder wie man einem Krieg entflieht oder wie man mit Würde in einem Flugzeug abstürzt. Die Art Bücher eben, die wahrhaft nützlich wären.

Eigentlich hatte sie es in der Woche, in der er weg war, wirklich schön. Sie war im Kino und in Kneipen mit Patsy und Nell. Es beunruhigte sie ein wenig, daß auch er in ihrer Abwesenheit unerwartete Freuden durchleben könnte. Sie würde vorübergehende Leichtigkeit nicht mit einem dauerhaften Verlangen verwechseln, hatte aber Angst, daß er es könnte.

Als er zurück war, rief er sie an. » Mein Gott, Lila, wie ich dich vermißt habe!« Und da saßen sie wieder, bis zum nächsten Mal, wo er ihr nicht richtig in die Augen sehen konnte. Wie jetzt.

»Entschuldigung«, wiederholt er. »Was hast du gesagt?«

»Ich habe gefragt, was du denkst.«

»Worüber?«

Großer Gott. »Über das, was passiert. Was passieren wird. Über das, was der Copilot gesagt hat, und ob wir es schaffen oder nicht. Über alles.« Und sie macht eine vage Armbewegung, in der Absicht, ihre Sorgen über den Charakter einer Masse unterschiedlicher Menschen auszudrücken, die sich in einem kleinen und gefährlichen Raum befinden.

»O Gott.« Er schüttelt den Kopf. »Ich weiß nicht.« Was, zum Teufel, ist jetzt los – er sieht sie endlich an, scheint sich aber in Wut geflüchtet zu haben. Über sie? »Aber bei Gott, ich wünschte, ich wäre nicht hier.«

»Ja. Gut. Ich vermute, damit bist du nicht allein.«

Ihre Stimme war wahrscheinlich zu trocken. Nicht sehr besänftigend.

»Was, zum Teufel, findest du eigentlich dauernd so komisch?« Seine Stimme ist schneidend und sie fährt zusammen. Dann ist sie auch wütend – wie kann er es wagen, sie so anzufahren? Was will er von ihr? Wenn sie nicht einmal einen kleinen Witz machen darf, was soll sie denn machen mit all der Fassungslosigkeit und der Angst, die in ihr toben? Wenn diese Gefühle anfangen zu sprudeln, ist es dann nicht besser, sie äußern sich in Gelächter? Es gibt weitaus häßlichere Arten von Gefühlsausbrüchen.

Trotzdem. Das hier ist nicht wie zu Hause, wenn sie beide beleidigt sind, und er dann zur Tür hinaus und in sein behagliches eigenes anderes Leben marschieren kann, während sie bei sich die Türen knallt. Hier haben sie keine Chance, sich später zu versöhnen. »Wir sollten imstande sein, uns besser zu trösten«, hat sie mehr als einmal vorgeschlagen. Wenn sie sich ihren Rat zu Herzen genommen hätten, dann hätten sie inzwischen mehr Übung darin.

»Eigentlich«, sagt sie ruhig, »finde ich es überhaupt nicht komisch.« Sie berührt mit den Fingerspitzen sein Knie und hofft, daß diese Geste nicht als Beschwichtigungsversuch mißverstanden wird, wie sie sie von Frauen kennt, die Angst haben, geschlagen zu werden.

»Ich versuche nur, herauszubekommen, was passiert und wie man sich vorbereitet und nicht verrückt wird. Wenigstens sind wir zusammen. Was auch immer passiert, wir können vielleicht versuchen, uns zu helfen. Das ist doch etwas, oder?«

Sie ist stolz auf sich für diese Worte, fühlt sich enorm reif. Das Verbergen großer Emotionen und Vortäuschen anderer scheint oft genau die Definition von Reife zu sein.

»Herrgott.« Er schüttelt den Kopf. »Was wird passieren?«

Er kann sich nicht vorstellen, daß sie das weiß; aber sie läßt ihre Hand auf seinem Knie und sagt leichthin: »Das ist es ja, was ich aus dem, was er gesagt hat, heraushören wollte. Irgendeine Formel, die man dechiffrieren kann, eine Art Mathematik, dachte ich. Man zieht das Bedürfnis, die Leute ruhig zu halten von dem eigentlichen Schaden ab, zählt etwas Hoffnung dazu und multipliziert das mit dem notwendigen Know-how – wenn wir diese Formel herausbekommen würden, könnten wir vielleicht ausrechnen, wie die Chancen stehen.« Sie zuckt die Achseln. »Ich weiß nicht.«

»Eine Katastrophe.« Er murmelt es mehr für sich als für sie. »Es ist wirklich eine Scheißkatastrophe.«

Oh. Jetzt erkennt sie, wovon er redet. Weniger vom Tod als von den Trümmern.

Ja, sie waren im allgemeinen vorsichtig und hatten auch Glück. Aber hier sind sie nun unbestreitbar zusammen. Gibt es eine Erklärung, die ein netter Freund oder Verbündeter hätte, warum das so ist? Tom hat die fadenscheinige Ausrede mit der Konferenz, aber Lila hat keinerlei möglichen Grund hier zu sein. Und wenn sie einen hätte, wie groß wäre die Chance, daß sie im selben Flugzeug nebeneinander säßen? Und auch denselben Rückflug gebucht haben?

Trotzdem glauben die Leute, was sie wollen. Was sie müssen.

Gut, sie sieht natürlich, daß das hier für Tom in mehreren Aspekten eine absolut beschissene Katastrophe sein könnte.

Wenn sie heute zusammen auf spektakuläre Weise abstürzen,

hätten sie sich ebensogut zwischen zwei Unterrichtsstunden im Hof auf dem Campus ausziehen, sich umarmen und liebkosen, einander die Brustwarzen lecken und auf den sonnigen Steinen sanft miteinander schlafen können.

Im Augenblick kann sie seine Gesichtszüge nicht genau erkennen, aber das liegt sicher nur an den Tränen, nicht an mangelnder Liebe. Was komisch ist, da sie nicht weinerlich ist, jedenfalls nicht in der Öffentlichkeit. »Ich kann uns nicht retten«, sagt sie ohne genau zu wissen, was sie meint. »Aber wir könnten helfen.« Einander, meint sie, aber das hat sie ja schon gesagt.

»Nein.« Er klingt erschöpft. »Du hast recht. Wir hätten nie anfangen sollen.«

Hat sie irgend etwas gesagt, was auch nur entfernt danach klang? Sie kann sich nicht erinnern, aber vielleicht hat sie es getan. Oder etwas Ähnliches, das genügend ungenau formuliert war, damit er es mißverstehen konnte.

Und was soll das heißen, hätten nie anfangen sollen? Was anfangen, das Gespräch? Die Reise? Ihre ganze Zeit zusammen, die ganzen fünfkommafünf Jahre, in denen sie grau und faltig werdend, in den besten Jahren und mit Bauchansatz ihre zusammengekratzten, im großen und ganzen wertvollen, wundersamen, genußvollen Momente hatten?

Wie leicht und egoistisch er ihr seine Reue und seinen Kummer vor die Füße wirft.

Das ist auf jeden Fall etwas Neues, was sie über ihn erfährt. Normalerweise glaubt sie, daß jede Information irgendwann und irgendwo ihren sinnvollen Platz findet, aber was genau soll sie mit der Botschaft anfangen, daß er nicht mit ihr sterben will? Daß es bis zuletzt, auch jetzt noch, während sie in der Sonne und über den Wolken dahinrasen und neben einem brennenden Flügel in einem potentiellen Wrack sitzen, für ihn das Wichtigste ist, daß ihre Beziehung geheim bleibt.

Und daß dieses Geheimnis, ob sie nun zerschmettert oder herrlicher- und dankbarerweise heil aus der Sache herauskommen, auf jeden Fall entdeckt wird, und er deshalb ruiniert ist, und daß es ihm etwas ausmacht, daß er ruiniert ist.

Bereits jetzt sorgt ihre Situation in der anderen Welt, unter ihnen und meilenweit entfernt, für Aufmerksamkeit. Offensichtlich weiß man auf mehreren Flughäfen davon, und verschiedene Experten auf dem Gebiet des Fliegens und der Flugzeuge wissen es auch. Ziemlich sicher gelangt die Information über Notfrequenzen und Monitore an die Öffentlichkeit. Vielleicht wird schon in diesem Augenblick mit ihren Nächsten und Liebsten telefoniert oder zumindest mit ihren engsten Verwandten und Flug-Versicherungs-Begünstigten.

Die Nachricht ist einfach in der Luft und legt ihren normalen, schnellen und geheimnisvollen Weg zurück; den Flammen nicht unähnlich.

Meint er wirklich, daß sie die möglicherweise letzten Augenblicke ihres Lebens damit verbringt, sich über seine Bloßstellung in den Herzen anderer Menschen zu sorgen? Was muß er von ihr halten? Wer glaubt er, daß sie ist?

Vielleicht glaubt er, sie sei gut. Gut im Sinne von altruistisch aus vollem Herzen. Im Sinne von selber keine eigene Identität besitzen, keinerlei eigene Interessen oder Sorgen. Hat er sie die ganze Zeit für eine mutierte Mutter Theresa gehalten?

»Herrgott! Ich kann mir nicht vorstellen, was du dauernd zu lachen hast.«

Nun, zum einen, daß sie mit demselben lächerlichen, unversöhnlichen Dilemma abstürzen – wenn sie abstürzen –, das sie schon immer hatten: der Kampf zwischen seinen Interessen und ihren.

Lila fände es furchtbar, wenn Tom mit seiner Frau abstürzen würde. Sie würde sich mit den Bildern ihrer letzten, verzweifelten, intimen Augenblicke verrückt machen.

Es wäre sicher eine Ironie, wenn sich Dorothy mit Bildern von Tom und Lilas letzten, verzweifelten, intimen Augenblicken verrückt macht. Denn gerade jetzt ist Lila so böse auf ihn, wie noch nie. Sie sind zwar hier zusammengepfercht, könnten aber kaum entfernter voneinander sein. Sie könnte ihm weh tun, sehr weh. Sie könnte einfach weinen.

6

An diesem milden, hellen Junitag hätte Lila in ihrem Garten herumwerkeln, den schmalen Rasen mähen und sich die Sonne auf die Nase scheinen lassen können. Die Ruhe genießen, wenn auch nicht genau Freude, sie hätte es vielleicht kaum bemerkt.

Jetzt aber kann sie kaum mehr an ein Leben außerhalb dieses engen Katastrophenraumes glauben. Vor ein paar Stunden, als das Flugzeug abhob, wurden die Häuser immer kleiner, schrumpften die Straßen, wurde die Landschaft zur Miniatur, bis sie schließlich unter der ersten dünnen Wolkendecke verschwand. Genauso sind jetzt ihre anderen Möglichkeiten entschwunden, geschrumpft.

Und sie hat eine Riesenwut.

Wenn sie überleben, wenn dieser Copilot recht hat, und die Chancen wirklich nicht so schlecht stehen, was macht sie dann?

Sie könnte Tom wegen ungenügender Liebe alle Knochen brechen. Oder sich selbst, weil sie Ruhe genossen, wenn auch nicht genau Freude, und es kaum bemerkt hat.

Eine ganze Weile schon starren sie sich böse an. Endlich senkt er die Augen. »Es tut mir leid«, sagt er. »Ich weiß nicht, was über mich gekommen ist.« Er sieht älter aus als noch vor ein paar Stunden, er ist nicht mehr der Mann, der heute früh aufgeregt und nervös vor ihrer Tür stand. Heute früh!

Seine Augen- und Mundwinkel ziehen sich immer weiter nach unten. Wenn er so weitermacht, sieht er bald aus wie ein Basset. Wirkt sie wie eine alternde Fremde auf ihn?

»Lila? Es tut mir leid. Wirklich.«

Entschuldigung oder Bedauern? Das ist ein großer Unterschied.

»Ist schon gut«, sagt sie, auch wenn es das keineswegs ist. Er wirkt glücklicher. Gut für ihn.

Er war ihr Liebhaber, nicht ihr Feind. Aber im Augenblick spielt ihre gemeinsame Geschichte keine Rolle, und irgend etwas ist auf jeden Fall feindlich.

Ist es dieser Raum? Seit einer Ewigkeit ist ihr Körper in diesen engen Sitz gezwängt, daneben ist Tom und dann der schmale Gang und dann weitere Reihen mit Menschen, die sich ebenfalls in ihre engen Sitze zwängen, oder im Gang herumstehen, um ihnen zu entfliehen. Für Bewegung ist kein Platz da, und es gibt keinen Fluchtort. Tom hat seine Aktentasche unter dem Sitz verstaut, Lila ihre Umhängetasche unter dem Vordersitz. Auf anderen Sitzen liegen Pullover, Spielzeug, Bücher, Taschen und Computer einfach herum: der ganze Abfall einer Katastrophenreise; und wer weiß, was in den Gepäckfächern über ihren Köpfen steckt? Dort oben kann noch alles mögliche sein.

Ob man Verrückte noch immer in Zwangsjacken steckt? Wie Babys verschnürt und eingewickelt, wie Truthähne im Bratrohr zusammengebunden, so absolut bewegungsunfähig gemacht, daß sie am liebsten aus ihrer Haut fahren würden.

»Lila?« sagt Tom jetzt. »Wirklich, es tut mir leid.«

»Ja, ja«, sagt sie vage. »Ich weiß.«

Was Banalitäten angeht, war Lilas Mutter Zeit ihres Lebens ein As. »Fleiß bringt Brot, Faulheit Not«, sagte sie gerne und wirbelte herum in ihrer Küche, ihrem Garten, ihrer Stadt, immer auf der Suche nach irgendwelchen sauberen und guten Werken. Und zum selben Thema: »Wer fleißig ist, hat keine Zeit zum Grübeln.« Lilas Mutter fand offensichtlich, daß ihre Tochter zuviel grübelte und über Problemen brütete, was Lila das Gefühl gab, etwas Hennenhaftes und Lethargisches zu haben.

Oder als trüge sie irgendein hartes, zerbrechliches, überproportionales *Ding* in sich herum, das irgendwann einmal schmerzhaft abgestoßen werden müsse.

Wieder denkt Lila: *Ich will*, aber noch immer kann sie kein Objekt für dieses Verb finden.

Was würde ihre Mutter in dieser Situation sagen, in der auch

Fleiß wenig hilft, außer natürlich im Cockpit, wo, so hofft Lila, fleißige Hände am Werk sind und nützliche Dinge tun.

Ihre Mutter schrubbte die Böden auf Knien und saugte wie eine Besessene. Oder sie machte sich voller Energie mit klappernden Absätzen und hüpfenden Ohrringen auf, um irgendeinen trostbedürftigen oder kranken Menschen zu besuchen und einen Vormittag oder Nachmittag mit ihm zu verbringen. Schon damals erkannte Lila die Wut, auch wenn sie nicht verstand, woher sie kam.

»Das arme Geschöpf«, pflegte ihre Mutter zu sagen und dabei den Kopf zu schütteln: »Wie glücklich sind wir doch verglichen mit diesem armen Wesen.« Egal ob dieses Wesen nur vorübergehend oder wirklich todkrank war, einen Schicksalschlag erlitten hatte oder einfach nur verbittert und schlecht gelaunt war.

Aber das alles trieb Lilas Mutter auf eine Weise an, die Lila ein wenig unheimlich war: als würde sich ihre Mutter, wenn sie Gutes tat, von dem Unglück anderer nähren wie ein Vampir oder ein Geier. Lila, die, solange sie klein war, immer mitkommen mußte, mochte auch den Geruch mancher Häuser nicht. Es war nicht unbedingt der Schmutz oder etwa verdorbenes Essen; eher der Geruch elender menschlicher Wesen, das jedenfalls assoziierte sie damit.

»Das ist sehr häßlich, von so etwas spricht man nicht«, schimpfte ihre Mutter. Sie meinte die Gerüche, nicht das Elend.

Zwischen einer Mutter und einer Tochter (für Söhne kann Lila nicht sprechen) liegt eine ganze Literatur von Sehnsucht und Urteil. Mütter und Töchter prüfen sich gegenseitig, sie hoffen das Beste und schärfen doch Messer und Leben für das Schlimmste. Väter, insbesondere die ruhigen, freundlichen und unergründlichen, die, die viel Zeit vor dem Fernseher und im Keller verbringen, wo sie Haushaltsgeräte reparieren, und die dann mit Mitte Fünfzig sterben, diese Väter haben keine Chance.

»Meine Mutter sagt, deine Mutter ist eine Heilige«, sagte ein Kind zu Lila in der Schule. »Ich finde auch, daß sie nett ist.« Das war sie auch. »Hast du ein Glück.« Hatte sie auch.

Lila lernte die Sprache der Ambivalenz und der Vieldeutigkeit schließlich nicht aus Geschichten, sondern auf den Knien ihre Mutter. Ein Mädchen, das die offensichtlichen Tugenden ihrer Mutter in Frage stellt, wird sich wahrscheinlich nicht zu einer gleichgültigen, naiven oder geduldigen Frau entwickeln.

Neugier, Skeptizismus oder Ungeduld sind durchaus bemerkenswerte Gaben, und Lila ist dankbar dafür.

Ihre Mutter war, wie Lila erfuhr, als sie erwachsen war und das Haus verlassen hatte, ziemlich stolz auf sie, auch wenn sie weiterhin dachte, Lila sei zu grüblerisch und nicht sehr praktisch. Und das war ja auch richtig. In einem wirklich schwierigen Leben hätte Lila es nicht sehr weit gebracht. Es wäre zum Beispiel für sie sehr hart gewesen, als Bedienung in einem Restaurant oder an der Kasse eines Supermarkts zu arbeiten. Und als Flüchtling hätte sie bestimmt eine absolut lächerliche Figur abgegeben. Wie sich gezeigt hat, fehlt ihr die Erfahrung ihrer Mutter, schwere und notwendige Aufgaben durchzuführen, und wie ihre Mutter immer vermutet hatte, war sie meistens auch zu nachsichtig, wenn es darauf ankam; vielleicht auch jetzt.

Da sitzt sie also, wütend wie ein Kind.

Sie lächelt Tom sehr behutsam an, und der ist so erleichtert, daß es einem das Herz brechen könnte.

Es muß ihr kindisches Verhalten oder ihr Zorn gewesen sein, was sie an ihre Mutter denken ließ. Vielleicht aber auch alle diese fleißigen guten Werke, die Häuser und Zimmer, die sie gemeinsam betreten haben, der Geruch dieser verschiedenen Formen des Leidens – auch hier spürt man diese angestaute Ausdünstung menschlicher Wünsche, Ängste und Sorgen.

Das Haus, in dem Lila aufwuchs, hatte einen anderen Geruch, einen, der leicht schwefelig war.

»Wer fleißig ist«, pflegte ihre Mutter zu sagen, »der denkt nicht über alles nach.« Was auch immer es war, an das sie nicht denken wollte, und das sie zwang, herumzuflattern, unzählige Stunden lang all diese bemitleidenswerten Menschen zu besuchen und sich voller Energie ausgeklügelten Techniken des nichtendenwollenden Staubwischens hinzugeben.

Sie vollführte eine Art Eiertanz, um zu vermeiden, daß sie auf die schrecklichen, weichen und zerbrechlichen Bestandteile ihrer Existenz zurückgeworfen wurde.

Es hatte vermutlich etwas mit Liebe zu tun: nicht genug davon oder nicht die richtige Art. Nur mangelnde Liebe hat nach Lilas Erfahrungen derart heftige Auswirkungen.

Selbst die Art, wie ihre Mutter sie wiegte, war hart, eine von Lilas frühsten Erinnerungen: eng gehalten zu werden, war angenehm, aber ihr Kopf brummte von dem schnellen Hin und Her des Schaukelstuhls und von dem schwankenden Sopran, mit dem ihre Mutter durch ein Wiegenlied hetzte.

»Unter Druck stehen« kommt Lila in den Sinn. Ein Brodeln unter der Oberfläche, kaum geeignet, um Ruhe oder gar Trost zu spenden.

Vielleicht stimmt es nicht, sondern ist nur der Eindruck, den Lila davon hatte. Aber wenn es stimmt, welchen Schmerz muß diese Frau, die ja schließlich weitaus mehr war als nur Lilas Mutter, durchlebt haben, und wie dankbar muß sie gewesen sein, als sie der Herzinfarkt von all diesem Druck erlöste?

Lila, bei der es selbst ziemlich viel brodelt und zischt, bemerkt erst jetzt diese vollkommene Übereinstimmung mit ihrer Mutter. Auch sie fühlt das Bedürfnis zu handeln, sich zu bewegen, vielleicht den Gang zu saugen, die Sitze abzustauben und die Gepäckfächer zu schrubben.

Glückliche Sheila, wie sie dasteht, mit den Armen winkt, erneut zeigt, wo die Notausgänge sind, von wo die Sauerstoffmasken herunterfallen, wie man die Sitzkissen als Schwimmwesten benutzt und wo die markierten Linien im Gang sind, die auch dann noch leuchten, wenn der Strom ausfällt.

»Entschuldige«, Lila öffnet ihren Sicherheitsgurt und steht auf.

»Was? Wo gehst du hin?«

Abstauben, staubsaugen, schrubben, sich bewegen, und zwar so schnell, daß die Gedanken nicht mehr nachkommen. »Zur Toilette.«

Tom lehnt sich zum Gang und dreht seinen Hals, um nach hinten zu schauen. »Da ist eine Schlange, und außerdem ist der Teufel los. Die Leute spinnen. Vielleicht wartest du besser. Oder soll ich dich begleiten?«

Ein freundliches Angebot; er hat keine Ahnung.

»Nein, die Schlange wird vermutlich nicht kürzer werden. Da kann ich mich genausogut jetzt anstellen.« Mit kühler Höflichkeit drückt sie sich an seinen Knien vorbei.

Sie muß sich unbedingt bewegen, sich strecken, sie will gehen und gehen, ihre Füße wollen Pflaster spüren, das Gefühl festen Bodens.

Ach, fester Boden unter den Füßen! Allein die Vorstellung!

Aber einfach herumzuspazieren, ist unmöglich. Es gibt nicht nur die Schlange vor den Toiletten, überall im Gang stehen Leute in kleinen Gruppen herum. Sie rudern mit den Armen, Panik im Blick, ihre Stimmen sind angsterfüllt, sie beugen sich über die Sitzlehnen, strecken die Hände aus, so als wollten sie – genau wie Lila – Dampf ablassen in einem Raum, der über kein Ventil verfügt.

Ein Mann hat einen anderen am Hemdkragen gepackt und schüttelt ihn schreiend. Warum?

Aus Zorn, Zorn wie ihn auch Lila empfindet.

Wie stehen diese beiden Männer zueinander, daß sie sich sogar prügeln wollen? Wohl kaum ein Liebespaar, vielleicht Rivalen auf irgendeinem Gebiet.

Welche Wünsche und Lasten mit jedem einzelnen dieser Menschen auch an Bord kamen, nun werden sie auf ein dünnes und schrilles Kreischen reduziert und zugespitzt.

Wie kann man Wut bändigen, wenn sie einmal ausgebrochen ist? Oder Panik oder überhaupt jedes starke Gefühl; auch Liebe ist nur schwer zu bändigen. Im besten Fall ist es eine Herausforderung, wucherndes Verlangen in akzeptable Kanäle zu lenken.

Aber man sollte es versuchen – man schaue sich bloß diese Männer an, die da miteinander ringen, das ist doch einfach lächerlich. Oder?

Lila ist plötzlich furchtbar traurig darüber, wie sehr sie ihre Fähigkeiten und Wünsche auf ein so viel kleineres Maß heruntergeschraubt hat, als sie es ursprünglich gewollt hatte. Sie wollte nie versöhnlerisch sein. Sie hatte nie die Absicht, Enttäuschungen dadurch aus dem Weg zu gehen, daß sie einfach nicht zuviel erhoffte.

Diese armen versteinerten Passagiere. Arme Lila, armer Tom, arme Angehörige, die unten am Boden zurückbleiben. Was für eine gemächliche Katastrophe, eine wirklich erlesene Grausamkeit. Fast könnte sie die Kreativität dieses fein gesponnenen Dramas bewundern.

Irgend jemand hat es nicht bis zur Toilette geschafft und sich mitten im Gang erbrochen, so daß die Leute jetzt über die Schweinerei hinwegsteigen müssen. Noch eine Aufgabe für Sheila und ihre Kollegen; Lila könnte ihnen anbieten, es aufzuwischen, damit sie endlich beschäftigt wäre.

Sechs Leute sind vor ihr in der Schlange zur Toilette – wäre es nicht ein gerade für sie typisches Glück, wenn das Flugzeug genau dann abstürzt, wenn sie endlich pinkelt?

Immer wieder starrt sie auf die Haut ihrer Hand. Sie sieht keineswegs aus, wie sich Lila ihre Hand zum Zeitpunkt ihres Todes vorgestellt hatte: runzlig und dünn wie eine Zwiebelhaut. Das liegt daran, daß sie erwartete, erst in vielen Jahren zu sterben; nicht unbedingt glücklich oder auf angenehme Art, aber wenigstens ziemlich weit in der Zukunft. Sie hat sich auch vorgestellt, daß sie bis dahin eine gewisse Würde gelernt hätte, so daß am Ende alles seinen Sinn erhielte: ein ordentlich abgerundetes Leben wie ein hübsches Paket mit Schleife. So dunkel und zart war das Bild gewesen.

Statt dessen ist sie hier und läuft ernsthaft Gefahr, einfach unvorbereitet und mittendrin abzutreten, ohne Würde, ohne Ordnung und ohne Zärtlichkeit.

Mehrmals leuchtet eine orangerote Vision auf und verschwindet wieder; als ob in ihrem Gehirn ein Rolladen aus Metall heruntergelassen wird, so wie es Ladenbeitzer in gefährlichen Stadtteilen am Abend machen, um ihre Auslagen zu schützen. Nur noch Einbrecher mit Schweißbrennern kommen da durch.

Der brennende Flügel des Flugzeugs ist ein Schweißbrenner. Man erträgt es nicht, ihn anzuschauen.

Bis heute hat sie in ihrem Leben Entsetzen hauptsächlich aus zweiter Hand erlebt: die billige Spannung in schlechten Filmen, die furchtbare Spannung in einem guten Buch. Aber das ist, wie sich jetzt zeigt, etwas ganz anderes als die blanke, schockiernde Verzweiflung der Wirklichkeit.

Vielleicht liegt das an ihrer allzu glühenden und altmodischen Verehrung von Wörtern. Eine Jüngere, wie Sheila zum Beispiel, die mehr an visuelle Eindrücke gewöhnt ist, mag die Dinge ganz anders sehen: So als sei es ein Film, den sie schon kennt, dessen furchtbare Bilder in irgendeinem inneren Vorführraum bereits gelaufenen sind. Oder es ist ein teuflisches Musik-Video.

Die Frau vor Lila ist ebenfalls jünger als sie. Sie muß um die dreißig sein und hat lange Haare, die man früher als »aschblond« bezeichnete, auch wenn Lila nicht weiß warum, denn dieses Blond ist nirgendwo aschgrau. Die Hand, mit der sich die Frau die Haare aus dem Gesicht streicht, zittert stark, ihre aufgerissenen Augen erblicken Lila.

»Hallo«, sagt sie, auch ihre Stimme zittert. Sie streckt ihre Hand aus, was unter diesen Umständen wie eine Höflichkeits-Parodie wirkt. »Ich heiße Sarah.«

»Und ich heiße Lila. Das ist ein Ding, was?« von wegen Parodie! – aber was sagt man in so einer Situation? Etikette – im Fluge entwickelt, sozusagen.

Die Frau ist, als Lila kichert, fast ebenso überrascht wie Tom, wenn auch dankenswerterweise nicht so verärgert. »Tut mir leid«, sagt Lila, »ich bin etwas nervös.«

»Ja, ich flippe fast aus. Ich kann's nicht glauben, in was für eine Scheiße wir da geraten sind.« Die Stimme ist rauh und hoch, eine merkwürdige Kombination – das kann nicht ihre normale Stimmlage sein.

»Ich auch nicht.« Das stimmt, aber wie lau Lila klingt, so als sei sie eine verklemmte, leidenschaftslose Professorin für – ach ja, Englische Literatur, was sonst? Nichts Nützliches jedenfalls, kein Gebiet, das hier mit Erklärungen dienen oder sie gar retten könnte.

Sarah ist schmal und schlacksig, und wird, wenn sie einmal Lilas Alter erreicht hat, wahrscheinlich hager wirken. Ob sie dieses Alter überhaupt erreichen wird, scheint im Moment allerdings eher fraglich. Ihr Gesicht, ihre Arme – und wahrscheinlich noch viel mehr – sind mit Sommersprossen übersät. Als sie plötzlich grinst, verstecken sich einige der Sommersprosen in ihren Grübchen.

»Seltsam, nicht wahr? Wir stellen uns einander vor, als ob wir auf einer Party wären. Handschlag über einem Kotzhaufen? Haben Sie's eilig, aufs Klo zu kommen?«

»Eigentlich nicht. Ich wollte vor allem aufstehen und mich ein wenig strecken.«

»Ich auch. Ich konnte einfach nicht mehr stillsitzen. Jetzt kann ich nicht stillstehen. Ich will andauernd ausbrechen.« Sie grinst wieder. »*Das* wäre doch die Idee. Ich habe immer zuviel Energie und normalerweise ist das auch gut so, denn dadurch schaffe ich eine Menge, ohne müde zu werden, aber das hier macht mich verrückt.«

Tatsächlich tritt sie von einem Bein aufs andere, ja sie hüpft fast im Gang. Sie ist sehr anziehend, aber Lila kann sich vorstellen, daß sie manchmal auch ziemlich anstrengend ist. Lila sieht ihren Ehering und fragt sich, ob Sarahs Mann die Ruhe genießt, während sie weg ist. Neben Sarah fühlt sie sich plötzlich ganz ruhig. »Was sind Sie von Beruf?«

»Sprechstundenhilfe. Mensch, das ist doch verrückt. Ich habe mich wirklich darauf gefreut, mal wegzukommen. Meine kleine Schwester ist in England, sie geht dort auf die Uni, und ich habe sie ewig nicht gesehen.« Ihr Gesichtsausdruck verkrampft sich. »O Mist.« Lila berührt ihren Arm. »Mein Mann hat gesagt, ich soll ruhig fahren, er ist Elektriker, und da kann er zwei Wochen auch mal kürzer treten, um nach der Schule auf die Kinder aufzupassen und solche Sachen.« Sarah wird so blaß, daß ihr die Sommersprossen fast von der Haut hüpfen. »Was soll er denn nun machen?« Sie weint. »Wenn ich nicht zurückkomme, was macht er denn dann?« Sie umklammert Lilas Arm. »Glauben Sie, die Leute wissen es? Ich meine unsere Familien. Kriegen sie gesagt, was hier los ist?«

»Ich weiß nicht. Das habe ich mich auch gefragt. Vielleicht nicht. Was sollten sie ihnen auch sagen? Wir wissen doch selbst nicht, was los ist.«

»Ich hoffe, daß ihn niemand anruft, er würde sich furchtbar aufregen. Er ist der Typ, der immer was *tun* will, verstehen Sie? So wie ich jetzt, ich will was *tun*, und für ihn wäre es vermutlich noch schlimmer.« Sie macht eine Pause. »Na ja, irgendwie jedenfalls. Eigentlich ja nicht. Aber Sie wissen ja wie es ist, wenn Sie jemandem helfen wollen und können es nicht. Wenn die Kinder krank werden, zum Beispiel.«

Nein; Lila weiß das nicht, aber sie nickt zustimmend.

»Gott, wie ich das hasse. Wenn sie Fieber haben, zum Beispiel, und man nichts dagegen tun kann. Am schlimmsten ist es, wenn sie noch Babys sind und du weißt, irgendwas stimmt nicht, weil sie so schreien, aber sie können dir nicht sagen, was es ist, und dann kriegst du diese Scheißangst, stimmt's? Haben Sie Kinder?«

Lila schüttelt den Kopf. Normalerweise ist es ganz in Ordnung, keine Kinder zu haben, aber Sarah vermittelt ihr fast ein Gefühl von Schuld. Oder Unzulänglichkeit. Ein wichtiger Faktor der heutigen Panik und Trauer entgeht ihr.

Sarah zuckt die Achseln. »Sie Glückliche.« Vermutlich meint sie, daß Lila damit weniger zu verlieren hat.

»Wie alt sind Ihre Kinder?«

»Zwölf und neun. Junge und Mädchen. Tim und Tiffany.« Sie schwankt erneut und hat Tränen in den Augen. »Meine armen Babys! Was wird aus ihnen werden?« Wieder greift sie nach Lilas Arm.

»Glauben Sie, daß sie es schaffen werden? Ohne mich? Wenn es nun wirklich passiert? Was glauben Sie?«

Ob sie es ohne sie schaffen werden, oder ob es nun wirklich passiert? »Natürlich wird es ein Schock für sie sein. Das ist klar. Aber ich bin sicher, daß sie trotzdem damit klarkommen. Es hört sich an, als sei Ihr Mann ...« – Was? Lila hat keine Ahnung, wonach es sich anhört – »... ein netter Mensch. Hilfreich.«

»Ja, er ist okay.« Die wandelbare Sarah grinst bereits wieder. »So eine Scheiße. Wissen Sie, wie lang es gedauert hat, bis ich ihn so weit hatte? Und jetzt werde ich von all dieser schweren Arbeit überhaupt nichts haben.«

»Sie müssen sehr früh geheiratet haben.«

»Ich war achtzehn. Schwanger. Er war zwanzig. Junge, Junge«, sie schüttelt den Kopf, »das war vielleicht eine Scheiße, was ich da von meinen Leuten zu hören gekriegt habe. Und wir mußten uns aneinander gewöhnen und hatten außerdem schon die Kinder. Da habe ich dann gesagt, jetzt ist erst mal Schluß mit Kindern, erstmal müssen wir klarkommen. Nun sind wir klargekommen und jetzt passiert das hier. Reisen Sie allein?«

Lila schüttelt den Kopf. »Nein, zu zweit.« Sie redet sonst mit niemandem über Tom, außer mit Nell und Patsy, aber hier ist alles anders. »Wir wollten Ferien machen. Zwei Wochen in England herumreisen, vielleicht auch ein bißchen in Wales und Schottland. Das haben wir schon seit ewigen Zeiten geplant.« Wie hübsch das klingt; wie fern.

»Mit einem Freund oder einer Freundin?«

»Mit einem Freund.«

»Ach du Scheiße. Ich wette, Sie haben sich echt drauf gefreut.« Sie kommen der Toilette langsam näher. Hinter Lila hat sich eine kleine, ältere Dame angestellt, dahinter ein Sikh, dessen Turban ein wenig schief sitzt.

»Hab ich auch. Haben wir beide. Wir wollten einfach mal weg. Uns vergnügen, was Neues sehen.« Wie zärtlich sie an den Mann denkt, mit dem sie die Ferien geplant hat; wenn auch nicht an den Mann, der es nicht ertragen kann, mit ihr zu sterben.

»Wissen Sie, ich war nie allein mit Kevin weg. Jedenfalls nicht mehr seit unserer Hochzeitsreise, und das waren nur vier Tage, weil wir kaum Geld hatten. Danach waren immer die Kinder da. Manchmal habe ich gedacht, wenn wir nur mal weg könnten, nur wir beide, aber ich hatte auch irgendwie Angst davor. Was hätten wir dann gemacht? Wir sind so daran gewöhnt, mit den Kindern zusammenzusein; wenn wir beide alleine gewesen wären, vielleicht hätten wir gar nichts miteinander anfangen können?«

»Ja, so was in der Art habe ich mich auch schon manchmal gefragt.«

»Aber Sie sind mit dem Mann nicht verheiratet?«

»Nein, er ist verheiratet, ich nicht.«

»Oh!« Sarah geht erkennbar auf Distanz. Wie dumm von Lila; was erwartet sie von einer verheirateten Frau? Aber immerhin ist Lila nun eine eigenständige und interessante Persönlichkeit, und Sarah betrachtet sie auch gleich mit Neugier. »Wie funktioniert so was? Macht Ihnen das nichts aus? Weiß es seine Frau? Ist es okay, wenn ich Sie das frage?«

Lila zuckt mit den Schultern. »Klar.« Am Boden wäre es keineswegs okay, aber am Boden gäbe es auch eine Zukunft, und dort würde sie auch kaum Vertraulichkeiten mit Sarah oder sonst jemandem austauschen. »Manchmal ist es schwer und funktioniert nicht besonders gut, und manchmal ist sehr schön. Nein, ich glaube nicht, daß es seine Frau weiß, aber wer kann das schon sagen? Ich glaube, daß die Menschen oft Dinge wissen, aber nicht eingestehen wollen. Vor allem sich selbst nicht. Weil es zuviel durcheinanderbringen würde.«

Es ist gar nicht so einfach zu bestimmen, wer von ihnen dreien am wenigsten Mut hat, Dorothy, Lila oder Tom. Aber das sagt Lila nicht.

Sarah sieht nachdenklich aus. »Ich habe mich manchmal gefragt, ob ich es merken würde, wenn Kevin herumbumst. Oh, Entschuldigung, Sie mögen es vermutlich nicht, wenn man es rumbumsen nennt. Aber ich würde es so nennen, vielleicht, weil ich eine Ehefrau bin. Ich denke, es hängt davon ab, wo man steht, glauben Sie nicht?«

Nicht dumm, diese Sarah, denkt Lila. Mit dieser Fähigkeit, die verschiedenen Standpunkte zu unterscheiden, wäre sie eine gute Literaturstudentin. »Es gibt viele Worte dafür«, stimmt Lila zu. »Sie haben recht, es ist eine Frage des Standpunktes.«

»Ich glaube, ich würde es merken.« Sarah runzelt die Stirn. »Aber wenn er es täte, wüßte ich nicht, was ich machen würde. Ihn umbringen wahrscheinlich, aber was dann? Eins würde ich nicht machen: So tun, als wüßte ich es nicht. Ich kann nämlich meinen Mund nie halten; manchmal sagt Kevin, ›Um Gottes willen, Sarah, man muß doch nicht über alles reden.‹ Aber wenn man Dinge nicht sagt, woher weißt du dann, was andere Leute denken? Ich würde einfach platzen, wenn Kevin rumbumst, und ich nichts sagen würde. Ich würde einfach zerplatzen wie eine reife, alte Wassermelone, die auf den Küchenboden fällt.«

Sie macht eine kurze Pause. »Ich frage mich, ob Kevin wieder heiraten würde. Wenn es zum Schlimmsten kommt. Ich glaube, er würde es tun.« Sie seufzt. »Er ist erst zweiunddreißig. Und er würde auf jeden Fall jemanden für die Kinder haben wollen. So eine Scheiße aber auch. Ich werde als Geist bei ihm herumspuken, wenn er das tut. Ich frag mich wie das wäre, wenn man bei jemandem herumspukt. Und alles sieht.« Sie schüttelt sich. »Irre, wenn man sich vorstellt, daß Tote so etwas tun könnten. Ich hätte das bestimmt nicht gern, wenn irgend jemand mir die ganze Zeit zusieht und zuhört. Also, wenn irgendein Toter das mit mir täte, würde mir das gar nicht gefallen, aber wenn ich es selbst machen würde, das wäre interessant. Wenn man nur an die Geheimnisse denkt, die man da erfahren könnte. Das wäre wirklich lustig!«

Jetzt sieht sie richtig fröhlich aus, und das ist ansteckend. Lila überlegt, bei wem sie gerne als Geist herumspuken würde, wessen Geheimnisse sie gerne erführe. Eigentlich von allen. Nicht unbedingt von Freunden oder Geliebten. Fremde wären vielleicht sogar interessanter. Jeder hat Geheimnisse, kleine und große private Dinge, und es wäre sicher ein nicht enden wollendes Vergnügen, von einem zum andern zu fliegen, viel besser als Fernsehen. Sie könnte mit Dorothy anfangen. Wenn Tom nicht schon da wäre. Da wäre der Raum doch etwas überfüllt mit neugierigen Geistern.

Sie könnten eine Gruselgeschichte á la Dickens an Dorothys Bett aufführen, mit Lila als Geist einer dahingegangenen Geliebten.

Ein kleines Vergnügen.

»Ich frage mich, was passiert«, sagt Sarah. »Oder ob vielleicht gar nichts ist.« Lila, ernüchtert, sagt nicht, was ihr ganz spontan in den Sinn kommt, nämlich, daß sie das sehr bald herausfinden werden. Aber natürlich hängt dieser Gedanke in der Luft.

Plötzlich macht die alte Frau hinter Lila den Mund auf. Wie lange hat sie wohl schon zugehört? »Wenn Sie nur den rechten Glauben haben«, sagt sie mit klarer, bebender Stimme, »wird das, was geschieht, etwas Himmlisches sein. Seligkeit und Erlösung. Unvorstellbare Freude.«

Lila fällt dazu nichts ein. Es erstaunt sie ein wenig, daß Sarah darauf eingeht, und das mit einer Stimme, die in Sekundenschnelle höhnisch und bitter geworden ist. »Ach ja? Das wäre aber fein, all diese Freude. Sie glauben also, wir haben es ganz eilig, dahinzukommen, ja? Ich seh aber niemanden, der betet, daß dieses verdammte Flugzeug abstürzt, sehen Sie jemanden? Also erzählen Sie nicht so eine Scheiße!« Sie starrt die Frau wütend an.

Was hat es zu bedeuten, wundert sich Lila, daß es hier oben, in dieser Situation, viel schneller zu Wutausbrüchen kommt als zu spontaner Zuneigung?

Mit finsterem Blick dreht sich Sarah wieder zu ihr. Sie sieht aus wie eine Schlange, findet Lila und wäre nicht erstaunt, wenn sie jetzt zischen würde. »Als ich ein Kind war, haben sie mich mit diesem Mist vollgestopft. Lobet den Herren, Pustekuchen. Wenn du nämlich was Schlechtes tust, schlägt dich der Herr grün und blau. Meine Familie ist ausgeflippt, als ich schwanger war, sie sagten, sie würden für mich beten, aber ich müßte bereuen, oder ich käme in die Hölle. Ich scheiß drauf. Ich habe ihnen gesagt, daß Kevin und ich in der Hölle glücklich sein würden, solange sie nicht dort auftauchen.«

Die alte Frau gibt unglückliche Laute von sich, aber sie ist zumindest still.

»Sind Sie religiös?«

Ein bißchen spät, die Frage. Lila lächelt. »Nein, aber ich könnte jetzt nicht sagen, was ich am Ende dieses Tages glauben werde.« Vielleicht ist sie ja dann soweit, daß sie »Jesus, Jesus rette mich!« wimmert. Oder auch »Hallelujah!« Sie bezweifelt es, aber sie zweifelt schließlich an fast allem.

»Ich glaube an meine Babys und an Kevin. Und an mich.« Sarah schüttelt ihren Kopf, als versuche sie, bestimmte Gedanken loszuwerden. »So eine verdammte Scheiße, wirklich!« Lila kann dem nur zustimmen.

»Ich meine, da stehst du am Morgen auf, bist ganz aufgeregt, weil du am Abend an einem völlig anderen Ort sein wirst, du rennst herum, versuchst, an alles zu denken und nichts zu vergessen, schaust, daß für alles gesorgt ist – sogar das Essen. Wissen Sie, daß ich sechs Abendessen gekocht und für alle tiefgefroren habe? Nicht für jeden Abend, den ich weg bin, Kevin kann ganz gut kochen, aber damit sie manchmal beim Abendessen an mich denken. Daß ich irgendwie auch bei ihnen bin.

Und ich habe daran gedacht, daß ich meine kleine Schwester endlich nach so langer Zeit einmal wiedersehe, und über wieviel wir zu reden haben, und wie toll das wird, wenn ich ihr die Bilder von den Kindern zeige und endlich sehe, wo sie lebt und wie sie sich verändert hat, denn sie ist ja noch weiter weggezogen als ich, und für sie beten sie vermutlich auch.

Also, ich meine, du denkst an den Ort, den du verläßt und an den Ort, an den du gehst, aber du vergißt das Stück dazwischen, und dann stellt sich raus, daß das das einzige ist, was zählt.«

Lila muß Tausende von Wörtern in ihrem Kopf haben, und viele davon könnten zu anmutigen Formulierungen verknüpft werden, um verschiedene Ideen elegant auszudrücken, und hier steht diese dünne, sommersprossige Sarah, sagt ein paar grobe Worte und bringt damit die ganze Sache ziemlich genau auf den Punkt.

»Was halten Sie von dem, was dieser Typ gesagt hat, dieser Copilot?« fragt Sarah. »Glauben Sie, daß da irgendwas dran war, oder daß er nur versucht hat, uns alle zu beruhigen?«

»Ich weiß nicht. Ich könnte es auch nicht sagen. Vielleicht beides.« Wie kommt es, daß Lila sich so spröde anhört. Vielleicht liegt es daran, daß sie fünf Jahre lang ein riesiges Geheimnis mit sich herumtrug. So lange über etwas Wichtiges nicht zu sprechen, hat ihr vielleicht die Fähigkeit der leidenschaftlichen Rede geraubt.

Das wäre tragisch und ein Verlust.

»Aber eine tolle Stimme, finden Sie nicht?«

Sarah sieht Lila schelmisch an. »Sexy, wäre nicht ohne, diese Stimme auf dem Kissen neben dir zu hören. Kevin hat auch eine nette Stimme. Ich habe ihn schon die ganze Schulzeit über gekannt, und ich erinnere mich noch, wie er Stimmbruch hatte, und sie dann immer tiefer wurde. Ich steh auf Stimmen. Was hat ihr Typ für eine Stimme?«

Wie kann Lila etwas beschreiben, das so viele verschiedene Tonlagen für die verschiedenen Zwecke hat? »Die meiste Zeit ist es eine ruhige Stimme. Aber er ist ein Professor, so wie ich, und er war auch mal Politiker, und das ist wie Schauspielerei: Man kann mehr in seine Stimme hineinlegen und sie auf unterschiedliche Art und Weise einsetzen. Auch im persönlichen Bereich, zum Beispiel, kann man jemandem sagen, wie sauer man ist, ohne daß man dabei auch nur ein bißchen lauter wird.«

»Wow, Sie sind Professorin? Was unterrichten Sie?«

»Englische Literatur, fürchte ich.« Wie bei der Frage nach Kindern hat Lila ein merkwürdiges Schuldgefühl. Sarah dürfte das wenig interessieren.

»Echt? Englisch mochte ich immer in der Highschool, es war

mein bestes Fach. Manchmal wünschte ich mir, ich hätte Zeit zum Lesen, aber mit dem Job und den Kindern – na ja, wenn ich lesen würde, wär's wahrscheinlich nichts Vernünftiges. Aber vielleicht später mal. Wenn die Kinder groß sind, in ein paar Jahren. Oh.« Ihr Gesichtsausdruck wird wieder angespannt.

»Sie werden noch viel lesen. Machen Sie sich keine Sorgen. Stellen Sie sich vor, wie Sie es sich abends mit einem Buch gemütlich machen. Haben Sie einen großen bequemen Sessel? Einen Kamin?« Lila versucht, eine Vision, eine Zukunft zu schaffen.

»Nein, keinen Kamin. Hätte ich aber gern. Und ich habe immer gesagt, wenn die Kinder einmal groß sind und aus dem Haus, werden wir uns ganz neue Möbel anschaffen, denn alles, was wir haben, ist kaputt und hat Flecken. Also, es ist nicht so schlimm, aber Sie wissen ja, wie Kinder sind. Die Sachen nutzen sich einfach ab, und es hat keinen Sinn, neue Möbel zu kaufen, solange die Kinder noch rumtoben.«

Es tut weh, als Lila an ihr eigenes Haus denkt, wo sich Lampen tief über weiche Stühle beugen, und Bücher wirklich genossen werden können. Stille. Friede. Nur die Unruhe und das Herzklopfen wegen Tom; in dieser Hinsicht waren die letzten paar Jahre etwas chaotisch.

Doch Herzklopfen gehört zu jeder guten Geschichte. Ihr und Tom fehlt vielleicht der normale Rahmen, und ihre Charaktere mögen vielleicht nicht jeder Beurteilung standhalten, aber für eine gute Geschichte haben sie einiges zu bieten.

Was treibt er übrigens? Selbst wenn sie sich auf Zehenspitzen stellt, kann sie ihn nicht sehen, es sind zu viele Körper und Köpfe dazwischen. »Und Sie?«, sie dreht sich wieder zu Sarah, »Sie reisen ganz alleine?« Da würde sie sich einsam fühlen, denkt sie. Auch wenn ihre eigene Reise nicht gerade einfach ist, zumindest hat sie noch jemanden neben sich.

»Ja. Noch ein Grund, warum ich mal meinen Sitz verlassen mußte. Der Typ neben mir hat mich verrückt gemacht. Und außerdem hat er mir Angst eingejagt.«

»Wirklich? Wie denn?«

»Also erst hat er ein paarmal gekotzt. Ich hasse so was. Ich meine, Leute, denen schlecht wird, tun mir leid, aber ich habe es schon bei meinen Kindern kaum ertragen, und dann noch bei einem völlig fremden Menschen. Und er hat sich nicht einmal entschuldigt oder so was, sondern hat seine Kotztüte einfach der Stewardeß in die Hand gedrückt, so als würde er ein Sandwich zurückgeben.« Sarah kichert. »Was es ja im Grunde auch war.

Dann hatte er eines von diesen Sprays für guten Atem dabei. Nachdem er also gekotzt hat, sprüht er sich den Mund aus und dann dreht er sich zu mir und sagt ... stellen Sie sich das mal vor ... und sagt doch glatt ›Also Schätzchen, hat doch eigentlich wenig Sinn, ganz allein abzustürzen. Ich finde, wir könnten uns doch ganz schnell anfreunden und die letzten Momente unseres Lebens noch richtig genießen. Wie wär's?‹ Nein, warten Sie, er sagte: ›Wie wär's, Baby?‹ Wirklich cool, wirklich verlockend.« Sarah rollt mit den Augen.

»Was haben Sie gesagt?« Lila versteht, wie abstoßend das gewesen sein muß; aber wäre es nicht nett gewesen, wenn Tom ihr vorgeschlagen hätte, die letzten Momente ihres Lebens noch richtig zu genießen?

»Ich hab ihm gesagt, er soll sich verpissen. Er sagte ›Ach, komm Schätzchen, sei doch nicht so‹, und ich sagte: ›Junge, begreif's doch, hör auf, dich wie ein totales Arschloch zu benehmen; wenn du wirklich glaubst, daß wir sterben werden, willst du dann als totales Arschloch sterben?‹ Da hat er mich dann so richtig böse angeschaut. Sie kennen doch diesen fiesen Blick, den Typen manchmal haben? Ich könnte mich aber ohrfeigen, denn als ich mich dann entschlossen habe aufzustehen, bin ich hoch und habe gesagt ›Entschuldigung‹, als ich rausgegangen bin. Ich fasse es nicht, daß ich mich bei diesem Trottel auch noch entschuldigt habe. Also jedenfalls, wenn Sie vor mir gehen wollen, machen Sie nur, ich hab's nicht eilig, auf meinen Platz zurückzugehen. Vielleicht schau ich mich auch nach einem anderen Platz um. Ja, wird wohl besser sein.«

Lila liegt es auf der Zunge, Sarah vorzuschlagen, daß sie sich zu ihr und Tom setzen kann. Der Fensterplatz ist frei, und es wäre ein Akt der Freundlichkeit. Für wie viele Freundlichkeiten reicht die verbliebene Zeit noch? Für so viele, daß sie – falls es da irgendwo ein großes Buch gibt – ihre Fehler und Makel durch Tugendhaftigkeit in letzter Minute noch wettmachen kann?

Aber. Aber es gibt da noch ein paar Dinge zwischen ihr und Tom, und auch für sie selbst. Noch einiges zu entschlüsseln. Sarah ist lebhaft und hat Angst, und ihre Anwesenheit würde es schwierig machen, da sehr weit zu kommen. Wo auch immer Lila hinkommen will. Wütend werden will sie jedenfalls nicht.

Vielleicht kann sie Sarah ja später suchen und ihr den den Fensterplatz anbieten.

Später? Was ist los mit ihr, ist sie ein Idiot?

Sie spürt Sarahs Hand auf ihrem Arm. »Alles in Ordnung? Sie werden doch nicht ohnmächtig oder so was?« Sarah schaut Lila besorgt an. »Wollen Sie sich hinsetzen?«

»Nein danke. Mir geht's gut.« Halbwegs gut. Den Umständen entsprechend gut.

Ein Mann mit grauem Gesicht tritt aus der Toilette, und Sarah ist die nächste in der Schlange. »Puh«, flüstert sie, »jemanden zu sehen, der so eine Angst hat, kann einem selber noch mehr angst machen, finden Sie nicht?« Eine andere Tür geht auf, und jetzt ist Sarah an der Reihe. »Vielleicht sehen wir uns später«, sagt sie. »Jedenfalls war es nett, Sie kennenzulernen.« Sie lacht und schüttelt den Kopf. »Sehen Sie? Als ob wir uns in der Mittagspause oder so getroffen hätten. Ist das nicht komisch?« Sie winkt kurz und ist weg.

Lila vermißt sie sofort.

Sie muß jetzt wirklich aufs Klo und verschwindet schnell in der nächsten freiwerdenden Kabine. Was für eine Erleichterung. Es ist auch gut, für ein paar Minuten allein zu sein, auch wenn die Motorengeräusche des Flugzeugs durch die Abwesenheit von Stimmen nervtötend laut sind. Machen sie eigentlich immer einen so aufdringlichen Lärm?

Als sie auf der winzigen Toilette sitzt, sich in der winzigen Kabine bewegt, ihre Hände in dem winzigen Becken wäscht, fragt sich Lila, wie es gewesen wäre, wenn sie sich in diesem engen Raum mit Tom vergnügt hätte. Wie unbequem und doch erregend es hätte sein können, und welche neuen Stellungen das verlangt hätte.

Nun wird sie es nie erfahren.

Oh, sie wird es nie erfahren.

Fast schlägt sie sich den Kopf am Becken an, als sie sich darüberbeugt und gleichzeitig in die Knie geht. Der Schock der Trauer ist wie ein Messerstich.

All die Dinge, die sie nie erfahren wird. Sie möchte den Arm um ihren Bruder legen, und sich an ihm festhalten. Es ist Jahre her, daß sie seine Haut berührt hat, sie kennen sich länger als jeden anderen in der Welt – das zumindest hätten sie tun müssen. Sie hätte sich öfter mit Anne zum Mittagessen verabreden sollen, und die Kinder von Don und Anne, Lilas Nichten und den Neffen, hätte sie öfter bei sich schlafen lassen, mehr Ausflüge und Picknicks mit ihnen machen sollen. Einiges hat sie mit ihnen unternommen, aber nie genug, und jetzt gibt es so viel, das nie getan werden wird.

Sie wird vielleicht nie mehr ein Buch lesen, nie mehr das Klassenzimmer betreten, nie mehr einen Streit haben. Nie wieder dröhnendes Lachen, warme Haut oder heißes Verlangen.

Patsy und Nell – jedes Jahr verbringen sie eine Woche gemeinsam irgendwo in der Sonne und am Wasser. Sie kochen und trinken, lachen und lesen, sie stützen ihre nackten Füße auf Bootsgeländer, reden über Ereignisse und Ideen, vergleichen, wie ihre Hälse und Schenkel altern – eine vergnügte Runderneuerung ihres Lebens. Und nun ist Lila munter und gedankenlos einfach aus ihrem Einflußbereich geflogen.

Sie hat so wenige Orte, wo sie hingehört; so wenige Herzen, in denen ein großer Platz für sie ist.

Einmal ist sie mit Patsy aus einer Laune heraus eine dunkle Treppe über einem Laden hochgestiegen, um eine Handleserin aufzusuchen. »Sie werden Glück in der Liebe haben«, sagte die Frau zu Patsy, die jubelte, auch wenn sich später herausstellte, daß das Glück nur von kurzer Dauer war. Sie war glücklich, bis sie und ihr Mann Archie sich trennten, mehr aus Versehen, wie es schien, als aus bösem Willen. »Wir haben vergessen, aufmerksam zu sein«, sagte Patsy. »Ich schwöre, das passiert mir nie wieder.« Aber eine neue Gelegenheit für Liebe hat sich ihr bisher noch nicht geboten.

»Sie werden ein langes Leben haben«, sagte die Handleserin Lila voraus.

Und die Liebe?

»Ah, da ist Ihre Hand interessant. Die Linie der Zuneigung ist kurz. Sehr ungewöhnlich«, als ob das etwas wäre, worauf man stolz sein könnte.

Vielleicht verwechselte die Handleserin Patsys Hand mit der von Lila. Oder verwechselte Lilas Lebenslinie mit ihrer Liebeslinie. Bis jetzt hatte sie nicht das Gefühl, als sei die Liebe in ihren verschiedenen Formen an ihr vorübergegangen oder als hätte sie verzweifelt nach ihr suchen müssen. Aber ihr Leben dauert vielleicht nicht mehr lange.

Es ist schwer, sich aufzurichten. Ihre Finger am Rand des Beckens sind ganz weiß.

Und draußen sitzt ein Mann, der entsetzt ist, daß er mit ihr zusammen ist. Sie hat nie gedacht, Liebe sei einfach, aber das hat sie sich nicht mal im Traum vorgestellt.

O nein, das ist ihre eigene Stimme, die da wimmert. Sie ist nicht jemand, der wimmert. Sie nicht.

Herzprobleme liegen bei ihr in der Familie. Sollte sie womöglich, wie zuerst ihr Vater und dann, zehn Jahre später, ihre Mutter, hier und jetzt, ganz still und privat einen Herzinfarkt bekommen? Es tut so weh.

Auch Herzprobleme im Sinne von fehlgeleiteter oder falscher Zuneigung liegen bei ihr in der Familie. Vielleicht hat sie auch dieses Leiden geerbt.

Als sie ihren Blick zu dem kleinen Spiegel hebt, der über dem

Becken angebracht ist, sieht sie ihr Gesicht mit all den Furchen und Falten einer Frau Ende vierzig, starr und immer noch voller Verlangen.

Ich will, denkt sie.

Sie hätte sich gewünscht, Ödnis zu sehen, Leere. Eine platte Wüste bis zum Horizont. Sie hat die Vorstellung, daß sie dann klar sehen könnte, daß die Umstände, Wünsche und Entscheidungen dann reine und scharfe Konturen hätten.

Vielleicht steht sie jetzt genau da: am Rande der Extreme.

Aber jeder in diesem Flugzeug sieht wohl seine Träume im Licht des Feuers flackern; verfehlte Ziele. Das verbindet sie wohl alle, viel mehr als ihr gemeinsames Schicksal.

Plötzlich steht sie ganz ruhig, nicht Schmerz hält sie zurück, sondern Überraschung: Das sprachlos machende Gefühl, daß ihr gepeinigtes Herz immer größer wird und erstaunlicherweise vor Liebe förmlich überquillt. Verlangen. Eine seltsame Form des Glücks. Was ist das? Ein Gefühl jedenfalls, das sie festhalten will; ein Gefühl, mit dem sie sogar den Absturz ertragen könnte.

7

Strahlend tritt sie aus der Toilette zurück ins Chaos. War sie sehr lange drin? Einige Leute schauen sie ungeduldig an, so als habe sie sie aufgehalten. Die Schreie der Passagiere haben nicht aufgehört; in verschiedenen Tonlagen variieren sie alle dasselbe Thema: »O Gott, bitte, bitte«. Die Worte klingen für Lila inzwischen eher wie ein Versprechen als eine Bitte: »Laß es mich versuchen, gib mir eine Chance« flehen sie, um dann zu geloben: »Ich schwöre, ich werde mich ganz bestimmt bessern.«

Strahlend ist Lila auch in die Arme der alten Frau gelaufen, die hinter ihr in der Schlange stand, als sie mit Sarah sprach. Was macht sie hier, wartet sie etwa noch immer? »Meine Liebe«, sagt sie und legt ihre dicken Finger auf Lilas Arm. Was ist aus dem zitternden Sikh geworden? An seiner Stelle steht ein blonder muskulöser Mann mit Halbglatze, den die alte Dame vorbei winkt. »Gehen Sie nur, ich möchte mit dieser jungen Dame ein paar Worte reden.« Nett, jung genannt zu werden; als ob noch alles möglich wäre.

Die alte Frau, die Lilas Arm ergriffen hat, ist klein und weißhaarig und trägt ein ähnlich unschuldiges Kleid mit Blumenmuster wie es Lilas Großmutter trug, wenn sie June besuchte. Aber sie funkelt auch vor Entschlossenheit. Sie hat sich unübersehbar gemacht, so wie Lila sich groß machen kann: durch Intensität, nicht durch Körpergröße.

Sie hat diese Alte-Damen-Figur, die nach unten abgeschrägt ist wie ein Hügel, eine Gestalt, die wirkt wie eine kleines Vorgebirge. Eine Figur, die Lila im Alter auch einmal bekommen könnte, wenn sie überhaupt noch älter wird. Aber wie diese hellen Alte-Damen-Augen blitzen!

»Ich habe zufällig Ihr Gespräch mit der anderen jungen Dame

mitgehört und gewartet, um mit Ihnen zu sprechen. Ich mache mir große Sorgen um Ihr Seelenheil.«

Ach herrje.

Dennoch, Fanatismus ist interessant. Aber auch ermüdend.

»Ich heiße Adele Simpson, und ich muß einfach mit Ihnen darüber sprechen, wie entscheidend der Zustand Ihrer Seele ist. Besonders jetzt, wo vielleicht nur noch wenige Augenblicke bleiben, Erlösung zu finden. Vergebung Ihrer Sünden. Ich nehme an, Sie wollen das nicht hören, aber heute, bei alledem, kann ich nicht schweigen!« Leidenschaft ist stärker als gutes Benehmen – gut. Aber warum Lila und nicht der Sikh, der sicher, aus Adeles Sicht, von der Erlösung noch viel weiter entfernt ist?

Vielleicht ist er so weit davon entfernt, daß es Adeles Horizont übersteigt.

Hat sie das auch mit Sarah versucht? Das wäre ein schönes Schauspiel gewesen. »Wissen Sie«, sagt Lila ziemlich höflich, »der Zustand meiner Seele ist meine Sache, und nicht Ihre.«

»O nein, auch ich muß mich darum sorgen, verstehen Sie? Ich empfinde diesen Tag als Prüfung und Gericht, ich höre den Herrn unsere Seelen rufen, und wir müssen ihm zuhören. Wir müssen!«

Wenn Lila nun glauben würde, ihre letzte Tat müßte unbedingt darin bestehen, einem dumpfen, uninteressierten Schüler ein Gedicht begreiflich zu machen, ihn durch eine Formulierung zu erleuchten, ihn durch einen bestimmten Satz zu retten – würde sie da vielleicht nicht auch nach seinem Arm greifen?

So etwas Ähnliches bestimmt.

Adele sieht nicht ängstlich aus; die Intensität ihrer Mission, Errettung in Worte zu fassen, ist wohl ihr Ausdruck von Hoffnung. Möglicherweise wittert sie inzwischen sogar schon den Himmel und betet, daß das Flugzeug abstürzt. Möglicherweise ist Lilas Widerstand das einzige, das dieses Gebet und dieses Ergebnis verhindert.

Adeles Stimme wird laut. »Verstehen Sie denn nicht, Sie dürfen nicht unerlöst und in Sünde sterben. Wie kann ich Sie nur dazu bringen, das zu erkennen? O Herr, hilf mir, dein Werk zu tun.«

»Herrgott noch mal.« Es ist ein junger Mann, ein Junge eigentlich, in Jeans, mit einem schwarzen T-Shirt, vier goldenen Ohrringen und einem goldenen Nasenring, der als Nächster in der Schlange steht und ungeduldig von einem Fuß auf den andern tritt. »Sie stehen im Weg und Sie gehen anderen Leuten auf die Nerven. Warum kümmern Sie sich nicht um ihren eigenen Kram? Gehen Sie aufs Klo und beten für sich selber, aber warum müssen Sie anderen Leuten auf die Nerven gehen?« Es ist lächerlich, aber Lilas erster Gedanke ist, Adele in Schutz zu nehmen. Vielleicht ist es das Hauskleid, oder es sind die inbrünstigen Augen. Immerhin, aufrichtig sind sie zumindest, diese Fanatiker.

Offensichtlich braucht Adele keine Hilfe; sie winkt ihn mit einer lebhaften Geste vorbei, und behält Lila mit festem Blick weiter im Griff. »Bitten hören Sie. Sie müssen erkennen, was für ein großes Unrecht Sie tun, das müssen Sie! Aber Sie sehen nicht aus wie ein schlechte Frau; ich bin sicher, Sie wollen ein guter Mensch sein.«

Extremismus ist eine Sache; Einfalt eine ganz andere.

Und wie, bitteschön, sehen schlechte Frauen aus? Merkwürdig, daß manche Menschen immer noch meinen, sie könnten das Böse oder das Gute so deutlich erkennen wie Falten oder die Farbe der Augen.

»Ich dachte, wenn ich mit Ihnen rede, ist das vielleicht alles, was Sie brauchen, um Ihr Leben zu ändern, irgend etwas in Ihnen wartet nur darauf, daß das rechte Wort ausgespochen wird. Ich bin sicher, jemand wie Sie kann nicht *wollen*, in Sünde zu leben. Oder in Sünde zu sterben. Da konnte ich doch nicht vorbeigehen, verstehen Sie? Ich konnte den Herrn doch nicht enttäuschen, wenn es vielleicht meine letzte Gelegenheit ist. Wie könnte ich Ihm an der Himmelspforte entgegentreten, wenn Sie abgewiesen würden, und ich wüßte, ein Wort von mir hätte genügt, um Sie für die Ewigkeit zu retten?«

Himmel, wie eloquent Besessene doch sein können! Es ist ein

bißchen beunruhigend, daß das Ganze eine gewisse Logik hat. Gut, nicht wirklich, aber Lila kann fast verstehen, daß Adele, von ihrem Standpunkt aus genau das Richtige und Notwendige tut. »Ich danke Ihnen«, sagt Lila vorsichtig, »für ihre Anteilnahme. Ich verstehe, was Sie meinen.«

»Dem Herrn sei Dank.« Adeles Gesicht hellt sich auf. Fast süß sieht sie aus, fast vergnügt, beinahe normal und harmlos. »Nun können wir beten.« Die Vorstellung ist komisch, aber Lila versucht, ihr Lachen herunterzuschlucken. »Keine Sorge, wir müssen nicht niederknien, obwohl das natürlich immer das beste ist. Es fällt mir inzwischen immer schwerer, aber dem Herr ist das nicht wichtig. Wir können uns einfach bei der Hand nehmen und gemeinsam unser Gebet sprechen. Ich weiß, es ist nicht einfach, dem Vergnügen zu entsagen, oder Sünden zuzugeben, oder um Vergebung zu bitten. Aber ich bin sicher, daß Sie wissen, je größer die Schwierigkeit, desto größer die Belohnung. Oh, ich bin so aufgeregt.« Das muß sie wohl sein.

»Also halten Sie meine Hand, meine Liebe, und wir wollen beten.« Lasset uns beten, denkt Lila. Gibt es noch viele Menschen, die diesen Ausdruck noch benutzen? Aber vielleicht ist in diesem Fall das emphatische »wollen« genau das, was Adele beabsichtigt.

Was für ein liebes, rundes, glückliches Gesicht sie jetzt hat. Eine Schande. »Ich respektiere Ihre Absicht«, sagt Lila fest, auch wenn Respekt kaum das richtige Wort ist, »und ich weiß, daß Ihr Glaube für Sie eine Realität ist, aber wenn ich mit Ihnen beten würde, müßte ich lügen, und Sie wissen natürlich, wie falsch das wäre. Besonders jetzt.« Adele macht ein Gesicht, als hätte Lila sie geschlagen. Ihr Gesicht rötet sich sogar, als ob sie wirklich eine Ohrfeige bekommen hätte. Aber als die Optimistin, die sie anscheinend ist, findet sie schnell ihre Fassung wieder.

»Ach Gott, natürlich. Ich habe vergessen, daß ich zu Gott fand, indem ich Zeugnis ablegte, und auch Sie können nur so zu ihm finden.«

Es ist, als sei man in einem fremden Land, in einer unbekannten

Stadt. Man weiß nichts über die lokalen Sitten, man muß sehr genau aufpassen, um den Rhythmus der Sprache und der Bewegungen mitzubekommen und das Unbekannte und bis dahin nicht Gewußte zu erkennen. Interessant. Seltsam. Andererseits ist Lila nun schon eine ganze Weile weg. Tom macht sich vielleicht Sorgen. Vielleicht verschwendet sie außerordentlich wertvolle Zeit.

Doch Adele hat etwas: nicht die Geschichte mit der Errettung und der Buße; es hat eher mit Tugend zu tun, ein Thema, das zweifellos auch Tom beschäftigt.

»Sehen Sie, meine Liebe, auch ich war eine Sünderin, das habe ich einen Moment lang vergessen, und dafür muß ich mich entschuldigen.«

»Das macht doch nichts.« Himmel, es ist schwer, nicht zu lachen. Aber der Blick, den Adele Lila gerade zugeworfen hat, war sowieso ziemlich streng.

Als der junge Mann in den Jeans, mit dem schwarzem T-Shirt und den vielen goldenen Ringen die Toilette verläßt, bleibt er kurz bei ihnen stehen. »Sie hat Sie am Wickel, was?« sagt er zu Lila. Er schüttelt den Kopf und all seine Ringe und quetscht sich vorbei. Diesmal bemerkt Lila, daß er erstaunliche Augen und Wangenknochen hat. Wie schön manche jungen Männer trotz ihrer grellen Tarnung sein können.

Auch Adele betrachtet ihn, wenn auch mit einem anderen Blick. »Ich muß ihn später suchen. Auch er hat ein Verlangen nach Gott, das spüre ich.« Wenn sie alle Passagiere nacheinander bekehren will, wird sie viel zu tun haben. Und manche werden wesentlich gereizter reagieren als Lila.

»Sehen Sie«, faßt Adele zusammmen, »lange Zeit konnte ich nicht verstehen, warum in meinem Leben soviel schiefging.« Aha. Das also bedeutet »Zeugnis ablegen«. »Ich dachte, ich sei ein guter Mensch, und konnte mir nicht vorstellen, daß ich das, was mir passiert ist, wirklich verdient hatte. Aber als ich sehr jung war, hat mich ein körperliches Verlangen in Bann gezogen. Was wußte ich schon?«

Adele schaut Lila an, als wolle sie von ihr Verständnis, vielleicht auch Vergebung, selbst wenn das eigentlich absurd ist.

»Ich heiratete einen gutaussehenden Mann, der trank, mich jeden Tag verprügelte und auch noch auf andere Weise verletzte. Wir hatten einen Sohn. Ich wünschte mir so sehr, daß er nicht so werden würde wie sein Vater, und daß er lernen würde, ein guter und lieber Mensch zu werden, so wie ich es zu sein glaubte. Ich gab ihm alles an Liebe und Aufmerksamkeit, was ich hatte, und ich war so sicher, er würde anders werden.

Als er herangewachsen war«, Adele hat nun Tränen in ihren niedergeschlagenen Augen – doch wie oft muß sie diese Geschichte erzählt haben, wenn das ihr übliches »Zeugnis« ist? – »kam er zu mir, und erzählte mir, daß er sich zu Männern legen würde. Er wollte, daß ich den Mann, mit dem er lebte, kennenlerne. Er sagte, wir alle seien seine Familie. Ich konnte es nicht glauben. Ich konnte es nicht ertragen. Ich hatte ihn all die Jahre geliebt und nun sollte ich ihn nie mehr sehen.«

»Was?« Lila muß etwas überhört haben; in der Geschichte scheint ein großes Loch zu klaffen. »Ist ihm etwas zugestoßen?«

Adeles Blick ist irritiert. Eine ziemlich ungeduldige Evangelistin wie es scheint. »Ich sagte: Er legte sich zu Männern. Und diese Vorstellung, eine Familie zu sein, das war ekelhaft. Ich sagte zu ihm: ›Wie konntest du mir das antun?‹ Ich flehte ihn an, sich zu ändern. Ich sagte, ich würde ihm vergeben, wenn er sich nur änderte, aber wenn er es nicht täte, sei er nicht mehr mein Sohn. Nach all den Jahren, war die Person, die da an meinem Küchentisch saß, plötzlich nicht mehr mein Sohn. Er ging. Ich habe ihn eigentlich nicht vermißt, da er ja nicht mehr mein Sohn war, aber ich trauerte um meinen kleinen Jungen.«

Lila erschauert.

»Und ich fragte auch Gott: ›Warum hast du mir das angetan? All das mit meinem Mann, mit dem Jungen – was habe ich getan, daß ich diese Strafe verdient habe?‹ Sehr lange habe ich keine Antwort gehört. Dann ging ich in eine bestimmte Kirche und fand Menschen, mit denen ich reden, die ich über diese Dinge befragen konnte, und wissen Sie, was die gesagt haben?«

Lila schüttelt den Kopf. Es geht über ihr Verständnis.

»Sie sagten mir, daß Gott mich sehr lieben müsse. Daß Er denen, die stark genug sind, besondere Prüfungen auferlegt, und daß, auch wenn ich nicht wußte, daß ich eine große Sehnsucht nach Ihm hatte, Er es weiß. Und die Prüfungen, die Er mir auferlegte, seien dazu da, mich zu Ihm zu bringen. Sie sehen also, ich hatte gesündigt, indem ich mich mit irdischen Dingen befaßte, und Er nahm sie weg und zeigte mir den richtigen Weg.«

Adele lächelt glücklich zu Lila hinauf. »Er kann dasselbe für Sie tun, es ist nicht zu spät, und es ist so schrecklich wichtig. Die falsche Art der Liebe, das ist es. Das habe ich gelernt, und ich wurde gerettet.«

»Aha.« Lila nickt. Etwas anderes fällt ihr nicht ein. »Denken Sie nie an Ihren Sohn? Wissen Sie, wie es ihm geht?«

»Ach Gott, all das ist jetzt 25 Jahre her; er kann überall sein. Er könnte heute sogar schon tot sein.« Wie zufrieden sie klingt. »Wir haben nie wieder von ihm gehört. Mein Mann hat versucht, mir einzureden, daß das, was passiert ist, mein Fehler war. Er haßt meinen Glauben einfach. Ich wünschte, ich hätte ihn retten können, aber er war so wütend, also«, Adele zuckt die Achseln, »muß ich weitermachen, in dem Wissen, daß es nur eine weitere Prüfung auf dem Weg zum ewigen Heil ist. Das erfüllt mich mit einer solcher Freude!« Nun strahlt sie noch mehr.

Sie ist total verrückt.

Allein die Vorstellung, das Leben anderer Menschen als bloße Hürden auf dem Weg zu ihrer eigenen Rettung zu sehen. So fern von den Leiden ihres Sohnes und der Brutalität ihres Mannes zu sein, ganz zu schweigen von ihrer eigenen, daß sie sie als Gottes Wille abhakt.

»Da haben Sie ja einen tollen Gott«, sagt Lila.

»O ja, wirklich, in der Tat. Ich bin so froh, daß Sie das erkennen.«

»Und in mir sehen Sie auch eine Prüfung Ihres Glaubens?«

Auf Adeles Stirn zeigen sich Falten. »Ja, ich denke, in gewisser Weise schon. Es war nie leicht für mich, Fremde anzusprechen, obwohl ich das oft tun mußte; es ist ein Teil der Arbeit, die wir tun. Ich muß mich immer dazu zwingen, indem ich mir sage, daß Gott es so will. Manchmal kann es einem sogar Angst einjagen, weil die Menschen nicht immer wissen, was sie brauchen, und sie sind auch nicht immer bereit, es zu hören. Sie können wütend werden, aber dann denke ich, daß sie eigentlich nur Angst vor der Wahrheit haben. Vor Gottes Gericht zu stehen, ist schwer. Aber als ich Sie mit der anderen jungen Frau sprechen hörte, wußte ich, daß ich keine Wahl hatte. Es ist eine gottgegebene Gelegenheit, verstehen Sie? Sie haben die Chance zur Reue, und wenn das Schlimmste passieren sollte, sind Sie gerade rechtzeitig gerettet, und wenn es nicht passiert, nimmt Ihr Leben in jedem Fall einen anderen Lauf, und Sie sind von der Sünde getrennt.«

Interessantes Konzept, von der Sünde getrennt zu sein. Wie ein Zaun, wo die Sünde auf der einen, und Lila auf der anderen Seite ist. Über *den* Zaun würde sie ziemlich bald klettern.

Auch ein merkwürdiges Wort: Sünde. Sie versteht Gut und Böse in einem ganz anderen Sinn. Das Gute ist Respekt, Fürsorglichkeit, Zuneigung – das, was ihre Großmutter und Tante June Anstand nannten. Und das Böse ist das Gegenteil. So einfach ist das.

Lilas Mutter und Vater waren böse – miteinander –, weil es ihnen an Respekt, Fürsorglichkeit und Zuneigung füreinander fehlte. Ihre böse Tat bestand darin, daß sie zusammenblieben. Auch Tom und Dorothy könnten auf ähnliche Weise böse sein, aber das ist nur eine Vermutung; Lila weiß nicht genug über ihr Leben, um sich da ganz sicher zu sein. Lila und Tom auf der anderen Seite waren im allgemeinen gut zueinander, mit Ausnahme der letzten Stunden und ein paar anderen Krisen in ihrem Leben.

Auch wenn diese Sicht der Dinge relativ simpel ist, so wird sich Lila nicht die Mühe machen, sie Adele zu erklären. Es ist unwahrscheinlich, daß ihre Ansichten übereinstimmen.

»Und Ihr Mann?« fragt sie. »Sind Sie mit ihm zusammengeblieben?«

»Mein Gott, ja. Natürlich. Es war nicht leicht, aber der Herr gibt mir Mut. Vergessen Sie nicht, daß das Eheversprechen eigentlich ein Versprechen an Gott und nicht an einen Menschen ist. Ich würde gern mit Ihrem Freund sprechen; auch er muß daran erinnert werden.« Wäre Tom nicht glücklich, wenn Lila mit Adele im Schlepptau zurückkehren würde; würde ihm ein Schwätzchen über die göttliche Bedeutung des Eheversprechens nicht gefallen? Das wäre eine wirklich gerechte Strafe.

»Ich werde ihn daran erinnern; keine Sorge.«

»Das werden Sie tun? Dann verstehen Sie, was ich meine?«

Wie hoffnungsvoll sie aussieht. Und gleichzeitig auch ziemlich dumm und auch ziemlich böse.

»O ja. Ich verstehe.«

»Ich bin ja so glücklich. Ich fühle mich, als ob – wenn dieses Flugzeug abstürzt – meine letzten Handlungen meinen Glauben deutlich gemacht haben. Ich bin so dankbar. Ich hoffe, Sie sind es auch.«

»Ganz bestimmt. Dankbar.« Lila ist gelegentlich die Vorstellung des Wahnsinns – des Verrücktwerdens – durch den Kopf gegangen; etwas, das, wenn man es überleben sollte, eine bewußtseinserweiternde, aufklärerische Erfahrung darstellen könnte. Neue Wahrnehmungen aus neuen Perspektiven, die ein völlig neues Licht auf die Welt werfen, sie verändern und aus der Bahn werfen.

Das geschieht vielleicht, wenn man von einer Art belebendem Wahnsinn befallen wird, aber es gibt auch andere schreckliche Formen, wie etwa bei Adele. Ihr Wahnsinn wirkt wie ein bewußtes Ausklammern von Menschlichkeit, er hat überhaupt nichts Aufklärerisches und ist dazu noch ziemlich brutal.

»Es war sehr ... interessant, Sie kennenzulernen, Adele. Viel Glück.« Glück kann ihr nichts bedeuten. Glück oder Unglück ist immer nur Gottes Wille.

Was für ein Pech, daß Lila Adele getroffen hat, anstatt zum Beispiel einen Zen-Mönch, der über so etwas Närrisches wie Bindungen nur heiter lächeln kann.

Satori ja; Errettung nein. Lila lacht, und wieder wird sie angestarrt.

Jetzt kann Adele durch das Flugzeug wandern, ihr Zeugnis ablegen und in ihrer besessenen, aufdringlichen und egozentrischen Art in letzter Minute noch alle möglichen Seelen retten. Das dürfte sie beschäftigen und vom Untergang ablenken, der ja der zentrale Punkt ihres Glaubens zu sein scheint. O Gott, was für ein Leben!

Gut, und was für ein Leben hat Lila selbst?

Wo fängt in ihrem eigenen persönlichen Modell von Gut und Böse die Lüge an? Wo liegt auf ihrer Anstandsskala das Nichteinhalten von Versprechen? Auch wenn sie selbst keine Lügnerin ist und keine Versprechen gebrochen hat, so ist sie doch zumindest daran beteiligt.

Sie zuckt die Achseln und stößt gegen einen Mann, der sich an ihr vorbeidrängelt. Es wäre besser für ihre Eltern gewesen, ihr gegenseitiges Versprechen zu lösen, als die einsamen Jahre miteinander zu verbringen. Es *gibt* eine Anstandsskala, auf der die Handlungen gegeneinander abgewogen werden müssen. Davon ist Lila genauso überzeugt wie Adele in der Frage der Erlösung.

Lügen sind komplizierter. Es gibt nette oder schwache Lügen, zu denen sie und Tom gelegentlich greifen. Dabei bleiben Worte ungesagt, und das führt zu einem ganz falschen Eindruck. Und dann gibt es die großen, offenkundigen Lügen, die selbst durch die raffiniertesten Begründungen nicht zu rechtfertigen sind.

Das sind die Lügen, in die Lila verstrickt ist, und deren Platz auf ihrer Anstandsskala so schwer zu bestimmen ist.

Das ist weder neu noch lösbar. Sie zuckt wieder die Achseln.

Wo ist ihr Strahlen geblieben?

Immer noch da. Oder zumindest ein ähnlich kribbelndes, merkwürdiges Gefühl.

Aus den Fängen Adeles befreit, auf dem Rückweg zu Tom, fühlt

Lila sich fast körperlos, unwirklich. Sie schwebt. Ihre Füße scheinen den Boden des Ganges nicht zu berühren. Ihr Kopf ist leicht. Sie hat keine Ahnung, was geschehen wird, wenn sie auf ihren Platz zurückkommt, aber wenn es einen Tag gibt, der ihr Herz zerschneiden und es öffnen kann, dann ist es heute. Wenn sie noch mal hinschaut, kann es vielleicht brechen.

Sie bückt sich und schaut aus dem nächsten Fenster.

Oh.

Noch immer orangefarbene, züngelnde Flammen, sogar im hellen Sonnenlicht. Der Schatten des Flugzeugs in den Wolken unten reflektiert das Feuer dunkel. Hat es sich ausgebreitet? Ist es größer, kleiner, begrenzter oder ausgedehnter als vorher? Tom könnte das einschätzen. Er hat es als erster bemerkt, hat es länger angesehen und hat vielleicht auch die Zeit, die sie weg war, damit verbracht, es weiter zu beobachten.

»Bitte gehen Sie zurück auf ihren Platz, gnädige Frau.« Sheila steht vor ihr. »Sie dürfen nicht im Gang stehen.« Ihr Make-up ist nicht mehr das, was es einmal war, aber immerhin hat sie sich ihre Bluse wieder in den Rock gesteckt. Lila schaut ihr prüfend in die Augen, aber sie kann immer noch nicht entziffern, was sie verbergen: gute oder schlechte Nachrichten.

»Gibt es irgend etwas«, hört sie sich fragen, »was ich tun kann?« Was, das Erbrochene aufwischen? Andere Leute zu ihren Sitzen scheuchen?

»Vielen Dank, aber die beste Hilfe ist, wenn Sie zu Ihrem Sitz zurückgehen. Und bitte vergessen Sie nicht, sich anzuschnallen.« Sheila zeigt ihr das polierte, beruhigende Lächeln des Profis, der gewohnt ist, mit Störungen umzugehen.

»Wissen Sie, ob wir …«, beginnt Lila. Aber sie beendet die Frage nicht, obwohl sie weiß, was sie fragen will.

Auch Sheila weiß es. »Die Piloten werden uns sofort infomieren, wenn es irgend etwas Neues gibt. Sie werden uns auf dem laufenden halten. Ich bin sicher, daß sie sich bald melden werden. Wenn Sie inzwischen bitte auf Ihren Platz gehen könnten.« Sie blickt über Lilas Schulter hinweg. Natürlich hat sie es eilig, hat viel zu tun, viel zu meistern, viele Wünsche zu befriedigen,

»Hey, hallo.« Der vielberingte junge Mann aus der Schlange vor der Toilette lehnt sich glitzernd in den Gang und schaut zu ihr nach oben. »Haben Sie es endlich geschafft, der Bibeltante zu entkommen? Entschuldigen Sie, daß ich Ihnen nicht besser helfen konnte.« Er grinst wie ein Verschwörer. Und warum nicht? Sie lächelt zurück.

»Vielen Dank, daß Sie's wenigstens versucht haben.« Er ist doch nicht ganz so jung, wie sie dachte, aber er hat auf jeden Fall wunderbare braune Augen und herrliche Wangenknochen, wenn auch das gestutzte, dunkle Haar nach Lilas Geschmack nicht unbedingt gut dazu paßt. Von hier aus kann sie Tom sehen, er sitzt ein paar Reihen weiter, leicht nach vorne gebeugt, der rechte Arm bewegt sich. Was tut er da?

Offensichtlich ist er nicht damit beschäftigt, sich ängstlich zu fragen, wo sie geblieben ist, und ob es ihr gut geht. Der junge Mann mit den Augen, den Wangenknochen und den Ringen lächelt sie immer noch an.

»Eigentlich«, erzählt Lila, »war sie interessant, aber auch furchtbar. Sie stehen übrigens auf ihrer Liste, falls Sie das interessiert. Sie glaubt, daß Ihre Seele auch ein bißchen Rettung vertragen könnte.«

Vielleicht ist es ein bißchen gemein, sich über die verrückte, hartnäckige Adele lustig zu machen. Wenn das Flugzeug jetzt abstürzen würde, wäre das kein schöner letzter Augenblick.

»Du lieber Gott, das fehlt mir gerade noch. Hören Sie, wenn ich rüberrücke, würden Sie sich dann ein paar Minuten hersetzen, mir Gesellschaft leisten und sie mir vom Leibe halten?« Er öffnet bereits seinen Sicherheitsgurt und rückt auf den Sitz neben sich.

Er ist sehr schön.

»Gut, eine Minute. Ich glaube aber nicht, daß ich sehr viel für Sie tun kann, wenn sie so entschlossen ist, wie sie es bei mir war. Reisen Sie alleine?«

»Nein, aber meine Freundin ist aufs Klo gegangen. Wir haben angefangen, uns ein bißchen auf die Nerven zu gehen. Also hat jeder eine Pause eingelegt. Und Sie?«

»Nein. Mein Platz ist da vorne«, und sie nickt in Richtung Tom.

»Der Typ, der da schreibt?« Ist es das, was er da tut? Sie guckt hin, und es sieht wirklich so aus, als ob er auf seinem Schoß irgend etwas kritzelt. »Er ist mir aufgefallen, als ich zu meinem Platz zurückgekommen bin. Ich dachte, ziemlich cooler Typ. Scheiße.« Er schüttelt den Kopf. »Also, ich heiße Jim Webster.« Er reicht ihr die Hand. »Meine Freunde nennen mich The Web.«

»Ach Gott, wirklich? Ich bin Lila. Meine Freunde nennen mich Lila.«

Das ist lächerlich. Was tut sie hier, abgelenkt durch einen herrlichen Körper, tiefe Augen und goldene Ringe? Ob sie ihm weh tun? Vor allem der in seiner Nase?

Und was schreibt Tom da?

Ein plötzliches Knistern. »Meine Damen und Herren« – wieder die kühle und tiefe Stimme –, »darf ich um Ihre Aufmerksamkeit bitten.« Sofort ist es, abgesehen vom Flugzeuggeräusch selbst, fast still in der Kabine. The Web faßt nach Lilas Hand, als ob er das letzte Mal Haut spüren will.

»O Gott«, stöhnt er. Der arme Junge hat schreckliche Angst. Er könnte einer ihrer Studenten sein. Er könnte, wenn sie je Verlangen danach gehabt hätte, auch eines ihrer Kinder sein. Sie würde auch gerne stöhnen. Sie ist kurz davor aufzustehen, um zu Tom zu gehen, aber dieser Junge – dieser erschrockene Mann –, wie kann sie da gehen?

Die Verletzlichkeit der Jugend ist unwiderstehlich. Das ist es wohl, was Tom ihr immer wieder sagt. Wie bei seinen erfolgreichen, erwachsenen Töchtern ist es anscheinend egal, wie alt die verletzliche Jugend ist.

Es gibt einen Witz darüber, den Tom allerdings nicht so lustig fand, als sie ihn ihm erzählte: Ein Ehepaar um die neunzig kommt zu einem Anwalt und reicht die Scheidung ein. Der Anwalt ist erstaunt, daß dieses wacklige alte Paar, das offensichtlich bald das Zeitliche segnen wird, sich trennen will. »Ist es nicht jetzt ein bißchen spät dafür?« fragt er. »Warum haben Sie denn so lange gewartet?«

»Wir mußten doch warten«, sagen die beiden, »bis die Kinder tot sind.«

Wo ist die Freundin von The Web? Warum schaut er nicht herum, um nach ihr zu suchen, und warum ist sie nicht da, um ihn zu trösten?

Lila sieht, daß auch Tom nicht herumschaut.

Vermutlich spielt das alles keine Rolle. Jeder hier, vielleicht mit Ausnahme der Leute, die kleine Kinder haben, ist in diesem Augenblick mit seiner Seele allein. Lila lehnt sich zurück und läßt sich weiter an der Hand fassen.

»Vielen Dank. Hier spricht wieder Ihr Co-Pilot Frank McLean. Wie versprochen, wollen wir Sie über die Entwicklung auf dem laufenden halten und auf einige Ihrer Fragen antworten, die Sie an uns haben. Zunächst werden viele von Ihnen bemerkt haben, daß sich der Luftdruck in der Kabine verändert hat.«

Ist das der Grund für das aufkommende Kopfweh, das sich hinter Lilas Augen bemerkbar macht? Manchmal hat sie sich gefragt, wie es wohl ist, wenn man blind wird; wenn die Worte vor ihren Augen verschwimmen und verblassen, und ihre Bedeutung verlieren. Es würde harmlos anfangen, mit einem Schmerz wie dem, den sie gerade verspürt.

Gott, Schicksal, Karma – das scheinen Joker zu sein, die immer zusammen mit jenen grausamen Erlebnissen auftauchen, die man am meisten fürchtet und die am schmerzhaftesten sind. Sie gehören einfach dazu, wenn das Verhängnis in seiner erschreckendsten oder unerwartetsten Variante auftritt. Wie heute. Der Himmel hat in jedem Fall seinen Spaß.

»Wir bedauern die damit verbundene Unbequemlichkeit, möchten Sie aber darauf hinweisen, daß keinerlei Gefahr besteht, und der Luftdruck in der Kabine ausreichend ist. Falls Sie mit ganz kleinen Kindern reisen oder chronische Ohr-Probleme haben, weisen wir Sie jedoch darauf hin, daß ein geringes Risko besteht. Wenn Sie entsprechende Vorsichtsmaßnahmen ergreifen wollen, werden Ihnen unsere Flugbegleiter gerne behilflich sein.« Irgendwo schreit eine Frau, die ohne Zweifel mit einem kleinen Kind reist, kurz auf.

»Was unser Hauptproblem betrifft« – wie viele Probleme gibt es eigentlich neben dem Luftdruck und den brennenden Flügeln noch? –, »so ist es uns bis jetzt noch nicht gelungen, die manuelle Kontrolle über das Feuerlöschsystem der Flügel zu bekommen, dessen Automatik nicht so arbeitet, wie sie sollte. Natürlich bemühen wir uns weiter und wir stehen dabei in Verbindung mit Experten der Bodenkontrolle und dem Flugzeughersteller. Wir haben Grund zu der Hoffnung, daß unsere Bemühungen bald von Erfolg gekrönt sind.«

Kommt im Leben nicht immer eins zum anderen? Erst das Feuer, schlimm genug, und dann fällt das Löschsystem aus. Auch menschliche Körper können auf diese Weise zusammenbrechen. Eine einzige kleine Beschwerde, die in die Arterien sickert und sie verstopft oder die Organe angreift und sie zum Kollaps bringt. Nur wenige Menschen bemerken, wann das passiert. Sie finden es erst heraus, wenn die Katastrophe da ist, und nur selten bringen sie sie mit der ursprünglichen kleinen Beschwerde in Verbindung.

Das gilt auch in anderen Dingen. Es ist nicht immer leicht, im alltäglichen Leben das Triviale vom Lebenswichtigen zu unterscheiden, und oft führt das zu größerer Verwirrung und neuen Fehlern. Tom erwähnt einen Film, den er und Dorothy gesehen habe, er erzählt ihr von der Geschichte und seinen Eindrücken, und ein paar Woche später, eines Nachts, als er Lila verläßt, um nach Hause zu gehen, macht sie eine bissige Bemerkung, daß sie nie genug Zeit miteinander haben, weil er sich nie genug Zeit nimmt, und er sagt, zum Teufel noch mal, er tue doch sein Bestes, und schon geht es los, bis sie sich schließlich nur noch wütend und verwirrt anstarren. Und keiner ahnt, daß das alles damit angefangen hat, daß er ihr die Geschichte eines Filmes erzählt hat, den er mit Dorothy gesehen hat.

»Aufgrund dieser Funktionsstörung fliegen wir derzeit nur mit drei Triebwerken.« Man hört verschiedene Keuchlaute, aber wen kann die Mitteilung eigentlich überraschen? Lila ist eher überrascht, daß sie immer noch drei haben – wie lange wohl noch?

The Web macht ein paar tiefe schwere Atemzüge. »Im übrigen«, fährt die warme und beruhigende Stimme fort, »fliegen wir bereits seit ungefähr acht Minuten nur mit drei Triebwerken. Sie können also selbst feststellen, daß es nur ein geringfügiger Unterschied ist.« Lila sieht Köpfe nicken, ja wirklich, tatsächlich, kaum ein Unterschied – welche Erleichterung!

Macht euch bloß nicht zu viele Hoffnungen, denkt sie. Schaut lieber aus dem Fenster.

»Wir sind in ständiger Verbindung mit unserem Startflughafen und einer Reihe möglicher Zielflughäfen und wir sind stolz darauf, daß wir allen berichten konnten, mit welcher Ruhe und Gelassenheit Sie auf unsere Schwierigkeiten reagiert haben.« The Web stöhnt erneut, aber andere, die immer noch nicken, sehen richtig stolz aus. Lila fragt sich, ob diese kluge Rede nicht schon vor langer Zeit umsichtig entworfen wurde und in jedem Flugzeug bereitliegt, in einem Kartenpäckchen mit der Aufschrift »Wie man bei Problemen die Passagiere beruhigt«. Entweder das, oder dieser Frank McLean ist ein ungewöhnlich klar denkender und pfiffiger Psychologe der Lüfte.

Sie hofft, daß die Fähigkeiten des Piloten, sie in der Luft zu halten, ebenso groß sind wie die seines Co-Piloten bei dieser eher kleinen Aufgabe. Vielleicht haben sie ein Münze geworfen: »Kopf, und du hältst sie bei Laune, Adler, und du versuchst, die Scheißkiste nach Hause zu fliegen.« Sie sieht sie förmlich johlen und sich auf die Schenkel hauen.

»In Absprache mit unseren Experten am Boden mußten wir eine Reihe von Entscheidungen treffen, unter anderem in der Frage, wo wir landen sollen.« Lila dachte, das Ziel sei klar, aber vielleicht irrt sie sich ja. Sie denkt auch, daß er immer noch viel zu viele Worte verwendet – ist das ein Zeichen dafür, daß knappe und schonungslose Fakten unerträgich wären?

»Der Stand der Dinge ist der, daß wir von Beginn an entschieden haben, daß eine Rückkehr zu einem nordamerikanischen Flughafen nicht mehr in Frage kam. Im Normalfall« – Normalfall! – »würden wir, wie bereits erwähnt, in einer solchen Situation Island in Erwägung ziehen. Da in dieser Region aber derzeit Gewitter herrschen, haben wir diese Möglichkeit verworfen und uns doch für Heathrow als optimale Lösung entschieden. Wir folgen nun einer veränderten Flugroute, die übrigens ein wenig direkter ist als unsere übliche, und natürlich werden wir beim Landen Priorität haben. Deshalb, meine Damen und Herren, kann ich Ihnen die freudige Mitteilung machen, daß wir, wenn alles erwartungsgemäß verläuft, etwa zehn Minuten vor unserer planmäßigen Ankunftszeit landen werden.«

Er klingt so erfreut und überzeugt, daß einige Passagiere wahrscheinlich einen Extra-Drink am Flughafen einplanen, oder sich auf eine frühe Begrüßung einrichten.

»Wir fliegen jetzt ein wenig südlich von unserer normalen Route über den Atlantik.« Die Erinnerung daran, daß sie über Wasser fliegen, löst erneut Unbehagen aus. Auch Lila hat schreckliche Angst, in diesen kalten Raum zu fallen und unwiederbringlich in eine Welt fremder, unbekannter Kreaturen zu versinken, denen sie dann womöglich als Nahrung dient. Sie weiß immer noch nicht, warum ihr das schlimmer vorkommt, als auf harter, gnadenloser Erde aufzuschlagen. Das Ergebnis wäre für die Passagiere schließlich dasselbe, und aus der Sicht der Leute, die auf der Erde ihren Geschäften nachgehen, wäre ein Absturz ins Wasser wesentlich besser. Keine schöne Vorstellung, wenn dieses riesige Flugzeug plötzlich aus den Wolken fällt und unten auf der Erde Leben auslöscht, nur weil die Leute zufällig gerade am falschen Platz stehen.

Gefährliche Aussichten für eine Reihe argloser Engländer. Vorsicht ihr Leute in Cornwall, in euren anheimelnden kleinen Häuschen und euren Bed-and-Breakfasts: Schaut nach oben, schaut nach oben!

»Wir werden außerdem unsere Flughöhe verringern. Vermutlich können Sie das in diesen Augenblicken bereits spüren.« Gott sei Dank, daß er das gesagt hat. Lila hätte sonst geschworen, daß sie langsam anfangen, abzustürzen.

Vielleicht tun sie das ja auch, und er versucht nur, die Leute so lange ruhig zu halten, wie es geht.

Diese letzten Momente, wenn sie steil nach unten stürzen, was für schreckliche Sekunden! Der Aufruhr, wenn die Leute durcheinandergewirbelt werden und herumkrabbeln – jetzt ist es Lila, die nach der Hand von The Web faßt.

»Wir bitten noch einmal alle Passagiere, ständig auf ihren Sitzen zu bleiben, es sei denn, Sie gehen zur Toilette. Während wir unsere Flughöhe verlassen, werden wir vermutlich gezwungen sein, ein paar Flugmanöver durchzuführen, um etwaige Antriebsverluste auszugleichen, und wir wollen sichergehen, daß weder Passagiere noch Mitglieder der Besatzung bei diesen Bewegungen zu Schaden kommen.« Bewegungen? Energische, kräftige, mechanische Aerobics, damit das Flugzeug und seine Passagiere am Ende fitter sind als zuvor?

Aber gut, vielleicht stimmt das sogar. Sollten sie überleben, so kann sich Lila niemanden vorstellen, der nicht in irgendeiner Hinsicht eine dauerhafte Veränderung durchgemacht hat, möglicherweise auch stärker geworden ist.

»Geraten Sie deshalb bei unerwarteten Bewegungen des Flugzeugs nicht in Panik. Wir sind nicht in der Lage, Sie vorzuwarnen, wenn wir diese Manöver durchführen, aber wenn Sie angeschnallt sind, besteht absolut keine Gefahr. Diejenigen von Ihnen, die mit Kindern reisen, sollten besonders darauf achten, daß diese gut gesichert sind.

Ihre Flugbegleiter stehen Ihnen weiterhin für jede Art von Hilfe zur Verfügung. Wir bedauern, daß wir Ihnen unseren Film nicht früher zeigen konnten. Die Flugbegleiter werden Sie in Kürze bitten, Ihre Fenster abzudunkeln, damit wir anfangen können. Sollte es weitere Maßnahmen geben, über die wir Sie informieren wollen, so werden wir den Film kurz unterbrechen.

Abschließend möchte ich Sie darauf hinweisen, daß unsere Fluggesellschaft wie auch dieses Flugzeug in Fragen des Sicherheit einen ausgezeichneten Standard haben. Es hat mit diesem Flugzeugtyp praktisch noch nie irgendein Problem gegeben, das zu ernsten Sorgen Anlaß gäbe.« Das klang wie eine glatte Lüge; wahrscheinlich deshalb, weil es bereits ernste Sorgen gibt.

»Vielen Dank für Ihre Geduld.« Die Stimme verschwindet mit einem Klicken, und das Cockpit ist wieder eine Welt für sich, in der Frank McLean und Luke Thomas sich gegenseitig in die Hände patschen, erheitert durch ihren gelungenen Schwindel und das Gefühl der Hoffnungslosigkeit.

Irgendwann gegen Ende der Ansage, vielleicht, als er den Film erwähnte, wurde Lila wieder wütend. Sie haben doch wohl Anspruch darauf, daß man ihnen sagt, was es bedeutet, wenn ein Flügel brennt. Die Menschen haben ein Recht darauf, ihre Herzen auf den letzten Moment ihres Lebens vorzubereiten, wenn das überhaupt möglich ist. Es ist eine Sache, wenn dieser Mann mit der Seidenstimme und sein Freund – sie hofft doch, daß die beiden keine Feinde sind – die Kontrolle über das Lautsprechersystem und über das Flugzeug haben. Aber über die letzten Augenblicke im Leben der Menschen dürfen sie in keinem Fall die Kontrolle haben.

Und nun sollen alle gehorsam die Fenster verdunkeln, und sich einen Western »nouveau« anschauen? Die Verdunkelung wird wohl kaum das Feuer löschen, oder? Es verschwindet doch nicht, bloß weil es die Leute nicht mehr sehen können.

Es gibt viele Dinge, die Lila nicht direkt anschaut, und doch passieren sie. Sie kann es kaum ertragen, sich Tom zu Hause vorzustellen, und versucht auch immer wieder, es nicht zu tun, aber das bedeutet nicht, daß er nicht genau dort ist: gemütlich am Kamin, die Winternacht genießend, mit allen möglichen kleinen Reparaturen beschäftigt (auch wenn er behauptet, daß er zwei linke Hände hat und im Haus ungeschickt ist), laut aus interessanten Büchern oder Artikeln vorlesend, in seinem Raum der Erinnerungen voll Bewunderung vor der eigenen Lebensleistung sitzend, im Bett liegend, wo er sicherlich auch mal die Hand ausstreckt und andere Haut berührt.

Lila kann ihre Augen schließen wie diese Rollos, aber manchmal schießen trotzdem bittere Bilder durch ihre Lider hindurch.

Aber jetzt ist nicht die Zeit dafür. Es gibt keine Zeit mehr.

»Ich könnte kotzen«, teilt sie The Web mit.

»Das merke ich. Sie zerquetschen meine Hand.« Aber er lächelt. Dennoch, ein bißchen unfair, wo sie sich doch auch nicht beschwert hat, als er sich so fest an sie klammerte.

»Warum sind Sie denn so wütend?«

Sie seufzt. »Ich weiß es wirklich nicht. Ich glaube wegen der Geschichte mit dem Film.«

»Ja. Wenn es wenigstens kein Western wäre. Ich habe wirklich keine Lust, abzustürzen und dabei einen Pferdearsch anzugucken.« Es ist ein Witz oder zumindest der tapfere Versuch, einen zu machen, aber er wird noch blasser. »Haben Sie keine Angst?«

»Sicher. Natürlich. Nur manchmal macht mich angst wütend. Vermutlich, weil sich Wut besser anfühlt. Dabei kommt man sich nicht so hilflos vor wie bei Angst, auch wenn man«, sie seufzt, »wahrscheinlich genauso hilflos ist.«

»Ja?« Er blickt sie interessiert und deswegen weniger ängstlich an. »Meine Freundin ist auch so. Sie flippt sehr leicht aus; sie findet Wut besser als Trauer. Meinen Sie das? Ist das bei allen Frauen so?«

Lila lacht. »Da ist was dran, das gebe ich zu. Worüber wird sie denn wütend?«

»Über mich. Unsere Familien. Ihren Job. Und sie ist total sauer über das hier.« Als er eine Handbewegung macht, sieht Lila, daß die Hand, die sie so fest gehalten hat, tätowiert ist mit einer Art

Pfingstrose, umrahmt von einem Büschel grüner Blätter. Das gibt es doch nicht; wer läßt sich denn eine Pfingstrose auf die Hand tätowieren?

Eine Rosenknospe am Hintern, gut. Vor Jahren hat Lila selbst überlegt, sich tätowieren zu lassen, nur aus Jux, weil sie die Idee reizte, so etwas Hübsches ganz privat zu haben, aber sie kam nie dazu.

Sie könnte deshalb fast weinen.

Sie hatte keine Ahnung, daß sie so albern sein kann.

»Wo wollte... wollen Sie denn hin?« Das ist eine Frage, die sie Adele nicht gestellt hat. Sie nimmt an, daß sie zu irgendeiner Evangelistenveranstaltung wollte, einem dieser internationalen Spinnertreffen, voller tragischer Figuren, die nichts anderes im Sinn haben, als anderen aufzulauern, sie am Arm zu zerren und zu erlösen. Das wäre interessant. Hunderte von schweigenden, bedruckten Hauskleidern und dunklen Anzügen, faden Krawatten, weißen Hemden und all die beseelten Gesichter, alle berauscht von ihrem Errettungsgedanken. Ob solche Leute auch Glaubenskämpfe haben? Wenn das der Fall ist, so möchte Lila wetten, daß es dabei ganz schön wild und verbissen zugeht.

»Wir wollten einen Monat lang herumfahren. Alles mal wieder auf die Reihe kriegen, verstehen Sie?« Lila versteht. »Ihre Familie mag mich nicht, und meine Familie kann sie nicht ausstehen. Das kann uns zwar egal sein, aber es nervt.«
Er schnaubt. »Aber was ist das verglichen mit dieser Scheiße hier. Das ist wirklich schlimm. Und Sie?«

»Dasselbe. Mein Freund und ich wollten auch ein bißchen herumziehen, so wie Sie, aber nur zwei Wochen. Und wir haben auch Familienprobleme.« Und wenn das hier vorbei ist, wird es wohl noch mehr davon geben. Was, zum Teufel, macht Tom? Wenn sie ihren Hals reckt, kann sie ihn an einem Stift kauen sehen. Lustig, daß sie diejenige ist, die dem entscheidenden Gespräch ausweicht, normalerweise ist sie es, die solche Gespräche beginnt.

Besser Wut als Trauer. Sie würde die Freundin von The Web gern kennenlernen.

»Muß ich Sie The Web nennen?« fragt sie. »Ich habe das Gefühl, als säße ich neben Spiderman.«

Er zuckt die Achseln. »Nein. Meine Freundin nennt mich Jimmy. Meine Kumpel nennen mich The Web.« Er grinst. »Außer wenn wir bei ihrer Familie sind, dann nennt sie mich auch The Web, weil die das nicht leiden können. Genauso wie die Tätowierungen und das Motorrad, und außerdem glauben sie, ich sei zu alt, um noch zur Schule zu gehen. Ich bin nämlich aus der Highschool raus, und jetzt gehe ich wieder zur Schule, um Computer zu lernen. Ich glaube, da liegt die Zukunft, stimmt's? Da muß man mitmischen.«

»Es sieht ganz danach aus.« In der Literatur, egal ob man sie lernt oder lehrt, liegt nach Ansicht vieler Fachleute – und übrigens auch vieler Studenten – die Zukunft sicher nicht. Die liegt vermutlich sowieso ganz steil unter ihnen.

»Ja. Der Kurs dauert ein Jahr, und da haben wir gedacht, das ist unsere letzte Chance, noch mal zusammen zu verreisen. Um rauszukriegen, wie es mit uns weiterlaufen soll, ob wir vielleicht heiraten, was weiß ich. Wir mußten es auf die billige Tour machen, aber das hat uns kaum gestört. Scheiße.«

Lila tätschelt seine Hand. Unter der Pfingstrose, oder was immer das auch sein soll, spürt sie eine starke, angespannte, junge Hand. Und eine ziemlich attraktive. Sie tätschelt sie noch einmal.

»Ich bin Ausfahrer in einem Drugstore, und Mel arbeitet in einer Pizzeria, meistens in der Küche. Aber das ist auch nicht mehr das Wahre. Keiner von uns beiden ist dumm oder so, nur, in der Schule konnten wir mit meiner Harley losdüsen und überall herumgucken, und das war es, was wir eigentlich wollten. Also haben wir die Schule geschmissen, damit wir die Maschine in Schuß halten konnten und Geld verdienen, um das auch weitermachen zu können. Fahren Sie Motorrad?«

Lila schüttelt den Kopf. »Aber Lust dazu hätte ich schon.« Plötzlich hätte sie wirklich Lust dazu. Zu ihrer Überraschung sehnt sie sich plötzlich danach, Lederkluft zu tragen und über die Highways zu brausen, sich vom Wind und der Geschwindigkeit die Haut kitzeln zu lassen, nah am Boden, den Gewalten ausgesetzt. Sie hat noch nie an so etwas gedacht, aber jetzt ist es noch ein großer Wunsch, der sich nie erfüllen wird.

»Sehr schade. Da haben Sie wirklich was versäumt. Wir fahren jedenfalls total darauf ab. Aber man kann auch nicht ewig nur vom Mindestlohn leben und sich herumschubsen lassen. Und irgendwann wollen wir ja vielleicht auch Kinder haben, und« – er grinst – »die brauchen ja ihre eigenen Motorräder. Deshalb gehe ich wieder zur Schule. Ich denke, wenn ich Motorräder reparieren kann, dürften Computer auch nicht soviel schwieriger sein, stimmt's? Für mich ist das okay, aber Mel muß weiter Pizzas backen, bis wir was Besseres finden. Jedenfalls ziehen wir zusammen, wenn wir zurückkommen, und schauen mal, wie das klappt.«

Er hält inne und murmelt wieder »Scheiße.«

»Ich weiß.« Lila versucht, wenigstens tröstlich zu klingen.

Er erzählt das alles, als würde er damit einen der Computer füttern, die er studieren will. Wie Sarah und wie Lila auch, scheint er zu glauben, daß ihn die Tatsache, daß er seine Geschichte einer Fremden anvertraut, in irgendeiner Weise am Leben halten wird. Oder er ertränkt, wie manche andere, die Geräusche des Horrors in seinen eigenen Ohren.

Jimmys Leben, wie immer er es geschmückt und dekoriert hat, ist nicht besonders ungewöhnlich, aber natürlich ist es einzigartig. Dutzende von guten Geschichten sind hier versammelt. Genau wie Adele könnte Lila von Reihe zu Reihe und Sitz zu Sitz gehen und Arme ergreifen. Anstatt Erlösung anzubieten, würde sie verlangen, all diese Lebensgeschichten zu hören.

»Haben Sie je einen der Freunde Ihrer Kinder gehaßt?«

Soviel zu Wangenknochen und dunklen Augen – natürlich sieht er in Lila nur das Mütterliche. Was hat sie denn gedacht? Sicher doch nichts anderes, oder etwa doch?

»Ich habe keine Kinder.« Aber Tom hat welche, und er hat ein paar mal von, seiner Ansicht nach, völlig unpassenden jungen Männern gesprochen, die irgendwann einmal zu seinen Töchtern in Beziehung standen. »Man muß es aussitzen«, sagte er. »Wenn du dich einmischen willst, wird es nur schlimmer. Ich habe die Typen mit Freundlichkeit gekillt; da war der Lack dann ganz schnell ab.«

»Aber«, fährt Lila fort,«ich glaube, es ist klüger so zu tun, als ob man die Wahl der Kinder billigt, ob es nun stimmt oder nicht. Oder daß man zumindest höflich ist. Sonst werden die Kinder nur trotzig und bleiben dabei, ob sie es nun wirklich wollen oder nicht.« War das taktlos?

»Ja, ich hoffe, ich bin so schlau, wenn wir mal Kinder haben. Ihre Familie hält mich für einen Verlierer, und meine glaubt von ihr, daß sie, was weiß ich, eine Schlampe oder so was ist, das schweißt uns nur noch mehr zusammen, glaube ich. Nicht«, fügt er schnell hinzu, »daß wir uns nicht sowieso sehr nahe sind. Aber wir wissen auch, daß wir uns um einander kümmern müssen.«

»Das ist nett. Sich umeinander zu kümmern.«

»Nur heute ist es schwierig. Deshalb gehen wir abwechselnd aufs Klo, damit jeder mal für ein paar Minuten wegkommt und sich beruhigen kann. Sie wissen doch, wie Leute Ihnen manchmal auf die Nerven gehen können, wegen ganz läppischer Sachen?« Lila nickt. Ja, das kennt sie. »Mel ist sowieso ziemlich aufgedreht, und sie hat mit den Beinen rumgetrampelt, als würde sie rumrennen, das hat mich verrückt gemacht. Also ist sie wütend geworden und hat gesagt, sie dürfe ja wohl wenigstens Angst haben, so wie sie will.«

Gut für sie.

»Wie lange sind Sie schon zusammen?«

»Fast zehn Jahre. Seit sie zwölf war und ich vierzehn, außer wenn wir mal Schluß gemacht haben, wegen eines Streits oder weil wir mit jemand anderem ausgehen wollten. Aber wir kommen immer wieder zurück. Es ist nicht so, daß ich nicht wüßte, daß sie wieder zurückkommt, und sie weiß, daß ich hier sitze.« Plötzlich sieht er traurig aus. »Wenn wir abstürzen, tun wir es wenigstens zusammen. Geht's Ihnen auch so? Mit dem Mann, mit dem Sie zusammen sind?«

Eine Sache, die Lila an den jungen Männern heutzutage sehr schätzt, ist, daß sie wissen, wie man Fragen stellt. Es scheint ihr, als hätten sie einen größeren Horizont als ältere Männer – selbst als Tom manchmal –, die ihr Leben lang nur über sich selbst gesprochen haben.

»Ja, das ist mir auch schon durch den Kopf gegangen«, sagt sie behutsam, »falls es tatsächlich so weit käme, so war ich doch froh, daß wir zusammen waren.« Sie bemerkt im stillen, daß sie in der Vergangenheit gesprochen hat.

Jimmy und seine Freundin scheinen sich mehr füreinander verantwortlich zu fühlen als Tom und Lila; sie sind aber auch schon viel länger zusammen als Tom und Lila, die ihre Eltern sein könnten. Sie seufzt. »Ich sollte zu ihm zurückgehen.«

»Ja, denke ich auch. Vermutlich wundert er sich schon.« Das allerdings ist nicht zu bemerken.

Jimmy sieht ein bißchen verloren aus. Lila tätschelt seine schlanke, geschmückte Hand noch einmal. »Ihre Freundin wird jeden Moment zurückkommen.«

»Ich hoffe nur, daß die Bibeltante nicht vor ihr hier ist. Vielen Dank, daß Sie mir Gesellschaft geleistet haben. Das war sehr nett von Ihnen. Und es war nett, Sie kennenzulernen.«

»Ganz meinerseits. Es wird schon werden. Für uns alle.«

Sie glaubt nicht daran, und es klang, als habe sie mit einem Kind gesprochen. Trotzdem. Sie beugt sich hinüber zu ihm und küßt ihn sanft auf seinen Wangenknochen. »Danke, Jimmy.« Dafür, daß er ihr Mut gemacht hat, nimmt sie an. Eine kleine Hoffnung für die Liebe, ein gutes Beispiel.

»Hey!« eine empörte Stimme meldet sich hinter Lilas Schulter. »Was, zum Teufel, machen Sie da?«

»Beruhige dich, Mel!« befiehlt ihr Jimmy.

»Beruhigen? Scheiße, Ich geh ein paar Minuten weg und schon

hast du 'ne alte Braut, die mit dir rumkuschelt und dich küßt. Beruhig' dich doch selber, du Arschloch.«

Wenn das Jimmys Freundin ist, hat Lila durchaus Mitgefühl mit seinen Eltern. Oder mit ihren. Oder mit allen Eltern. Sie erhebt sich – so hofft sie – mit einiger Würde. Alte Braut!

Wenn auch offensichtlich eine bedrohliche alte Braut, selbst für so eine exotische junge Frau. Sie ist schmal, erstaunlich lebhaft – wie eine Orchidee im Dschungel, wild. Ihre großen dunklen Augen sind schwarz umrandet, jede Menge Farbe auf den Wangen, die breiten Lippen in tiefem Rot bemalt. Schwarzes Haar fällt ihr bis zur Hüfte, und bekleidet ist sie mit etwas Grellblauem und Grellgrünem, das aussieht, wie das, was Motorradfahrer heutzutage auf den Straßen tragen. Und dieser Körper!

Wenn diese beiden, Jimmy und Mel, je Kinder miteinander haben, wären sie umwerfend.

In der Regel sieht man den wenigsten Leute an, was sie tun, um ihren Lebensunterhalt zu bestreiten, aber es ist fast unmöglich, sich diese Frau über Pizzaöfen gebeugt vorzustellen. »Ich bin Lila«, sie streckt ihr die Hand entgegen – wer hat nur das Händeschütteln erfunden? Es ist jedenfalls eine sehr entwaffnende Geste, darum gibt es sie wohl auch, »und ich habe keine Absichten mit Jimmy.«

Mel sieht verlegen aus und schlägt die Augen nieder. »Entschuldigung, ich bin Mel, Melissa. Ich bin etwas nervös.«

»Ich auch. Es ist wie ein 12-Schritt-Lernprogramm, nicht? Ich bin Lila und ich bin etwas nervös. Anonyme Nervöse?«

Als Mel lacht, sieht Lila, was Jimmy wohl an ihr so gefällt: Eine junge Frau mit beiden Beinen auf dem Boden, die sich nicht zurückhalten kann. Es sprudelt aus ihr heraus, vielleicht immer, nicht nur heute.

Wenn man so jemand wäre.

Wenn Lila sich neu erschaffen sollte, würde sie mit größter Sorgfalt zu Werke gehen. Selbst die kleinste Nebensache würde sie bewußt gestalten. Sie wäre magnetisch. Sie ließe sich die Haare zu Berge stehen.

»Lila«, erläutert Jimmy, »hat mir Gesellschaft geleistet und mich vor der Bibeltante gerettet, die wir in der Schlange zum Klo getroffen haben. Sie hat Lila erwischt, und nun wollte sie mir auflauern. Hey, du bist ja auch ein ganz schönes Weilchen geblieben.«

Mel zuckt die Achseln. Ihre Schultern bewegen sich innerhalb ihrer Kleidung weit nach oben und unten. »Ich habe auch ein paar Leute getroffen. Als die Durchsage kam, hat sich niemand gerührt, alle wollten zuhören. Aber wissen tut auch jetzt keiner was. Ob die da vorne was wissen?« fragt sie und wirft sich in den Sitz, den Lila gerade verlassen hat.

Sie trägt kurze grüne Lederstiefel. Wenn sie sitzt, bleibt ihr Bauch flach und wirft keine Falten wie Lilas Bauch. Sie ist sehr schön. Da Lila das nie war, selbst in Mels Alter nicht, ist es kein Neid, den sie empfindet, sondern die Anerkennung eines eindrucksvollen Kunstwerks.

Mel hat eine Tätowierung auf ihrer linken Hand, die zu der von Jimmy paßt. »Das da?« sagt sie, als sie sieht, daß Lila die Tätowierung bemerkt, und hält sie ihr näher hin. »Wir haben diesselben Blumen, weil wir Verlobungsringe für Schrott halten. Wir wollten lieber zueinander passende Tätowierungen.«

»Was sind das für Blumen?« Für Lila sehen sie immer noch aus wie Pfingstrosen, etwas überladen und irreal, ganz abgesehen davon, daß sie im richtigen Leben Ameisen anlocken.

Mel zuckt die Achseln. »Keine spezielle Sorte, glaube ich. Wir haben nie danach gefragt. Wir wollten nur etwas, das sich sehen lassen konnte. Mann, das hat vielleicht weh getan, als er es auf die Hand gemacht hat. Es bedeutet aber« – sie grinst –, »daß wir einander nicht verlassen können. Nicht, wenn du das durchgemacht hast. Es war so ziemlich der schlimmste Schmerz, den ich je erlebt habe.«

Ihr Gesicht verändert sich völlig. Sie sieht aus wie eine kleines Mädchen, wenn auch wie ein ungezähmtes, widerspenstiges. »Wenn wir abstürzen, meinen Sie, das tut weh?«

»Ich glaube nicht. Wenn es passiert, glaube ich, geht es einfach viel zu schnell dafür. Vielleicht eine Sekunde oder so, aber das ist es dann auch, da bin ich sicher.« Lila glaubt kein Wort von dem, was sie da sagt.

Mel nickt. »Das hoffe ich. Aber sterben werden wir, oder?« Jimmy hat ihre andere Hand genommen, die, die auf seiner Seite ist, und er streichelt sie mit seinen Fingern, die am Ansatz mit grünen Blumenblättern geschmückt sind.

»Das nehme ich an.« Wie soll Lila das wissen? Es muß daran liegen, daß sie die Mutter dieser beiden sein könnte. Sie sieht, daß das eine Rolle ist, in die man hineinwachsen könnte, ein Vorspielen von Weisheit, das einem zu Kopf steigen kann. Eine Befriedigung und eine Versuchung zugleich, aber für sie, die keine Vorstellung von sich als Mutter hat, auch etwas erschreckend. Sie könnte selbst eine Mutter oder irgendwen gebrauchen.

»Gut«, sagt Mel zufrieden, »Ich könnte es nicht ertragen weiterzuleben, wenn ich völlig zerschlagen und zerschmettert wäre. Das will ich wirklich nicht.«

Komisch, diese Möglichkeit ist Lila noch gar nicht in den Sinn gekommen. Aber wenn sie es nun fast schaffen und erst beim Landen aus geringer Höhe abstürzen – kann es dann nicht sein, daß sie sich nur alles Mögliche bricht? Was dann? Schmerzen, vielleicht gelähmt sein, verdrehte Glieder und zerquetschte Organe, wer würde dann für sie sorgen?

Sie hätte Kinder haben sollen. Die hätten es vielleicht nicht gern gemacht, aber sie wären dazu verpflichtet.

Nein, sie wären es nicht, was denkt sie da? Kinder kehren ihren Eltern andauernd den Rücken, und das sollten sie auch. Sie braucht bloß Jimmy und Mel anzusehen oder Toms Töchter oder auch sich selbst. Sie hat ihr Leben oder ihren Beruf auch nicht über den Haufen geworfen, um sich um ihren Vater bei dessen letzter Kankheit zu kümmern. Sie hat ihn so oft besucht, wie sie konnte, und sie ist die paar hundert Kilometer hin- und zurückgefahren, als sein Herz nicht mehr mitmachte und er drei Herzinfarkte hatte, bevor es aus war;

aber sie blieb nie lange. Sie saß neben seinem Bett im Krankenhaus, hielt seine Hand, und sie lächelten einander an, aber dieser Ritus des wohlwollenden Schweigens war damals schon nicht mehr zu durchbrechen und wohl auch notwendig.

Sie konnte nicht bei ihm und ihrer Mutter bleiben. Sie erstickte fast und mußte wegfahren, um wieder Luft zu bekommen.

Als er starb, rief ihre Mutter an, um es ihr zu sagen. Als ihre Mutter starb, rief der Nachbar an, der ihre Leiche gefunden hatte.

Auch Lila wäre allein. Selbst von Freundinnen wie Patsy oder Nell kann man nicht erwarten, daß sie eine beschwerliche Pflege auf sich nehmen. Solche Dinge werden auch bei guter Freundschaft nicht erwartet oder vorausgesetzt. Sie hat sich vorgestellt, allein alt zu werden, sich dabei um sich selbst zu kümmern und dann abzutreten. Was sie sich nicht vorgestellt hat, ist, daß es so bald sein würde.

Dorothy würde sich um Tom kümmern. Das tun Ehepartner immer, sie sind aneinander gebunden, was auch immer passiert. Auch Lilas Mutter hat das getan, so gut sie eben konnte.

Wenn Lila zum Krüppel würde und Tom nicht, würde er sich nicht um sie kümmern. Das ist ein schrecklicher Unterschied: Um Dorothy würde er sich unter diesen Umständen kümmern, Lila aber müßte er verlassen.

Dieses Schwein. Es ist zwar nicht seine Schuld, aber ein Schwein ist er trotzdem.

Wenn Tom zum Krüppel würde und Lila nicht, würde sie nie an ihn herankommen. Denn wie könnte sie ihre Sorge und Hingabe erklären? Dorothy würde das naturgemäß sehr seltsam finden.

Das alles sind Dinge, die Lila und Tom zwar wissen, die sie aber nie an sich heranließen. Nun, jetzt müssen sie das tun.

»Alles in Ordnung mit Ihnen?« fragt Jimmy.

»Es tut mir leid«, sagt Mel, »wenn ich Sie beunruhigt habe.«

»Ist schon gut.« Es sind nette, aufmerksame Kinder mit all ihren Tätowierungen, Ringen und Stretchhosen. »Ich hatte nur so einen Flash. Wenn die Realität einen plötzlich erwischt.«

Mel nickt. »Ja, es ist schwer, wenn man andauernd alles weiß.«

»Ganz bestimmt.« Sie lächelt. »Jetzt gehe ich lieber zu meinem Freund zurück. Ich war lang genug weg.« Genug? Freund? Sind sie und Tom Freunde? Sie hat es gedacht, und sie haben es einander auch oft genug gesagt, aber wirkliche Freunde kümmern sich umeinander, und nun hat sie deutlich gesehen, daß sie es eben nicht tun.

Jimmy und Mel haben sich bereits wieder einander zugewandt, eine seelische Veränderung verbindet sie und schließt den Rest aus. Mels linkes Bein fängt auch wieder an zu wackeln, und ihre Finger krampfen sich nervös um Jimmys.

Lila würde ihre Studenten lieben, wenn sie wieder mit ihnen zusammen sein könnte. Selbst um den borniertesten von ihnen würde sie sich leidenschaftlich bemühen. Die bösartigsten und fadesten ihrer Kollegen würde sie umarmen. Sie würde das Licht lieben, das durch ihre Bürofenster fällt und auf die Wände scheint. Sie würde ihre Tür offenlassen und dankbar den Lärm von draußen ertragen, all die Leute, die da mit lauten Schritten über die Holzfußböden trampeln.

Sie würde sich viel mehr um Patsy und Nell kümmern, die ja auch ihre Sorgen haben. Sie würde mit größerer Leidenschaft als je zuvor über die Bedeutung schöner Worte sprechen, und sie würde ihre eigenen Worte besser wählen, um zu sagen, was sie meint und was sie will. Sie würde umherspringen, sich freistrampeln, wie und wo es nur ginge.

Sie würde Stoffe befühlen, Essen kosten, Formen und Farben in ewig dankbarer und aufmerksamer Weise betrachten. Sie würde ihre Füße auf die Erde setzen und sie nie wieder von ihr heben.

Sie würde nichts auslassen.

Sie würde versuchen, aus vollem, aufrichtigem Herzen zu lieben und in dieser wohltuenden Freude schwimmen und versinken. Sie würde Toms Haut berühren, als sei sie ein Wunder, was sie schließlich auch war.

Sie tritt von hinten an ihn heran und berührt seine Schulter.

8

Er blickt erschrocken auf. »Oh«, sagt er und greift nach seinen Papieren. »Du bist zurück.« Er packt die Blätter und steht auf, um sie vorbeizulassen.

Sie hat die Absicht, sich Mühe zu geben. »Tut mir leid, daß es so lange gedauert hat. Vor dem Klo war eine Schlange, und ich habe immer wieder Leute kennengelernt. Geht's dir gut? Was hast du gemacht?«

Er scheint sich unwohl zu fühlen, wirkt verlegen, sogar schuldbewußt, als hätte er ihre Abwesenheit zu einem kurzen Seitensprung genutzt. »Geschrieben«, murmelt er.

»Was?«

»Geschrieben«, wiederholt er deutlicher.

»Ja, aber was?«

»Einen Brief«.

Oh. An die Zurückgelassenen.

»Ich weiß, es klingt blöd.«

Lila würde nicht unbedingt sagen, daß es blöd klingt.

Soviel zu guten Absichten und aufrichtigen Herzen. Sie könnte einfach platzen – wie hat Sarah es ausgedrückt? – wie eine große, alte Wassermelone auf dem Fußboden.

Lieber Wut als Trauer – kluge Mel. Aber selbst Wut kann verdrängt werden – wovon? Verzweiflung vielleicht. Und die wiegt schwerer als Trauer.

Sie sehen wie ein guter Mensch aus, sagte Adele. Lila fühlt sich nicht gut. Sie legt den Kopf zurück und schließt die Augen.

»Lila«, sagt er. »Lila, hör zu.« Muß sie das? Sie kann sich vorstellen, daß er noch »Bitte versteh doch« jammert, während das Flugzeug abstürzt. Seine letzten Worte an sie: »Bitte versteh doch.«

Vielleicht will er hier in diesem engen Flugzeug ohne Fluchtmöglichkeit vorsichtig sein.

Lilas schweigsamer Vater knotete mit seinen großen Händen an einem Baum im Garten ein Seil um einen Ast und schnitzte für sie und Don eine Holzschaukel. Sie lernte, sich in Schwung zu bringen und begann begeistert immer höher zu fliegen. Sie versuchte Blicke auf Grünanlagen und Zäune und Nachbargärten zu erhaschen, während sie immer höher und höher durch die Luft sauste, bis sie im Augenblick des Schwebens vor dem Zurückschwingen Blätter und den Himmel sah. Und dann schwang sie so weit und so hoch zurück, wie sie zuvor nach vorne geschaukelt war. Sie war versucht, einen Überschlag zu machen und durch Äste und Blätter zu krachen. So weit in Fahrt kam sie nie, aber manchmal war sie nahe dran.

Jetzt scheint sie wieder hoch hinaus in eine Richtung zu fliegen und am höchsten Punkt den Moment der Stille zu erreichen und dann zurückzufallen in die entgegengesetzte Richtung und wieder nach oben, von einem Extrem ins andere.

Sie lernte, von der Schaukel abzusteigen, indem sie zuerst die Schaukel langsamer werden ließ; dann drückte sie die Schuhsohlen ihrer Stiefel in die Erde; oder sie ließ einfach los und sprang waghalsig ab.

»Hör zu, Lila«, sagt er wieder mit dieser Stimme, und sie macht sich darauf gefaßt, daß jetzt etwas kommt wie: »Du weißt, ich liebe dich.« Allzuoft sind seine Zuneigungsbeteuerungen die Einleitung für irgendwelche negativen Verlautbarungen, ob er das nun weiß oder nicht.

»Du weißt, ich liebe dich.« Und das stimmt, das tut er. Aber Liebe ist nicht so klar wie Glas. Und er hat Liebe bestimmt nicht mit Romantik verwechselt, eine wesentlich durchsichtigere Angelegenheit.

Aber sein Herz muß einfach riesengroß sein, damit alles hineinpaßt. Kann man sich wünschen, daß ein Mann ein kleineres Herz hat?

Vielleicht glaubt er, ihr Lächeln gelte ihm. »Die Sache ist die, Lila:

Wenn du recht hast und dieses Flugzeug abstürzt«, (hat sie das gesagt? Nicht daß sie wüßte. Und außerdem hängt das kaum von ihrer Meinung ab. Wenn das zählen würde, wäre vieles anders und nicht nur hier oben.), »wenn das passiert, dann bin ich in einer schrecklichen Lage!«

Tatsächlich? Wenn tot sein eine schreckliche Lage ist, dann ist er sicherlich in einer. Zusammen mit ihr und allen anderen hier.

»Du weißt, was ich meine.« Sie seufzt. Ja, das tut sie. »Und du warst so lange weg und hast so wütend ausgesehen.« Ja, ja, ihre Schuld, zweifellos, sie mit ihren schmutzigen, negativen Gefühlen. Sie hört sich selbst schnauben.

Es stimmt, sie kann in wichtigen Momenten zerstörerisch und lästig sein; es ist nicht so, daß sie kein Mitleid mit ihm hat.

Seine Stimme wird härter. »Ich muß an sie denken, Lila, sei fair! Stell dir vor, wie sich Dorothy fühlen muß, nicht nur zu erfahren, daß sie Witwe ist, sondern auch das alles hier, und die Mädchen – was sollen die denken? Und ich habe einen Enkel, das weißt du. Ich möchte nicht, daß er mit der Einstellung aufwächst, daß sein Großvater ein Arschloch war.« Es scheint ihm sehr wichtig zu sein, was die Leute von ihm halten. Wie jeder ehrgeizige Politiker ist er erpicht auf seinen Platz in der Geschichte .

»Darum habe ich einen Brief an sie geschrieben.« Das weiß sie. »Mir ist klar, daß es fast unmöglich ist, daß jemand den Brief findet oder daß man ihn noch lesen kann, aber ich mußte es versuchen.«

»Was?«

Sie spürt, wie er neben ihr die Achseln zuckt. »Es zu erklären. Irgendeine Nachricht zu hinterlassen. Eine Botschaft. Ich weiß, es klingt sinnlos, aber es ist dumm, bloß hier herumzusitzen, und mir graut vor dem, was sie denken könnten.«

Wieder sind sie bei seinem Bedauern darüber, mit ihr zu sterben.

Man muß es so sehen: Wenn er in einem dem Untergang geweihten Flugzeug neben seiner Frau oder einer seiner Töchter säße, dann sind die Chancen gering, daß er seine Aktentasche öffnen würde,

Papier und Stift herausnähme und anfinge, einen Brief an Lila zu schreiben. Ihr erzählt, wie es dazu gekommen war; daß er weiß, was sie denken und wie sie sich fühlen würde, und daß er das Bedürfnis hat, seine Zuneigung auszudrücken.

Eine solche Handlung würde er nie erklären können.

Als sie die Augen öffnet, betrachtet er sie besorgt und mit kleinen Falten auf der Stirn. »Und?« fragt sie. »Was willst du, daß ich sage? Tu was du tun mußt, das ist mir egal.«

Offensichtlich will er mehr, als daß es ihr egal ist. Sein Mund preßt sich zusammen, wie immer, wenn sie seine Hoffnungen nicht erfüllt, wenn es ihr an Ehrfurcht vor seiner Familie mangelt, was natürlicherweise der Fall ist. Warum sollte sie mehr Ehrfurcht vor seiner Familie haben als er?

Seine Familie ist ihr gefährlichstes Thema. Jetzt sind sie unter äußerst gefährlichen Umständen auf diesem äußerst gefährlichen Terrain. Es sieht so aus, als gebe es verschiedene Arten von Strahlung. Diese hier verursacht schnelle, helle, elektrische Funken zwischen ihnen.

Draußen ist genug Feuer, man muß nicht auch noch hier drin einen Brand entfachen.

»Du scheinst eine Menge zu sagen zu haben.« Es sind mehrere beschriebene Seiten – hat er vor, seine alles erklärende, flehende Beredsamkeit in einer großen Flaschenpost ins Meer zu werfen?

»Nein.« Er sieht niedergeschlagen aus. »Es gibt keine passenden Worte. Aber wenn der Brief je gefunden wird, wissen sie wenigstens, daß ich es versucht habe. Natürlich ist das alles hoffnungslos. Ich kann nicht sagen, was ich meine, und es wird sowieso niemand finden.«

»Bist du fertig?«

»Fast. Noch ein paar Minuten? Schau, Lila, ich weiß, es ist viel verlangt, aber du tust es für mich. Noch ein paar Minuten?«

Auch schon egal. »Nur zu. Offenbar bist du in einer verzweifelten Lage, darum mußt du auch zu verzweifelten Mitteln greifen.«

Ihre Stimme ist trocken wie die Wüste, aber es scheint, als höre er das heraus, was er hören will. »Danke.« Er sieht jetzt nicht einmal mehr ansatzweise verärgert aus. »Ich bin so dankbar, daß ich dich habe, Lila!«

Ja, sie muß zugeben, daß er ziemliches Glück hat. Und er kennt noch nicht einmal das Ausmaß seines Glücks. Er scheint keine Ahnung zu haben, wie bedrohlich nahe er an ihre Toleranzgrenze geraten war, ihre Fähigkeit, Schläge einzustecken und mehr oder weniger still zu bleiben.

Sie hätte auch Adele mitbringen können, um mit ihm über heilige Versprechen zu diskutieren.

Wo ist Adele hingegangen? Als Lila sich umsieht, kann sie sie nicht entdecken, Sarah übrigens auch nicht. Aber Jimmy und Mel kann sie sehen, wenn sie sich streckt. Sie halten sich in den Armen. Ihre Gliedmaßen sind so ineinander verschränkt, daß sie wie eine Person aussehen. Oder wie eine einzelne Pfingstrose.

Ein paar Leute beten, fluchen oder weinen, manche starren in den Raum. Lila gehört wahrscheinlich zu den In-den-Raum-Starrern. Hinter den stillen Gesichtern müssen die Gedanken und Bilder nur so vorbeirasen.

Tom gehört anscheinend zu den wenigen, die tatsächlich etwas tun. Es muß eine seiner Gewohnheiten sein, die nicht totzukriegen sind. Oder sie erklärt sich aus dem Impuls des Historikers, Aufzeichnungen der Ereignisse zu hinterlassen und sie zu interpretieren. Sollte eine Literaturliebhaberin nicht eine ähnliche Neigung haben? Aber als solche würde man eher ein Sonnett oder einen Essay oder einen Aphorismus über das Sterben hinterlassen. Eine beißende Bemerkung im Stil von Anne Sexton? Aber Anne Sexton verbrachte ihr ganzes Leben auf der Reise zum Tod, bevor sie einfach aufhörte zu warten und ihn ergriff. Im Vergleich dazu ist Lila schlecht vorbereitet. Sie könnte höchstens mit ein paar Knittelversen aufwarten, eingängig, scharf und treffend.

Unter den gegebenen Umständen könnte das sogar diejenigen, an die sie den Text richten würde, beeindrucken. Bloß, wer wäre das?

Tom hat vom Wunder des Nachwuchses immer in den höchsten Tönen gesprochen. »Kinder verändern dein Leben auf eine erstaunliche, völlig unvorhersehbare Art.« So scheint es.

Inzwischen wären alle Kinder, die sie hätte haben können, erwachsen wie Toms Kinder, und aus dem Haus, in ihrem eigenen Leben, wie Jimmy und Mel. Sie könnte heute zwanzig und mehr Jahre mit Menschen verbracht haben, die sie sich nicht einmal vorstellen kann.

Was erzählt er seinen Lieben, was kritzelt er da auf seinen linierten Block? Etwa: »Ihr habt mein Leben auf eine erstaunliche, völlig unvorhersehbare Art verändert«?

Wenn er nicht hier neben ihr säße, würde Lila vielleicht an Tom schreiben wollen. Aber was? »Ich möchte, daß du weißt, daß ich dich angebetet habe«, hätte sie vielleicht gesagt, »geliebt habe und glücklich mit dir war.« Oder: »Du hast mir geholfen, besser und stärker zu werden. Viel stärker.« Sie könnte auch sagen: »Ich hatte erstaunlich viel Freude an deinem Körper.« Und sie würde vielleicht sagen wollen: »Danke.«

Das könnte sie übrigens jetzt tun; sie könnte ihm ein hingekritzeltes Briefchen überreichen, in dem vielleicht auch die Worte »Du Arschloch« eingefügt wären, um einen gewissen Ausgleich zu schaffen.

Das muß der Grund sein, warum die Leute weinen und schreien. Worte sind nicht genug. Selbst bloße Laute sind nicht genug; es gibt nichts, was so laut oder so wild ist, daß es das Ausmaß des Kummers oder das Tempo der Gefühle in diesem Raum widergeben könnte.

Sieht überhaupt irgend jemand zufrieden aus? Denkt irgend jemand: »Also, ich habe mein Bestes getan, es war eine ziemlich gute Vorstellung, es macht nichts, wenn es jetzt vorbei ist«? Die Menschen wollen immer noch mehr. Auch Lila.

Sie war kein grausamer, gewaltätiger oder besonders lasterhafter Mensch. Sie war für keine schwerwiegenden Katastrophen verantwortlich und hat nicht allzuviel gelogen oder junge Hunde oder Kätzchen gequält. Aber ebensowenig hat sie besonders viel Gutes getan, höchstens das, was jedes einigermaßen gesunde, menschliche Wesen tun würde. Zum Beispiel, als sie einmal aus einem Laden kam und ein Kind allein und ängstlich auf dem Bürgersteig vorfand, das »Mein Papi« und »Meine Mami« schluchzte. Es war ein kleiner Junge, ganz verfroren und so verschreckt, daß er sich an seinem eigenen Atem verschluckte. Natürlich blieb Lila stehen, wer würde das nicht tun?

Sie kniete sich hin und nahm ihn in die Arme, obwohl sie ein wenig Angst hatte, ihn zu berühren. »Es ist schon gut, wir kümmern uns um dich, mach dir keine Sorgen, alles wird gut.« Sie nahm ihn an der Hand und ging zurück in den Laden, rief die Polizei an, kaufte dem Jungen einen kleinen Schokoladenriegel, den er essen konnte, während sie draußen zusammen warteten.

Zuerst kam die Polizei, und dann stürzte schließlich ein verzweifelter Vater um die Ecke. »O mein Gott, mein Gott«, sagte der Vater, »ich weiß nicht, wie ich Ihnen danken kann. Ich hatte schreckliche Angst, was alles hätte passieren können.« Lila fiel auf, daß er zuerst von seiner eigenen Angst sprach, nicht von der seines Sohnes. Er umarmte den kleinen Jungen und schüttelte ihn dann. »Mach das nie wieder!« sagte er drohend mit dem Zorn der Erleichterung. »Mein Gott, du siehst schrecklich aus. Was machst du denn mit der Schokolade?«

Aber Lilas eigene kleine Leistung geschah nicht nur aus Güte. Es steckte zumindest teilweise Eigeninteresse dahinter, so wie hinter den viel zahlreicheren und gewohnheitsmäßigen guten Taten ihrer Mutter. Die guten Werke von Lilas Mutter hielten sie ständig auf Trab. Sie gaben ihr nicht nur Macht aufgrund der vielen erschütternden Informationen, sondern auch die Genugtuung, diese Macht durch unbestreitbar tugendhafte Methoden errungen zu haben. Lilas gute Taten haben ihr lediglich ermöglicht, nachts gut zu schlafen. Wenn diesem kleinen, verlorengegangenen Jungen etwas zugestoßen wäre, weil sie an ihm vorbeigegangen wäre, um nicht zu spät zum Unterricht zu kommen – diese Bilder wäre sie nie wieder losgeworden.

Sie versäumte wirklich den Unterricht. Es gab Beschwerden.

Besteht nicht jede scheinbare Güte zum Teil aus Eigeninteresse? Weil man es nicht ertragen könnte, sich die Alternativen vorzustellen? Tom nennt diese Sichtweise zynisch, aber sie versteht nicht, was daran zynisch sein soll. Einmal hatten sie an einem Abend eine ziemlich muntere Diskussion – einen Streit – darüber, wie jeder von ihnen scheinbar altruistische Handlungen sieht.

Und sogar jetzt denkt er wahrscheinlich, daß sie ihm zuliebe ihre eigenen Wünsche zurückstellt, indem sie still dasitzt und ihn schreiben läßt. Heilige Lila von den Barmherzigen Schwestern.

Sie könnte Patsy und Nell schreiben oder Don und seinen Kindern, aber was würde sie sagen? Etwa: »Ich bin wirklich froh, euch gekannt zu haben und hoffe, daß auch ihr mich in liebevoller Erinnerung behaltet. Ich habe Angst, aber am Ende hätte ich wahrscheinlich auf jeden Fall Angst gehabt hätte. Im Augenblick bin ich auch noch extrem schlecht gelaunt, aber das hat nichts mit euch zu tun.

Ich wäre gern ein besserer Mensch gewesen, aber man weiß nie, stimmt's? Ich habe mich mehr oder weniger amüsiert und im großen und ganzen das getan, was ich wollte. Jetzt, nachdem ich diesen Tag durchlebt habe, hätte ich vielleicht etwas größere Brötchen gebacken, aber jetzt ist es wohl zu spät. Ich kann nur sagen, daß ich zwar schreckliche Angst habe, aber wie sich zeigt, nicht besonders unglücklich bin, wenn ihr diesen Unterschied versteht. Wenn ich früher gewußt und gefühlt hätte, was ich jetzt weiß und fühle, hätte ich anders gehandelt oder richtiger, aber ich wußte es nicht, also war es eben, wie es war. Es war toll, euch zu kennen, ihr habt mein Leben sehr bereichert, und ich hoffe, ihr habt noch ein schönes Leben. Vielleicht wollt Ihr Euch auch mal mit dem Sterben beschäftigen. Es ist wirklich ziemlich interessant.«

Selbst in fünffüßigen Jamben hat dieser Text keine Chance, zu bewegenden Postkartengrüßen zu werden.

Toms Stift fliegt über das Papier; er muß eine Menge zu sagen haben. Ist er nicht verblüfft über die Banalität seiner Gefühle, wenn sie so flach auf dem Papier stehen?

Vielleicht ist er redegewandter als sie oder hat, anders als sie, das Bedürfnis, eher bestimmte Ereignisse abzuhandeln. Sie hofft, daß er kein Bekenntnis ablegt; selbst nach ihren Maßstäben wäre das ekelhaft egoistisch, verklemmt und selbstverliebt.

»Geht's dir gut?« fragt er und blickt kurz auf.

»Prima.« Er hat die Frechheit, abwesend nach ihrer Hand zu greifen. »Aber was schreibst du bloß alles?«

Es ist natürlich privat. Er blickt vage in die Richtung ihrer Schulter statt in ihre Augen. »Ach, nur was mir bestimmte Leute bedeuten. Ein paar Dinge, die mir wichtig sind. Zum Beispiel, daß ich will, daß meine Mädchen wissen, wie sehr ich sie liebe.«

Noch jemanden?

»Aber was genau?« Sie lächelt ihn so strahlend und desinteressiert an wie sie kann. Noch eine Lüge, oje! Und warum sich aufregen? Allerdings gibt es vielleicht keine andere Gelegenheit mehr. »Denn weißt du, was du ihnen schreibst, ist auch eine Botschaft für mich. Da ich die Lücken zwischen all diesen Worten und Gefühlen fülle, möchte ich gerne wissen, wie diese Lücken im Augenblick aussehen.«

Er wird wütend, wenn sie so etwas sagt. Er sollte aufpassen.

Aber wie dumm und traurig. Wie diese Männer, die mit roten Gesichtern im Gang miteinander ringen.

»Herrgottnochmal, Lila. Daß du das nach all der Zeit immer noch sagen kannst – ich weiß nicht mehr, wie ich dir noch sagen soll, was du für mich bist. Was du mir bedeutest.« Er seufzt. »Wenn du das jetzt nicht weißt, wirst du es wahrscheinlich nie wissen.«

Der Himmel weiß, das ist wahr.

»Ich habe Sie beobachtet«, sagte der Mann, der sich dann als Tom herausstellte, vor über fünf Jahren.

Sie wußte, wer er war, aber Frauen müssen vorsichtig sein und mögliche Bedrohungen abschätzen. Der Universitätsbetrieb ist wie eine kleine, ländliche, sehr isolierte Gemeinde, die die Tendenz hat, ihre eigenen Verrücktheiten hervorzubringen.

Er sah, woran sie dachte und lachte. Die Form der Hände und das Lachen war ihr bei Männern immer sehr wichtig. Seine Hände waren immer noch in seinen Taschen, aber sein Lachen klang genüßlich. »Ohne böse Absicht, ehrlich.« Er hat ein gewinnendes Lächeln. Er ist ein charmanter Mann. Weil er wußte, daß sie Literaturprofessorin war, verwechselte er sie vielleicht mit einer Dichterin oder hielt sie für sanft.

Bei ihrem Drink im Café der Fakultät grinste er. »Sie haben mich angeschaut, als sei ich ein Wilderer oder ein Serienmörder.«

»Ja, stimmt. Das könnten Sie ja auch sein, oder?« Aber sie lächelte auch.

Wochen später sagte er: »Es ist schrecklich. Was sollen wir tun?« Als sei sie die Herrscherin, übergab er ihr die Macht über Leben und Tod ihrer Liebe: Daumen hoch, Daumen runter.

Wer außer Heiligen und Märtyrern hält bei Liebe den Daumen nach unten?

Noch später sagte er zu ihr: »Du hast keine Ahnung, wieviel Mut es gekostet hat, dich anzusprechen. Ich dachte: Vielleicht sagt sie nein. Sie ist eine kluge Frau, und das wäre klug. Aber ich dachte auch: Komm schon Tom, du mußt. Wenn du es nicht tust, wirst du es bis an dein Lebensende bereuen.«

Wie leicht solche Ausdrücke von der Zunge gehen. Einmal hatte Lila einen blinden Studenten, dem sie Extra-Stunden gab. Sie war entsetzt, wie oft sie sich selbst sagen hörte: »Sie sehen also ...« oder »Sehen Sie es mal so ...«.

»Das macht nichts«, sagte er schießlich. »Ich sehe ja die Bilder in meinem Kopf und außerdem weiß ich, daß es nur eine Redensart ist. Machen Sie sich keine Gedanken.« Er hatte umherwandernde, unstete Augen wie viele Blinde und war ein wild entschlossener junger Mann. Was ist aus ihm geworden? Hat ihn seine wilde Entschlossenheit vorwärts gejagt, was immer vorwärts für ihn bedeutet, wohin immer er wollte? Wie sie sich erinnert, wollte er Meteorologe werden, aber das klingt sonderbar und stimmt vielleicht nicht.

»Love is in the air« – noch ein Ausdruck, oder ein Lied. Als sei Liebe ansteckend, ein Virus. Nun, damals war Lila jedenfalls nicht immun, und der Virus hüpfte auf ihre Haut und infizierte sie. Und es war bestimmt eine interessante Krankheit.

Aber wie Masern oder Windpocken keine sehr attraktive.

Im Café der Fakultät betrachtete sie Toms Finger, die das Scotch-Glas umfaßten, und fand sie kompetent und stark. Chirurgenhände, hätte sie vielleicht gedacht, wenn sie mit den Händen eines Chirurgen nicht schon Erfahrung gehabt hätte. Auch wenn sie gewußt hätte, daß es zu diesem Moment heute kommen würde, muß sie sagen, daß sie nichts bereut. Es gab Versprechen, und im großen und ganzen muß sie feststellen, daß sie gehalten wurden.

Es ist nur so, daß er sehr viele Versprechen halten muß. Er ist immer noch Politiker, der mit vielen Interessen jongliert, und seine Wählerschaft ist übermäßig groß.

»Nur noch eine Minute«, sagt er. »Okay?« Wahrscheinlich gehen ihm die Erklärungen für sein Verhalten aus.

Hier ist eine der zentralen Fragen der Zivilisation: Was käme dabei heraus, wenn sich jeder so verhielte wie man selbst? Wenn sich jeder wie Tom und Lila verhielte, wäre die Welt der Liebe und der Versprechen eine Anarchie. Für sich selber haben sie Ausnahmen gemacht.

Wenn jeder in diesem Flugzeug seinen sämtlichen, wahren Gefühlen freien Lauf ließe, wäre das Ergebnis ebenfalls Anarchie. Es gäbe Schwerverletzte, vielleicht Tote. Und das sogar ohne daß das Flugzeug abstürzt. Es würde wirklich sehr albern aussehen, wenn das Flugzeug sicher landen würde, aber eine Fracht toter und verstümmelter Passagiere mit sich führte, die aufeinander losgegangen sind.

Aber natürlich bringen Katastrophen auch das Gute in manchen Menschen zum Vorschein. Ebenso wie es Menschen gibt, die bei Liebe mit dem Daumen nach unten zeigen.

Es muß ihm schwer fallen, den Brief zu beenden. Wird »In Liebe Tom« genügen? Oder »Hochachtungsvoll«?

Abschiede sind von Natur aus problematisch. Sie mögen richtig sein, notwendig und unvermeidlich, aber sie sind auch traurig und furchteinflößend.

Tom klopft seine Seiten auf dem Schoß zurecht – würde er sie gerne noch mal lesen, um zu sehen, was er getan hat? Er beugt sich zu seiner Aktentasche, holt einen großen braunen Umschlag heraus und steckt die Blätter hinein. An wen wird er den Brief adressieren? Nur an seine Frau? Seine Frau und seine zwei Töchter?

»An meine Familie«, kritzelt er, wobei er den Umschlag verlegen zur Seite kippt, so daß sie es nicht so leicht lesen kann.

Er steckt alles zurück in die Aktentasche, was Lila genauso sinnvoll findet, wie es irgendwo anders hinzustopfen.

Sinken Aktentaschen nicht? Schlagen sie nicht wie Steine auf dem Wasser auf und trudeln dann langsam zum Meeresgrund, weit hinab ins Dunkle? Sie stellt sich vor, wie seine Aktentasche auf dem Meeresgrund in den Boden sinkt und von seltsamen, neugierigen Meerestieren angestubst wird. Alle Papiere saugen sich mit Salzwasser voll. Die Tinte verläuft und wird flüssig; seine Worte verwandeln sich in den winzigen Teil einer fremden Materie und werden zu einer unendlich kleinen Verschmutzung im Ozean.

»An meine Familie.« Na gut.

Jede Falte des Gesichtes, das er ihr jetzt zuwendet, kennt sie und hat sie das eine oder andere Mal berührt. Sie ist mit jedem Augenlid und jedem Härchen seiner Augenbrauen vertraut und mit den Barthaaren, die jeden Nachmittag – inzwischen grau – heraussprießen. Er hat mehr Falten um Augen und Mund als zu der Zeit, als sie sich kennenlernten. Heute sehen sie besonders tief und dauerhaft aus.

Dies ist der Tag, an dem vielleicht alles an ihnen endgültig dauerhaft werden könnte. Kaum das, was sie sich gewünscht hatte, wie bei der alten Warnung: »Sei vorsichtig mit deinen Wünschen.«

Als er sie so intensiv ansieht, erkennt er da auch jedes Augenlid und Haar, jede Falte, jeden Fleck und jede Sommersprosse? »Meine Liebe«, sagt er und streckt seine Hand aus, um ihre Wange zu streicheln. »Danke.« Er ist ihr also dankbar.

»Erinnerst du dich an den Unfall?« fragt er.

O ja, ihre einzige frühere Begegnung mit einer Katastrophe. Seltsam eigentlich, wie wenig Erfahrung eine Frau in ihrem Alter mit lebensbedrohenden Krisen haben kann, die ja etwas anderes sind als Verlust, Trauer oder Herzeleid. Was für eine Amateurin sie in mancher Hinsicht ist.

Die Menschen umgehen den Tod eigentlich immer. Manchmal rückt er nahe heran, dann entgleitet er wieder, manchmal merkt man nichts, manchmal hat man eine Ahnung. »Huch!« sagt man, wenn man den Augenblick wahrnimmt. »Das war knapp.« Und macht weiter.

»Ich dachte gerade daran, wie tapfer du warst und wie stark.« Er lächelt. »Du hast dich nicht einmal darüber beklagt, daß du dein Auto los warst. Du bist ein echt guter Kumpel in einem Notfall.«

Als Kumpel im Alltag offenbar weniger reizvoll, ganz zu schweigen von einem, mit dem man sterben kann. »Danke«, sagt sie.

Der Unfall, von dem er spricht, ereignete sich vor ein paar Jahren und war vor allem ein dramatisches Beispiel für die Gefahren, die darin bestanden, einfach nebeneinander zu sitzen und zu versuchen, etwas gemeinsam zu machen. Sie haben wohl versagt, sich das genügend zu Herzen zu nehmen – wie leicht vergessen die Menschen Lektionen, Warnungen, die kleinen Parabeln des Unglücks.

Der Unfall unterschied sich allerdings deutlich von der heutigen Situation. Er erforderte hektische Aktionen anstelle dieses hektischen Nichtstuns, und er dauerte auch nur einen Augenblick, kein stundenlanges Hängen zwischen Leben und Tod; dafür war es ein langer Augenblick: ein Moment, in dem ein Auto plötzlich von dem Hügel vor ihnen direkt auf sie zukam. Es war ein verbotenes Überholmanöver des anderen Wagens, aber die Zeit war zu kurz, um über richtig und falsch nachzudenken.

Wie oft bei Unfällen hatte alles Zeitlupenqualität, jede Bewegung vollzog sich klar und deutlich, als gäbe es alle Zeit der Welt. Sie erinnert sich an Toms verzweifeltes Herumreißen des Lenkrades, an das häßliche, hilflose Schlingern, an die Spiegelungen des Sonnenlichts in den braunen und silbernen Kotflügeln, das satte Grün des Grases auf der Seite der Landstraße. Sie erinnert sich daran, wie sie dachte: »Oh, mein Gott!« und dann »Jetzt sind wir dran!«, was sie später interessant fand. Später war sie auch in der Lage, über die Fragen des Zufalls nachzudenken, daß sie, wenn Tom nicht gefahren wäre, vielleicht tot wären. Wenn Tom sich nicht das Wochenende freigehalten hätte, um es mit ihr zu verbringen, wäre keiner von ihnen überhaupt auf dieser Landstraße gewesen, auf dem Weg an einen Strand und in ein überteuertes, abgelegenes Hotel.

Aber es war der wachsame Tom mit den schnellen Reflexen, der fuhr, obwohl es ihr Auto war, was sich auch wieder als Segen erwies. Er fluchte und bremste und schlingerte und drehte sich, und sie flogen und schaukelten und kreischten bis sie, mit der richtigen Seite nach oben, in einem Graben voller herrlicher, wilder Tigerlilien zum Stehen kamen. Der Wagen krachte mit dem Kühler so hart gegen die Böschung des Grabens, daß der Aufprall leicht ihre Knie hätte zerschmettern können. Es wurde aber nur das Radio verbogen, und ihre Kassetten waren kaputt.

Es muß Geräusche um sie herum gegeben haben, aber Lila erinnert sich an absolute Stille. Sie faßten einander an der Hand und saßen da und starrten nach vorne, nahmen den abrupten Wechsel der Situation und der Aussicht in sich auf. Schließlich bemerkten sie die aufgeregten Stimmen und besorgten Gesichter um sich herum. Andere Fahrzeuge fuhren heran und hielten. Endlich sahen sie und Tom sich an. »Ist dir was passiert?« fragte er und sie schüttelte den Kopf.

»Und dir?« und er schüttelte den Kopf.

Sie drückten gegen die eingedellten, widerstrebenden Türen und stiegen aus.

Leute kamen, boten Hilfe an und Decken, Plätze zum Hinsetzen, jemand war losgegangen, um einen Krankenwagen und die Polizei zu rufen. Die Leute stellten besorgte Fragen und versuchten, sie und Tom dazu zu bewegen, sich hinzulegen oder sich helfen zu lassen. Es war wie im Winter aufzuwachen, die kalte Luft an den Fingerspitzen und an der Nase zu spüren, es aber unter der Decke warm und gemütlich zu haben. Wie freundlich die Menschen waren, dachte Lila.

»Es geht uns gut«, versicherte sie ihnen. »Wir haben Glück gehabt, nur das Auto ist kaputt.« Sie legte eine Hand auf Toms zitternde Schulter. »Gott sei Dank, daß du so ein guter Fahrer bist. Du hast uns das Leben gerettet, weißt du das?« Er richtete sich auf und lächelte sogar ein bißchen.

»Dein Auto«, sagte er. »Tut mir leid.«

»Macht nichts.«

Als die Polizei kam, waren sie einigermaßen ruhig und in der Lage zu berichten, was geschehen war. Das taten auch mehrere Zeugen, und es war sehr gut, daß Tom überhaupt keine Schuld hatte, und besonders gut, daß den Kindern im anderen Auto auch kaum etwas passiert war, so daß Tom und Lila weitere offizielle Ermittlungen erspart blieben. Wenn der Unfall schlimmer oder tödlich verlaufen wäre, hätte es eine Geschichte in der Zeitung gegeben. Schon ein Absatz hätte sie ruiniert.

Nachdem die Krankenwagen alle in das nächste Krankenhaus in der nächsten kleinen Stadt gebracht hatte, und sie untersucht und wegen ihres kleinen Schocks behandelt worden waren, suchten sie nach Wegen, einander zu sagen, wie erleichtert sie waren und wieviel Glück sie gehabt hatten. Aber sie wollten nicht laut aussprechen, welchen speziellen und besonderen Katastrophen sie abgesehen vom Tod entgangen waren, und darum ging das Gespräch nicht viel weiter als bis zu der Aussage: »Wir haben viel Glück gehabt.« Dennoch, sie wußten es beide. Worte waren mehr als unnötig, sie hätten nur Wunden geöffnet zu einem Zeitpunkt, als sie ohnehin schon leicht verwundet waren.

Lilas Auto wurde abgeschleppt, und Tom ging los, um eines für die Heimfahrt zu mieten. Nachdem sie ihre Reise aufgegeben hatten, waren sie Stunden früher wieder in Lilas Haus, schlossen Lilas Türe auf und brachen auf Lilas Sofa zusammen, in Sicherheit und wieder unsichtbar hinter Lilas Wänden.

Mit Berührungen waren sie jedoch noch vorsichtig. Es schien ein Erlebnis zu sein, das sie intensiv zusammenschweißte, aber auch mit der deutlichen Mahnung auseinander schleuderte, wie höchst unterschiedlich und unüberbrückbar ihre jeweiligen Umstände waren.

Aber sie haben viele kleine Reisen unternommen, auf denen nichts Schlimmeres passierte, als daß sie wieder nach Hause mußten.

Wenn dieses Flugzeug abstürzt, wird es zu viel mehr kommen als zu einem Absatz in der Zeitung. Sie stellt sich vor, wie Polizei und Reporter an Türen klopfen, Erklärungen abgeben, Bilder und Reaktionen und Grabschriften suchen.

»Und erinnerst du dich auch noch«, fragt er, »an den Schneesturm, durch den wir an dem einen Wochenende gefahren sind?«

Ja, auch daran. Wieder eine Anerkennung seiner Fahrkünste, eine lange, angespannte, Kopfschmerzen bereitende Reise. Aber was für ein Spiel spielt er da, mit diesem »erinnerst du dich noch«? Hat er das auch in seinem Brief gemacht? Sich auf die Vergangenheit berufen in der Hoffnung, daß sie sie Gegenwart überdeckt?

»Ich habe mich ganz sicher gefühlt«, sagt sie, »aber für dich war es schlimm.« Als sie endlich in ihrem Hotelzimmer ankamen, feierten sie das, indem sie ihre Kleider abwarfen. »Du warst erschöpft.«

»Nicht *zu* erschöpft, hoffe ich.«

»Jedenfalls nicht sofort.« Im Grunde ist es eine schöne Erinnerung. »Aber als der Zimmer-Service kam, hast du schon geschnarcht. Ich mußte dir die Decke über den Kopf werfen und ganz schnell meinen Bademantel anziehen. Hotelangestellte müssen sich jedesmal auf etwas gefaßt machen, wenn sie an Türen klopfen.«

»Das Hotel heute hat keinen Zimmerservice, darüber brauchen wir uns also keine Sorgen zu machen.« Das soll wohl die Hoffnung ausdrücken, daß ihre Zukunft triumphieren wird. Nette und tapfere Worte, ohne Zweifel. Wenn auch sabotiert durch diesen Brief.

»Ich erinnere mich, daß ich dich einmal ganz spät in der Nacht angerufen habe, obwohl es gemein war, dich aufzuwecken.« Sie hatte sich ausgemalt, wie er aus dem Bett schlüpft und nach unten in irgendein privates Zimmer geht, vorsichtig ihre Nummer wählt und ganz leise spricht. Sie war erfreut angesichts dieser Mühe, die er sich machte. Obwohl ihr natürlich lieber gewesen wäre, von einer Stimme und einem Körper neben ihr geweckt zu werden.

Es ist lange her, seit er solche Anrufe gemacht hat. Sie müssen beide gelernt haben, tief zu schlafen.

»Es hat mir nie etwas ausgemacht. Ich habe es geliebt, deine Stimme zu hören. Am Morgen bin ich aufgewacht und habe daran gedacht, wie ich mit dir geredet habe. Manchmal habe ich mich noch in der Klasse daran erinnert und ich mußte auf und ab gehen, damit mein Körper etwas zu tun hatte.«

»Wenn ich solche Gedanken hatte, mußte ich ganz still hinter meinem Schreibtisch sitzen, damit niemand sehen konnte, woran ich dachte.«

Sie sind tief in der Vergangenheitsform.

»Ich dachte immer, ich könnte mit vierzig oder zweiundvierzig einen Herzinfarkt kriegen wie viele Männer. Aber dann hätte ich dich völlig verpaßt. Ich bin froh, daß wir dies alles hatten.« Für Leute wie sie beide gibt es keine Zeremonien; alle Versprechen, die gegeben werden, sind in andere Worte gehüllt. Aber sie sind wertvoll, und sie gehen zu Herzen.

»Obwohl«, fügt er hinzu und lächelt leicht, »ich davon noch viel mehr vertragen könnte.«

»Ich auch.«

»Erinnerst du dich an den Strand?«

»Ich erinnere mich daran, wie ich dich dazu bringen wollte, unter Wasser mit mir zu schlafen, aber du wolltest nicht.«

»Ich glaube, ich wußte einfach nicht genau wie das geht, aber ich war zu stolz, es zuzugeben. Es tut mir leid, daß wir das verpaßt haben. Erinnerst du dich noch an den Empfang, den deine Abteilung für diesen Dichter gegeben hat, wie hieß er noch? Irgendwer berühmtes, von dem ich noch nie gehört hatte.«

»Der so besoffen war, und dann gekotzt hat? Und dann haben wir uns rausgeschlichen. Du hast mir ein Zeichen gegeben und bist gegangen, und ich habe ein paar Minuten gewartet und bin dir dann hinterher gegangen. Es war wie mit fünfzehn, das Knutschen in deinem Auto.«

»Die Hormonausschüttung war auch wie mit fünfzehn.«

»Ich fand es toll, mit zweiundvierzig noch die Autoscheiben zum Beschlagen zu bringen. Aber auch leichtsinnig.«

»Für mich mit vierundvierzig noch toller und leichtsinniger.«

»Wir hatten Glück.«

»Ich hatte immer das Gefühl, Glück zu haben, daß ich dich kenne.«

Das ist nett. Hat er den Menschen seiner Familie etwas Ähnliches geschrieben, nur mit einer leicht veränderten Wendung, damit es ihnen persönlich gilt?

Ach, es macht nichts, es macht nichts. Nur, daß es doch etwas macht.

Aber wenn der Brief gefunden würde, wäre er ein Held. Die Leute würden nicht nur sagen: »Schaut mal, wie er noch bis zum Ende an seine Lieben gedacht hat, schaut die Worte der Hingabe und der Hoffnung an!« Jedenfalls nimmt sie an, daß es solche Worte sind oder zumindest sein sollen. Sie würden auch sagen: »Man stelle sich vor, ein Mann mit dieser Ruhe und dieser Stärke und Großzügigkeit, der die allerletzten Augenblicke seines Lebens damit verbringt, an andere zu denken und sie zu trösten.«

Seine Worte würden in Zeitungen abgedruckt und auf Fernsehschirmen abgebildet, ein Zeugnis seines kühlen Kopfes und warmen Herzens.

Die Menschen würden sich an Tom und seinen Worten messen. Sie würden sich fragen: »Hätte ich so etwas tun können?« oder »Was hätte ich geschrieben, wenn ich in dieser Situation gewesen wäre? Wem würde ich schreiben, und was würde ich ihnen als Wichtigstes mitteilen wollen?«

Die Angehörigen von anderen Passagieren würden sich ihrer Lieben vielleicht ein wenig schämen, weil diese am Ende nicht so eloquent gewesen waren. Oder sie wären beruhigt, weil Tom vielleicht für alle von ihnen gesprochen hat, und auch ihre Lieben gut gestorben sind.

Um den ganzen Globus herum wären die Menschen bewegt und erstaunt von Tom und seiner Mühe und seinen Worten.

Ein viel kleinerer Kreis würde sich fragen: »Was glaubst du haben er und Lila zusammen gemacht? Es war sicher kein Zufall.« Oder »Mann, das ist vielleicht ein Riesenpech, was? Vor den Augen der ganzen Welt erwischt zu werden.« Oder: »Der hat Nerven, so etwas zu schreiben.«

Zweifellos hat Tom all das durchgedacht. Es ist sicher besser, nicht darüber zu sprechen.

»Weißt du«, sagt Lila, »ich wette, es passieren alle möglichen Sachen mit Flugzeugen, von denen wir nie zu hören kriegen. Vielleicht ist das gar nicht so ungewöhnlich, und die Besatzung weiß genau, was sie macht.«

»Gut, dann schau dir die Stewardessen an – sehen sie aus, als rechnen sie mit so etwas oder wüßten, was sie tun?«

Eigentlich nicht. Drei von ihnen, darunter Sheila, stehen zusammen und flüstern. Sheilas Hände sind in Bewegung und gestikulieren auf eine Weise, die Lila nicht deuten kann, die andere runzelt die Stirn und die dritte sieht nur zermürbt aus. Es ist möglich, daß sie sich Sorgen machen, weil Kaffee und Saft ausgehen, aber es sieht eher aus, als ginge ihnen der Glanz aus. Lippenstift und Frisuren haben sich aufgelöst. Ihre Pracht ist abgefallen und was übrig ist, ist glanzlos und blaß. Erdgebunden und gewöhnlich.

In einer Situation, die von ihnen verlangt, daß sie übermenschlich sind, nur menschlich auszusehen, ist – welches Wort sucht Lila genau? – ja, beunruhigend. Bestenfalls beunruhigend, ein harmloses, kleines Wort, nicht zu aufregend wie Wörter es bei potentiellen Katastrophen sind.

Katastrophe sollte man vermeiden. Umwälzung. Desaster. Tragödie.

Aber das ist ein Wort, wie Schicksal, mit einer hübschen, kompakten, literarischen Bedeutung, die mit Ödipus, Lear und solchen Leuten zu tun hat, nicht mit Leuten wie Tom oder ihr, oder Sarah, Adele oder Jimmy oder Mel oder Susie oder ihrer Mutter oder jedem anderen hier, bestimmt nicht. Ein unglückliches Ende, das durch große verhängnisvolle Fehler verursacht wurde.

Was wäre ihr Fehler? Oder Toms? Maßlosigkeit vielleicht. Ein Widerwillen, angenehmen Impulsen zu widerstehen. Das scheint ein sehr kleiner Fehler zu sein.

»Mir fällt zu dem, was hier passiert, nichts ein«, sagt sie. »Nur Nebensächlichkeiten, nichts Umfassendes. Du bist Historiker, du solltest die Sache einschätzen können. Kannst du das?«

»Ach, Lila.« Er seufzt. »Du erwartest eine Menge von Geschichte, was? Aber du hast recht, wenn ich durch die Linse der Jahrhunderte auf die Situation hier blicke, gibt es tatsächlich eine Art universelles Muster.«

»Und das ist?«

Er sieht sie feierlich an.

»Scheiße passiert immer wieder.«

Deswegen liebt sie ihn. Einen Augenblick lang starrt sie ihn an, und dann lachen sie, werfen die Köpfe zurück, ihre Körper wackeln, sie halten sich ihre Bäuche und schnappen nach Luft vor Lachen.

Das wäre der perfekte Augenblick für den Absturz. Dann könnten sie einfach lachend sterben.

Weinen, schreien, kotzen – all das scheint normal zu sein, aber Freudengejohle ist unziemlich und vielleicht anstößig, und sie haben bereits stirnrunzelnde Aufmerksamkeit auf sich gezogen.

»Oje«, sagt sie schließlich, »mein Bauch tut weh.«

»Das wäre jedenfalls ein guter Zeitpunkt für den Absturz gewesen.«

Sie erschrickt, wie sie es manchmal tut, wenn er ihre Gedanken ausspricht. Aber nach über fünf Jahren ist es eigentlich nicht unheimlich, wenn sie mehr übereinander wissen, als ihnen bewußt ist.

»Jedenfalls«, sagt er, »verstehe ich jetzt, glaube ich, besser, warum du vorher gelacht hast. Tut mir leid.«

Entschuldigung oder Bedauern? Wieder diese Frage; aber vielleicht, wie einige andere, nicht mehr besonders wichtig.

9

Sheila geht den Gang entlang und sagt laut, damit jeder sie hört: »Wenn die Herrschaften auf den Fensterplätzen bitte die Rollos herunterziehen, dann beginnen wir mit dem Film. Wir möchten uns für die Verspätung entschuldigen.« Ihr Lächeln ist ziemlich zittrig, findet Lila. »Es soll ein ausgezeichneter Film sein, und wir bitten Sie bereits im voraus um Verzeihung, weil wir lange, bevor er zu Ende ist, am Boden sein werden.«

Selbst Lila hätte keinen schlechteren Witz machen können.

»Ich meine«, sagt Sheila schnell, »daß wir glücklich in Heathrow gelandet sein werden.«

Warum dann den Film überhaupt anfangen? Was sollen die Passagiere nicht sehen, daß die Rollos heruntergezogen werden müssen? Das Flugzeug zieht leicht nach rechts, dann nach links. Ein Mann, den Lila kaum erkennen kann, weil er ein paar Reihen weiter vorne auf dem Gangplatz sitzt, ergreift Sheilas Arm.

»Was, zum Teufel, geht hier vor?« Seine Stimme ist laut und scharf, und die Leute in seiner Nähe sehen besorgt auf. »Erzählen Sie uns keine Scheiße über einen Film, wir wollen wissen, was wirklich los ist!«

Wollen sie das?

»Bitte, bleiben Sie sitzen, mein Herr. Es ist alles in Ordnung, es gibt keinen Grund zur Aufregung. Diese kleinen Bewegungen sind nur Manöver. Der Pilot und der Co-Pilot folgen genau den Anweisungen.«

Weiß sie das? Glaubt sie das?

»Scheiße. Und ich habe meinen verdammten Sitz gar nicht verlassen, also sagen Sie mir nicht, daß ich sitzen bleiben soll. Wir sind in dieser Kiste, wir verdienen eine anständige Auskunft, und ich will eine Antwort auf meine Frage, Scheiße noch mal!« Der Mann scheint eine Stimmung aufzugreifen; ärgerliche Stimmen um ihn herum unterstützen ihn.

Sheila preßt kurz die Lippen zusammen, als hätte sie große Lust, ihn zu ohrfeigen. Danach sieht sie aus, als müßte sie weinen, aber das darf sie auch nicht. Eigentlich sieht sie aus wie ein Kind, das bei einer Schulaufführung eine Rolle spielen soll, die ihm entglitten ist, über die es die Kontrolle verloren hat, und das sich nun mit dem Improvisieren quält. Selbst ihr Make-up wirkt gegen ihre weiß gewordene Haut bühnenhaft grell.

»Mein Herr, Sie sorgen für Unruhe, und Sie stören die anderen Passagiere!« Sie holt tief Luft und blickt um sich. Schätzt sie ab, wer für und wer gegen sie ist? »Selbst wenn Sie Angst haben, ist das kein Grund, daß Sie versuchen, anderen angst zu machen. Besonders wenn es nichts gibt, wovor man Angst haben muß.«

Das war hervorragend, findet Lila. Der Mann bleibt sprachlos und ist verletzt, wo es am meisten wehtut: in seinem Stolz. Die anderen, die kurzfristig von seiner Wut angestachelt worden waren, tun jetzt so, als wären sie das nie gewesen.

Andererseits. Andererseits, wenn Lila genauere Informationen verlangt hätte, dann wäre es ihr egal gewesen, wenn man sie verächtlich behandelt hätte. Sie würde ihr Anliegen hoffentlich höflicher vorbringen, mit mehr Mitgefühl für Sheila und die anderen Passagiere, aber sie würde auch nicht gern so ein Gefasel hören wie: »Es gibt nichts, wovor man Angst haben müßte.« Ihr Blick ist voller Mißtrauen, als Sheila nun zuversichtlich voranschreitet und das Herunterlassen der Rollos überwacht. Die, erstaunlicherweise, gehorsam geschlossen werden.

Sind die Leute verrückt? Wie können sie zustimmen, sich selbst ein- und die Helligkeit auszuschließen, und das für die möglicherweise letzten Augenblicke ihres Lebens? Haben sie nicht das Bedürfnis in Licht zu baden, empfinden sie keine Ehrfucht und Dankbarkeit, daß es überhaupt noch so etwas wie Licht gibt?

Vielleicht sind sie erschöpft vom Schauen. Von der Angst. Der ganze Raum wird nun dunkler, und Lila hat Mühe, Luft zu bekommen. Tom stößt sie an. »Das Rollo? Kannst du es erreichen?«

Ist er auch verrückt? »Tom, das ist zu – unheimlich.« Das ist das einzige Wort, das ihr einfällt, das nicht ganz panisch klingt. »Du willst dir den Film doch sicher nicht angucken, oder?«

»Ich denke nicht.« Aber er wirkt unsicher, als spiele er mit dem Gedanken, es doch zu tun. »Aber die anderen vielleicht. Vor allem die Kinder, es wird sie ablenken.« Er nickt in Richtung Susie, deren Augen jedoch geschlossen sind, sie ist also kein gutes Beispiel. »Und du weißt ja, daß es nicht ganz dunkel ist. Es ist immer noch Licht da.«

Aber nicht das richtige. Kein wirkliches, echtes Licht.

Wie lange würde das Flugzeug von jetzt an brauchen, ins Meer hinunterzutrudeln? Und wie wäre die Aussicht? Welche sich wandelnden und sich verändernden Formen würde das Licht beim Fallen annehmen?

»Das Rollo bitte, gnädige Frau!« Sheila ist jetzt neben Tom und sieht sie an. Aber Lila ist zu keiner Bewegung fähig, jedenfalls zu keiner größeren, als eine Rasierklinge an ihr Handgelenk zu führen. Sheila greift über sie hinweg und zieht das Rollo selbst hinunter. »Danke«, sagt Tom. Und »Entschuldigung.«

Lilas Hände ballen sich zu Fäusten, die Fingenägel bohren sich in das Fleisch ihrer Handflächen. Sie schließt die Augen und versucht, Licht herbeizuzaubern, was ihr beinahe gelingt.

Sie hört Tom seufzen, und spürt, wie er an seinen Kopfhörern fummelt.

Vor ihrem inneren Auge muß sie alle Schattierungen der Helligkeit festhalten können: das Blau und Gold und Grün des Himmels, der Sonne, des Grases, alles. Das helle, warme Rot ist aus Samt, ihr bestes Kleid aus der Kindheit, das sie zu besonderen Gelegenheiten, wie Geburtstagsfeiern anzog. Sie kann den Stoff noch unter ihren Fingern fühlen und an ihren Schenkeln, eine verlorene Empfindung.

Sie spürt den Rasen mit seiner stachligen Weichheit, den ihr Vater in einer besonderen Farbe und Höhe kultivierte, und der widerwillig und regelmäßig von Don gemäht wurde. Wie rigoros ihr Vater mit diesem Rasen war und ihn pflegte, mit seiner einheitlichen Farbe ohne jedes Unkraut – er war penibel mit dem Rasen, schritt ihn abends ab, bückte sich, um mit der Handfläche darüber zu streichen und alles herauszuzupfen, was störend dazwischen wuchs. Seine zeitraubende Sorge um etwas so Unwichtiges ließ ihn lächerlich aussehen.

Wem könnte diese Leidenschaft in Wahrheit gegolten haben? Doch nicht wirklich einem perfekten Rasen.

Lila hat viele Vermutungen über ihren Vater und ihre Mutter angestellt, und nicht alle haben sich in allen Einzelheiten bestätigt. Sie hat ihre Mutter mit dem Begriff »unter Druck stehend« bedacht und ihr verschiedene Leidenschaften unterstellt, ihren Vater aber hat sie still und freundlich in einer Ecke sitzen lassen.

Aber da war er nicht. Er war draußen und prüfte den Rasen oder fuhr Don zum Hockey-Training oder baute die Schaukel oder hämmerte und sägte im Keller. Wenn er an Lila vorbeikam, legte er ihr manchmal wortlos den Arm um die Schulter. In seiner Arbeit, bei der er Bankkredite und Hypotheken vergab oder verweigerte, muß er Macht besessen haben.

Offensichtlich hatte er einen Anteil an dem, was ihre Mutter unter Druck setzte. Und ihre Mutter hatte vielleicht einen Anteil an seinem einsamen Schweigen.

Lilas Mutter schenkte ihr ihr erstes Paar Ohrringe in einer kleinen blauen Pappschachtel: silberne Tropfen. Ihr Vater sagte: »Sieht aus, als wärst du ganz erwachsen!« Er klang traurig, und wenn Lila nicht fünfzehn gewesen wäre und versessen auf ihre eigene, heißersehnte, unklare Zukunft, hätte sie ihn vielleicht ein wenig bedauert. Wenn sie ihren Kopf in einem bestimmten Winkel unter die Kugellampe in der Diele hielt, schien das Silber der Ohrringe vom langen Spiegel neben der Tür auf sie zurück.

Was war damals anders, als sie diese Ohrringe trug? Blinde, dumme, unbarmherzige Hoffnung vermutlich. Jugend.

Jetzt gibt es ein paar Fragen, die sie ihren Eltern gern stellen würde. Aber sie hat jeden Augenblick verpaßt, den es gegeben hatte, und es hat keinen Sinn, und sie hat keine Zeit, das zu bedauern. Sie muß ihre Augen auf das Licht richten.

Als sie mit ihrem ersten Liebhaber zu einer Reise quer durch das Land aufbrach, fuhr sie durch endlose Meilen goldenen Getreides, über dem sich das Licht, vom Wind aufgewühlt, kräuselte. Die Bewegungen und Farben kann sie klarer sehen als den Liebhaber, Jason, dessen Zuneigung ihre wilden Tage zusammen im Auto nicht überlebte. Er wurde unfreundlich und mürrisch, war sowieso kein besonderer Liebhaber und bleibt vor ihrem inneren Auge vom Licht unberührt.

Nach den Prärien schlängelten sie sich durch Berge, wo der Glanz des Schnees auf den Gipfeln leuchtete und die niedrigeren Felsen anstrahlte und schließlich in diesiger Dunkelheit darunter verglomm.

Am Ende dieser Reise wurde Lila von ihrem Abschied von Jason durch das Sonnenlicht, das weit in der Ferne wie Glasscherben über die See regnete, abgelenkt. Sie war ergriffen vom Anblick des Meeres, das sie zum ersten Mal in ihrem Leben sah, konnte sich seine Tiefe und Größe nicht vorstellen.

Nicht an Ozeane denken.

Also gut, dann eben an schöne Erlebnisse. Umarmungen vor dem Kamin, verführerische, sanfte Worte.

Nicht an Flammen denken.

Lila öffnet die Augen.

Auf der Leinwand reitet jemand auf einem Pferd einen Berg hinunter. Es wirkt wie eine gedämpfte, langweiligere Version ihrer strahlenden Erinnerung von eben.

Ein paar Leute scheinen tatsächlich auf die Leinwand zu starren und sich das anzugucken. Aber ganz bestimmt sehen sie nicht Pferde und Männer, sondern Szenen und Filme aus ihrem eigenen Leben. Was für wunderbare Staubmäntel die Männer im Film tragen. Wie sie fallen, wie sie diese schlanken Körper umschmeicheln, wie verführerisch sie an den Hüften flattern. Sie sollte sich so einen Mantel zulegen – würde sie darin richtig aufsehenerregend aussehen oder nur lächerlich?

Doch wie dumm – sie wird sich keinen Staubmantel mehr kaufen oder irgend etwas anderes; wieder ein Stich ins Herz.

Als sie zu Tom blickt, stellt sie mit Erstaunen fest, daß ihm, während er auf die Leinwand starrt, die Tränen einfach aus den Augen strömen, und von seinem Gesicht und seinem Kinn heruntertropfen. Sie hat ihn noch nie weinen sehen. Er tut es geräusch- und bewegungslos, und es sieht beeindruckend aus.

Es ist auch etwas Privates; es zu beobachten ist genauso aufdringlich und sogar peinlich, wie einen Raum zu betreten, den man leer erwartet, statt dessen aber einen Freund beim Liebesspiel vorfindet und in seinen Augen den entrückten, glühenden Blick beim Orgasmus erhascht.

Man würde sich zurückziehen, unangenehm berührt und mit einer Entschuldigung, wenn man gesehen würde, und still, wenn nicht.

Wenn Lila weint, was nicht oft der Fall ist, verzerrt sich ihr Gesicht, ihre Nase wird rot, und ihre Hände versuchen sofort, die Tränen aufzuhalten und wegzuwischen. Wie kann er weinen, ohne sich zu bewegen?

Und worüber weint er? Vielleicht über seine eigene persönliche Version von Prärien oder silbernen Ohrringen.

Es trifft sie bis ins Herz, daß sie keine Ahnung hat, tatsächlich fühlt sie ihr Herz zittern und schlingern. Ihr selbst treten Tränen in die Augen. Er war die liebste Person ihres Lebens, und am Ende weiß sie nicht, zu welchen Bildern sich sein Kummer formt, und er weiß nichts von ihren. Dieser Kummer ist explosiv; sie könnte aufbrechen, und alles mit Einsamkeit überschütten.

Gut. Fast jeder ist mit sich selbst allein, wenn er stirbt.

Sie schließt die Augen, diesmal, um sich klar zu machen, was wahrscheinlich wirklich passieren wird: Rauch und Trudeln und

Schwärze und brennendes Licht, umherfliegende Gliedmaßen und schreiende Stimmen – all dies kann jeden Augenblick geschehen, und jeder würde allein sein. Es wird so weh tun. Ihre arme Haut, ihre armen Knochen, alle verdreht und zerschmettert, und ihr geliebtes kleines Häuschen und Don und Anne und die Kinder, der Rest der Familie; und ihre ganzen schönen Bücher und Ideen und Wörter, und die Reihen junger Gesichter, die sie mehr oder weniger neugierig ansehen, und all diese Bücher und Ideen auseinandernehmen, in der Hoffnung und Absicht, sie wieder zusammenzusetzen, und die Stimmen und das Lachen der tratschenden Kollegen, von Patsy und Nell, den Lieben, in Cafes und Restaurants, in Küchen und Wohnzimmern und als Stimmen am Telefon. Und der geheimnisvolle, unbekannte Tom. Haut, Stimmmen, Finger und Handflächen auf ihrem Körper und seinem. Gelächter und unterschiedliche Meinungen und Wünsche, magische Schnittpunkte von Gedanken und Wünschen und ernste Augen, köstliche Lippen. Ihre eigenen Geheimnisse und Träume, welche auch immer, sind ihre treuen letzten Gefährten.

Als sie die Augen wieder öffnet, merkt sie, daß Tom sie betrachtet, jetzt mit trockenen Augen und Wangen, aber doch mit einem seltsam unvertrauten Gesichtsausdruck. »Was ist?« fragt sie. Am Ende haben nicht nur Worte keinen lebensrettenden Nutzen. Auch die Liebe nicht.

Das Ende ist vielleicht leidenschaftliches, trauerndes Schweigen, wenn alles andere versagt.

Der Raum scheint zu schwanken und zu kippen. Sie kann nicht sagen, ob es das Flugzeug ist oder sie selbst.

Nun streicht er über ihren Handrücken; sein Daumen bewegt sich sich sanft zwischen ihrem Handgelenk und ihren Fingern hin und her, und seine Finger ruhen in ihrer Handfläche, verbinden sie mit ihrer eigenen Haut, in diesem Sitz, in diesem Raum, in diesem Augenblick.

Irgend etwas wird sehr bald passieren zum Guten oder zum Schlechten. »Es wird alles gut«, sagt er. »Wir schaffen es.«

Als ob er das wüßte. Als ob es an ihm läge. In ihrem anderen Leben wußte er es, und es lag an ihm, aber hier ist kein Platz für ein so kleines Leben, für diese kleinen Reibungen zwischen Emotion und Ereignis. Trotzdem lächelt sie ihm zu.

»Ich weiß, daß wir Probleme hatten«, sagt er, »aber ich habe dich nie nicht geliebt. Du hast mehr aus meinem Leben gemacht, als ich es hätte hoffen können.«

Ihr fällt auf, daß er in der Vergangenheit spricht. Er merkt es aber vielleicht gar nicht. »Danke. Du auch.« Denn das ist wirklich wahr und keine Lüge, er hat ihr Leben größer gemacht. Es gibt Bilder und Gedanken und Berührungen und Wortverbindungen, denen sie nie begegnet wäre, wenn er sie nicht zu einem Drink eingeladen hätte.

Das Flugzeug wackelt und irgend etwas, das sich groß und wichtig anfühlt, knirscht. Plötzlich kocht Lilas Haut, und auch Tom bricht der Schweiß aus: genau das, Perlen und Tropfen brechen aus seiner Stirn, seinem Hals und seinen Händen.

Das Wackeln läßt nach, das Knirschen verebbt. Also ist es noch nicht so weit, noch nicht ganz?

Einen kurzen Moment lang ist es seltsam still. Die Leute müssen durch den Schock verstummt sein, zur Bewegungslosigkeit versteinert. Offenbar schaut jeder in das Innere seines eigenen Kopfes, hinter seine eigenen Augen, durch das Leugnen hindurch.

Wenn all diese Leute auf der Stelle aus ihrem jeweiligen Leben verschwänden, würden sich viele Geschichten ändern. Für Generationen, eigentlich für den Rest des ganzen Erdenlebens werden die Verbindungen verändert oder verloren, einige nicht geplante Kinder werden aus unerwarteten Beziehungen entstehen, einige andere nicht. Manche Menschen stürzen vielleicht in Armut, und andere werden aufblühen. Die Herzen von Tausenden werden berührt, und sogar einige Aspekte von Toms historischer Perspektive, die Geschichte selbst wird verändert werden. Verlorene Leben, verlorene Gene, verlorene Hoffnungen und Möglichkeiten – all das. Hier wird ein Friedensabkommen unterschrieben, dort bricht eine unnötige

Schlacht aus. Vielleicht auch ein oder zwei Serienmörder weniger in Zukunft, wer weiß? Oder ein oder zwei mehr.

Wieder ein Zittern, ein Rütteln, ein wackeliges Ausgleichsmanöver.

Als Lila klein war, pflegte sie ein kleines tägliches Ritual. Jeden Morgen sagte sie als erstes nur zu sich selbst: »Laß etwas Gutes passieren. Laß das erste, das passiert, etwas Schönes sein.« Ein kleines schönes Ereignis konnte sich zu einem ganzen schönen Tag ausweiten; und umgekehrt.

Es war nicht lächerlicher als andere Hoffnungsrituale, findet sie. Auch als sie zu diesem Flug aufgebrochen sind, betrachtete sie die kleinen Ereignisse in einem ähnlichen Licht, kleine Augenblicke eines günstigen Schicksals, die ein Zeichen für viel größere, weitreichende Schicksale waren. Und das ist jetzt dabei herausgekommen.

Als sie klein war, jagte sie nach vierblättrigen Kleeblättern, die in dem makellosen Rasen ihres Vaters extrem schwer zu finden waren. Da hätte sie großes Glück haben müssen. Damals hatte sie keine Ahnung, was wirklich großes Glück war und was wirkliches Pech.

Richtiges Pech wäre es gewesen, die Welt in einer brutaleren, ungerechten Zeit oder an einem ebensolchen Ort zu betreten. An unfreundliche Eltern zu geraten oder an einen freudlosen Platz ohne Schutz und Nahrung, oder in eine Kultur, in der sie ihre Füße einschnüren oder ihren Körper verstümmeln müßte oder wo sie nur kochen, aber nie lesen und auf keinen Fall die Schönheit von Wörtern oder irgend etwas lehren könnte. Was für ein Glück, daß sie essen, sagen, anziehen, tun, besitzen, denken und mehr oder weniger in vernünftigem Rahmen lieben konnte, was und wen sie wollte. Viel mehr kann man vom Schicksal nicht verlangen; allerdings würde sie ihre Hoffnungen jetzt auch auf den Wunsch ausdehnen, nicht auf diese Art zu sterben.

»Mein Gott«, sagt Tom, »das ist Folter.«

Das Schaukeln und der Lärm werden wieder stärker. Genau wie er finden die Menschen ihre Stimmen wieder, und wieder einmal äußert sich Angst. Oder vielleicht irrt sie sich, und es ist Bedauern oder Verzweiflung. Es ist jedenfalls kräftig und lebhaft. »Setzen Sie sich«, befiehlt Sheila, die im Gang patroulliert. »Nehmen Sie ihre Plätze ein. Es ist nichts passiert, gar nichts, also setzen Sie sich einfach hin.« Sie sagt, wie Lila konstatiert, nicht mehr »bitte« und faßt einige Leute sogar ziemlich grob an, um sie zurück oder hinunter zu zwingen.

Wie können sie jemandem glauben, der behauptet, es sei nichts passiert? Wie sollen sie jemandem vertrauen, der Gehorsam erzwingen muß?

Was immer passieren wird, es dauert zu lange. Tom hat recht, es ist quälend, zu warten und die Narben zu zählen, die sich in ihr Leben gekerbt haben. »Ich wünschte«, sagt sie und versucht munter und tapfer zu klingen, »wir hätten unsere zwei Wochen schon hinter uns. Wenn wir schon auf dem Heimflug wären, hätte es mir vielleicht nicht so viel ausgemacht.« Das stimmt, denn dann hätte sie vielleicht völlig andere Bilder gesehen.

Es gelingt ihm nicht, erfreut auszusehen. »Spürst du das?« fragt er drängend und umklammert ihre Hand.

Etwas auszusprechen ist nicht immer weise. Ungeformte, unvorbereitete Gedanken verschwinden zu leicht in Sprache; oder umgekehrt: ausgesprochen werden sie zu real, und unvermeidlich. Toms laut geäußerte Angst läßt Lila zittern.

Was ist, wenn sie zusammenbräche, in Fragmente der Angst zerfiele – wie bereit wäre er, sie zu trösten und versuchen, sie wieder zusammenzusetzen?

Schrecklich, diese Frage in diesem Stadium zu stellen.

Alles ist schlüpfrig und unfertig. Nichts von dem, was sie im Griff zu haben glaubte, ist fest. Das sollte eigentlich erschreckend sein.

Es fühlt sich fast hoffnungsvoll an.

Alle, auch die, die immer noch in ihren Sitzen wild um sich schlagen oder weinen, müssen so vieles so schnell lernen – eine wieviel bessere Lehrerin hätte Lila sein können, wenn sie diesen Druck der

Verzweiflung im Klassenzimmer hätte herstellen können. »Lernt oder sterbt«, hätte sie befehlen können. »Versteht, oder ihr kommt aus diesem Zimmer nicht lebend heraus.« Das hätte ihnen Beine gemacht.

Ups. »Lila!« Das Flugzeug schlingert wieder nach rechts, die Schreie und Rufe werden schriller, und Tom flüstert: »Oh, Jesus!« Lila wußte nicht, daß er diese fundamentalistische Ader hatte, als nächstes wird er in anderen Zungen sprechen.

Aber auch sie spricht gebetsähnliche Worte zu sich: »O nein, bitte nein!« Wenn Höflichkeit nur eine dünne Schicht ist, so offenbar auch vieles andere.

»Meine Damen und Herren!« hören sie. Diesmal gibt es keine Warnung vor der Stimme. Der Film läuft weiter, aber plötzlich ohne Ton. »Meine Damen und Herren, hier spricht wieder Ihr Co-Pilot Frank McLean. Wir bedauern, wenn jemand durch unsere letzten Manöver beunruhigt sein sollte.« Das schreckliche Knirschen klang kaum wie ein Manöver für Lila; es klang eher wie Metall, das kurz davor ist, zu zerbersten.

Herrgott, sie schwitzt in ihrem Pullover – wenn man daran denkt, daß sie ihn angezogen hat, damit ihre Haut atmen kann! Sie zupft an ihm, damit er nicht an ihrem Körper klebt. Tom hat einen kleinen Tropfen unter dem Kehlkopf, wo sich der Schweiß sammelt.

»Wir möchten Ihnen mitteilen, daß wir unseren Kurs halten und gut vorankommen. Wir werden in den nächsten Minuten die Küste von England erreichen und sind damit unserem Ziel sehr nahe.«

»Näher mein Gott zu dir« – haben sie das nicht auf der *Titanic* gesungen? Oder ist das nur eine Legende?

»Wir möchten Sie von einer Maßnahme in Kenntnis setzen, die wir unternommen haben, um unser Flugverhalten zu verbessern, und die leider bei unserer Ankunft einige Ungelegenheiten mit sich bringen wird. Um das Flugzeug leichter zu machen und unsere Landung zu erleichtern, werfen wir Fracht ab, solange wir noch über dem Wasser sind. Dieser Vorgang ist nahezu abgeschlossen. Das Gepäck –

Ihr Gepäck – wird daher bei der Landung nicht mehr verfügbar sein. Wir bedauern natürlich den Verlust aller Wertgegenstände und die damit verbundenen Unannehmlichkeiten. Die Fluggesellschaft übernimmt jedoch die Verantwortung für den Verlust. Formulare für Schadensersatzansprüche und einige Bedarfsartikel für den Notfall werden an unserem Zielort für Sie bereitliegen.«

Oh, ist das nicht herzerweichend – sie werden wissen, daß sie in Sicherheit sind, wenn sie anfangen, die Formulare auszufüllen.

Lila fragt sich, was sie vermissen würde, welche Dinge den Tieren im Ozean gefallen, beziehungsweise welche sie befremden würden, wenn sie in diese dunkle Welt stürzen.

Spitze und Baumwolle, sogar ein neues Kleid aus extravaganter Seide – sie erinnert sich, wie sie beim Packen ein Auge darauf hatte, für schöne Erinnerungen zu sorgen.

Soll das Meer die Sachen bekommen; solange es nur ihre Haut und ihre Knochen nicht bekommt.

Sie ist erstaunt, Leute murren zu hören, Leute, die an ihrem Besitz hängen und deren Verlust abschätzen und beklagen. »Ich bin sicher«, sagt die Stimme sanft weiter, »daß Sie dies angesichts der erhöhten Sicherheit, die dadurch geschaffen wird, alle als ein vergleichsweise kleines Opfer begreifen werden.«

Auf der Leinwand starren zwei Männer einander in die Augen: ein langer finsterer Blick. Vermutlich wird einer von beiden gleich sterben. Durch die Tonlosigkeit offeriert der Film unterschwellig eine frivole Ersatz-Vision.

»Was Ihr Handgepäck betrifft, so werden Sie es beim Verlassen des Flugzeugs nicht mitnehmen dürfen, aber das Bodenpersonal wird es nach der Landung so bald wie möglich für Sie sicherstellen.«

Wahrscheinlich muß er so sprechen, als würde das alles tatsächlich auch geschehen.

Wer weiß, vielleicht wird es das sogar.

Tom wird nicht nur die große Tasche zurücklassen müssen, die er neben ihrer im oberen Gepäckfach zu liegen hat, sondern auch seine wertvolle Aktentasche mit seinem wertvollen Brief. Aber wenn sie sicher landen, wird er ihn gar nicht brauchen, oder? Er würde ihn nicht einmal wollen, explosives, quälendes Beweismittel.

Die Leute haben alle möglichen Sachen in ihrem Handgepäck, das nun über ihnen darauf wartet, wie eine Kugel in der Kabine umherzuschießen. Zufallsverletzungen oder der Tod können ebensogut von innen wie von außen kommen. Wenigstens ist es keine Entführung; aber wenn es das wäre, so wäre es wohl dramatischer als dieses schreckliche leere Warten. Mit einem Entführer könnte man vielleicht reden, egal wie labil und unvorhersehbar die Situation sein mag. Mit Metall, Feuer oder Luft oder eben auch Schicksal kann man nicht streiten.

»Wir bedauern noch einmal den Verlust Ihres Gepäcks, aber sonst geht es gut voran, und wir vertrauen auf eine sichere Ankunft. Sie können sich darauf einstellen, in weit weniger als einer Stunde friedlich und entspannt wieder auf der Erde zu sein.« Hoffnungsvolles Aufstöhnen – so bald! Als sei Sicherheit nur eine Frage der Zeit.

»Wir verringern jetzt weiter unsere Flughöhe und bitten Sie erneut, angeschnallt sitzen zu bleiben. Durch den Schaden am Flügel und auch durch die Luftdruckschwankungen ist die Stabilität der Maschine etwas eingeschränkt. Wir tun unser Möglichstes, das zu kompensieren, es kann aber zu gelegentlichen Unannehmlichkeiten kommen. Bitte seien Sie deshalb nicht beunruhigt.«

Die Stimme wird heiterer. »Übrigens erreichen wir in diesem Augenblick die Küste, meine Damen und Herren, und von hier aus fliegen wir über Südengland. Zu Ihrer Information, uns wurde mitgeteilt, daß uns bei der Ankunft milde Temperaturen und ein leichter Regen erwarten. Wir sehen uns in Heathrow!«

Und nach dieser fröhlichen Bemerkung klickt es, und der Lautsprecher wird abgeschaltet.

Womit hat sich der Pilot mit der hohen Stimme beschäftigt, während sein Co-Pilot die Ansage macht? Fliegen seine Finger von Knopf zu Knopf und Hebel zu Hebel, während er der Katastrophe ausweicht? Hat er gegrinst oder eine Grimasse geschnitten, als er endlich die Küste sah? Bestimmt macht er sich wegen der Landung Sorgen, wenn sie überhaupt so weit kommen. Lila macht sich jedenfalls Sorgen.

Sie stellt ihn sich jetzt weniger als knochigen, sondern mehr als drahtigen Mann vor. Den honigsüßen Frank McLean stellt sie sich breitschultrig mit großen Brustkorb, schmalen Hüften, langen Beinen, eben einfach bildhübsch vor. Diese beiden Männer müssen sich zusammen mit denen, die sonst noch zu einer Besatzung des Cockpits gehören – gibt es überhaupt noch andere oder nur noch Computer? – wie Sheila und die anderen Flugbegleiter auf etwas gefreut haben, am Ende dieses Tages. Lila hofft, daß es etwas herrlich Verlockendes ist.

»Sieht gut aus«, sagt Tom. »Was meinst du?«

Nun, wie sieht es denn aus? Einem Impuls folgend steht Lila halb auf und greift über den Fensterplatz zum Rollo, schiebt es ein wenig hoch und späht hinaus. »Mein Gott, Tom.«

Die Welt draußen ist fast völlig dunkel, wunderschön und herrlich. Ein Rest von Licht stammt von der untergegangenen Sonne, angestrahlten Wolkenfetzen. Nicht vom Feuer. Der Flügel ist irgendwie verkohlt und gesprungen und gewellt, aber »Mein Gott«, sagt sie und wendet sich Tom zu, »es ist aus.«

Er schaut sie voll wilder Hoffnung an. Sie riecht seinen leicht säuerlichen Schweiß, und das ist für sie der Duft des Lebendigseins.

Keiner von beiden sagt mehr etwas. Die Rollos sind immer noch unten, der Film läuft immer noch, aber wieder einmal verbreitet sich die Nachricht auf geheimnisvolle Weise. In der grauen Flugzeugkabine leuchten die Gesichter auf, die Stimmen werden fröhlich. Einige Rollos auf ihrer Seite des Flugzeugs werden hochgeschoben, und auf der anderen Seite drängt sich eine Gruppe von Menschen in den Gang und tanzt in einem engen Kreis, wobei sich alle an den Händen halten und jauchzen. Sheila ist in Lilas Gang und blickt stirnrunzelnd zur anderen Seite hinüber.

Wieder fließt der Raum über von zuviel nackter Emotion. Furcht und Hoffnung stoßen aufeinander und äußern sich in Ausbrüchen von wildem, rauhem Gelächter und Schluchzen. Sich vorzustellen, zu leben! Lila ist verwirrt. Sie fühlt sich wie ein Engel – eine gütige, schwerelose Kreatur mit silbernen Flügeln, die über allen Ängsten schwebt.

Natürlich müssen sich von jetzt an alle jede Sekunde bewußt sein, am Leben zu sein. Sie werden alten, berühmten, von Schmutz überzogenen Gemälden gleichen, die wieder zu ihrem glühenden, geheimnisvoll beabsichtigten, ursprünglichen Glanz gefunden haben. Was für eine Überraschung, was für ein Schock!

Sie streckt und bückt sich, und selbst ihre Kopfhaut fühlt sich lebendig an, sogar ihre Fußsohlen. »Ich glaube«, sagt Tom, »ich kriege einen Herzinfarkt vor Erleichterung.«

»Bitte«, ruft Sheila, »bleiben Sie auf Ihren Sitzen!« Als könnte die kollektive Freude das Flugzeug heben und aus seinem unsicheren Kurs kippen.

Dennoch liegt ein gewisses Gewicht in der Luft und in Sheilas Stimme. Lila neigt ihren Kopf, um das Grollen unter den Tränen und dem Jubel herauszuhören.

Was für ein schönes Wort – Jubel: nur Glocken und Lachen.

»Vielleicht«, Tom wirft einen Blick auf seine Uhr, »sind wir in ein paar Stunden in der Hotelbar und trinken Champagner. Oder im Bett und trinken Champagner. Und feiern, am Leben zu sein. Stoßen darauf an, weitermachen zu können so wie immer. Glaubst du das?«

Und was sie aus ihrem Mund kommen hört, ist: »Ich hoffe nicht.«

Wieder eine Überraschung.

Sie hat keine Zeit darüber nachzudenken, was sie gemeint hat, denn, o Gott, das Flugzeug fällt, die Scharniere scheinen zu erzittern, es dreht nach rechts ab und hinunter. »Jesus!« schreit Tom, und Lila schreit im selben Moment: »Nein!« und sie greifen nacheinander. In Toms Augen sieht Lila erneutes Entsetzen; er muß in ihren

Augen dasselbe sehen. Um sie herum sind überall schreckliche Geräusche.

Jetzt werden sie sterben, zusammen in einer grimmigen, leibhaftigen, knochenzerschmetternden Katastrophe – Sarah, Adele, Jimmy the Web und Mel, Susie und ihre Mutter, der Dicke am Notausgang, Tom, sie selbst – alle eingesperrt, umherwirbelnd in einer furchtbaren, intimen Orgie des Todes. Wie zerbrechlich die Haut ist, nachdem sie so lange alles zusammengehalten hat.

Lilas blickt nach oben, wo die Sauerstoffmasken auf sie warten, aber nicht herunterfallen. Vielleicht sind sie sowieso unnütz oder würden die Folter nur verlängern. Bei all den Flügen, die sie hinter sich hat, hatte sie noch nie mit eine Sauerstoffmaske zu tun. Sie war auch noch nie in einer dunklen Kabine, wo man nur diesen Markierungen im Gang zu folgen braucht, um in Sicherheit zu sein – wer weiß, ob diese Linien tatsächlich aufleuchten, oder ob man sie unter den darübertrampelnden Füßen überhaupt erkennen kann? Und selbst wenn es möglich ist, zu einem Notausgang zu gelangen, an dem großen Dicken vorbeizukommen, die Tür aufzustoßen, was dann? Ein Schritt in den kalten, zurückweichenden Raum.

Das Flugzeug rutscht, fällt, kippt, schlingert zur Seite, wie ein Auto auf dem Eis. Lila schaut, Kopf voraus, ins Nichts – was für ein seltsamer, atemberaubender Tag, jetzt ganz auf einen Augenblick konzentriert.

Sie hat eigentlich keine Angst. Sie empfindet völliges, tiefstes Vertrauen zu dieser Maschine, diesem Apparat, diesem großen, sich abmühenden Metallwesen. Jedes Schwanken der Vibration unter ihren Füßen, jede Veränderung der Tonhöhe in ihren Ohren – es ist wie das Horchen auf den Herzschlag des kleinen Sam in jenen drei schrecklichen Tagen. Jede kleinste Bewegung oder Veränderung nimmt man als Zeichen für Leben oder Tod. Sie fühlt die Anstrengung des Flugzeugs, das bemühte Stampfen der verbliebenen Triebwerke, die Zartheit seiner Haut. Wie sie selbst ist auch das Flugzeug ein Behälter für alles Wesentliche und leicht Verderbliche.

Sie drängt es mit einer Art Liebe für sein tapferes stures Bemühen: komm, komm, du kannst es! Am liebsten würde sie in ihrem Sitz in Ermutigung mitschaukeln, will aber keinesfalls für die kleinste Bewegung verantwortlich sein, die es aus dem Gleichgewicht bringen könnte.

Das Flugzeug kommt wieder ins Gleichgewicht, stabilisiert sich, holt tief Luft. Sie macht es ebenso. Sie klopft auf die Armlehne und auf den Boden: braves Flugzeug, gut gemacht, versuch's weiter, du schaffst es, bleib dran!

Andere fluchen, beten und kämpfen, als sei das Flugzeug ihr Feind. Sie rebellieren gegen die Natur der Bestie. Mach dir nichts draus, sagt sie ihm. Konzentrier dich auf das Ziel!

Tom wendet sich ihr zu, ungeschickt ritterlich. Er legt ihr die Hand ans Gesicht, die andere auf den Arm, beengt durch seinen Sicherheitsgurt. »Fast da. Fast in Sicherheit.« Seine langen Finger fühlen sich leicht an auf ihrer Wange. Er ist sehr freundlich, vor allem angesichts seiner Furcht, die er ja sogar bei normalen Flügen bei der Landung hat.

Sie war selig über seine Hände gewesen und begeistert von dem Streicheln seiner feinen Härchen, wo immer sie bei ihm vorkommen. Er hat starke Knochen, besonders an seinen Handgelenken. Es hat Zeiten gegeben, in denen sie ihre Finger in sein Fleisch bohrte, um sein Skelett zu finden, seine Struktur zu erfühlen und dessen Intaktheit festzustellen.

Wie sehr er sich gelegentlich anstrengte, alles zu haben. Alle zu haben.

Haben die Worte Anstrengung und streng eine gemeinsame Wurzel?

Konzentrier dich auf das Flugzeug, das leidet und entschlossen ist, das schlingert und zittert und sich soviel Mühe gibt. Es braucht alle Kraft, die sie ihm geben kann, und wie sich zeigt, hat sie viel Kraft: unendlich viel Leidenschaften, Wünsche, Hoffnungen. Ihr enormer, durchkreuzter Wille und ihre enorme, durchkreuzte Liebe.

Es sackt noch einmal nach unten und schwenkt ab, aber es scheint sich diesmal besser im Griff zu haben. Toms Arm strafft sich. »Lila, ich liebe dich. Okay? Wenn etwas passiert, ich liebe dich.« Und wenn nichts passiert?

»Ich weiß«, sagt sie zu ihm.

Dieses Nach-unten-Taumeln muß sie näher und näher zum Boden bringen. Vielleicht wäre der Ozean doch ein weicheres, versöhnlicheres Ziel gewesen. Schauen die Leute unten nach oben und wundern sich? Schrecken sie auf bei einem Dröhnen, das viel zu nah erscheint? Schmerzen ihre Zähne bei dem Quietschen? Wie ist es mit dem Stöhnen und den Schreien, werden sie durch die Luft auf die Erde getragen?

Oder es ist dunkel und es regnet ein bißchen, und die meisten Menschen sind am Abend in ihre Häuser gegangen. Sie entspannen sich vor dem Kamin, vor dem Fernseher, am Küchentisch. Sie haben Licht angemacht, und die Kinder lachen und streiten sich, die Erwachsenen kochen oder waschen ab und plaudern über ihren Alltag oder zanken sich oder tratschen oder schweigen. Fröstelt es sie plötzlich? Wird es plötzlich dunkel? Oder ungewöhnlich still? Ein Schaudern, das sie nicht erklären können?

Es ist schwer vorstellbar, daß die wilden Emotionen hier oben nicht auslaufen und in den Herzen der Menschen, über die sie hinwegfliegen, einen speziellen Blitz und einen unheilvollen Donner auslösen.

Es würde schnell vorbei sein. Dann, so stellt sich Lila vor, würden die Lichter kurz heller leuchten und die Stimmen klarer klingen, die Konturen würden schärfer wahrgenommen und genauer begutachtet. Es gibt einen kurzen unerklärlichen Augenblick, in dem die Menschen plötzlich klar sehen können. Ein Arm legt sich um eine Schulter, ein Kind wird in die Luft gehoben und umarmt; die Menschen lächeln, die Mienen erhellen sich, Augen werden freundlicher.

Oder ein Messer sticht in einer plötzlichen reinen Vision endlich in einen Bauch, den man nicht länger ertragen kann.

»Lila«, sagt Tom. Seine Augen sind frei von Gefühlen. Sie berührt seine Hand, mit der anderen streichelt sie aber die Armlehne: liebes

Flugzeug, tapferes Flugzeug, bleib oben, mach es gut. Es bäumt sich auf und erzittert und wirft Tom gegen ihre Schulter. »Wir müssen ganz nah sein.«

»Ich glaube, ja.«

Es gäbe so viel zu sagen.

»Meine Damen und Herren.« Die tiefe Stimme kehrt wieder und der Film auf der Leinwand kommt schleudernd und zittrig zum Stehen.

»Wir nähern uns jetzt Heathrow.« Es gibt vereinzelt Beifall, aber auch wieder ein verstärktes Anspannen von Bauchmusklen, Schultern, Nacken, Armmuskeln und Rücken. »Da dies als Notlandung eingestuft wird, wird uns Vorrang und Unterstützung eingeräumt. Wie Sie wissen, gilt unsere Sorge dem beschädigten Flügel, was eine Anzahl von Problemen schafft, von denen einige ziemlich unbedeutend sind.« Einige von ihnen auch entsprechend bedeutend und im großen und ganzen ungeklärt.

»Als Vorsichtsmaßnahme bitten wir Sie, die Haltung für Notlandungen einzunehmen, die Ihnen Ihre Flugbegeiter noch einmal erläutern werden. Es ist wichtig, daß Sie allen Anweisungen schnell und ohne Diskussion Folge leisten.

Wenn wir gelandet sind und das Flugzeug zum Halten gekommen ist, werden Sie die Maschine geordnet durch die Notausgänge verlassen, die sich automatisch zu Rutschbahnen auf das Rollfeld öffnen werden. Es ist von großer Bedeutung, bei diesem Vorgang Ruhe zu bewahren.« Der Dicke am nächsten Notausgang sitzt ganz aufrecht und hört angespannt zu.

Es ist schwer zu glauben, daß dies alles geschieht. Lila schüttelt den Kopf, aber er wird nicht frei.

»Von jetzt an dürfen Sie unter keinen Umständen Ihren Sitz verlassen oder Ihren Sicherheitsgurt lösen. Eltern müssen dafür Sorge tragen, daß ihre Kinder fest angeschnallt sind und auch sie allen Anweisungen für den Notfall folgen. Wir bedauern, daß dies ein schwieriger Flug war und möchten Ihnen allen für ihre stetige Mitarbeit danken.

Wir haben volles Vertrauen, in den nächsten Minuten sicher zu landen, und wenn Sie das nächste Mal meine Stimme hören, werden wir uns in einer hellen und gemütlichen Flughafen-Lounge begrüßen.«

Diese Worte werden in einem so fröhlichen und vertrauenerweckenden Ton gesprochen, daß manche Leute Beifall klatschen. Als seien sie bereits in Sicherheit; oder als hinge das Ergebnis nur von einem geschickten Balanceakt ab. Dennoch: bis zu diesem kritischen Moment haben sie sich gut gehalten. Soweit Lila weiß, ist nichts wirklich Brutales passiert, und bald wird es vorbei sein.

Nun, wo der Augenblick gekommen ist, vermißt sie das Warten. Sie hätte sich darüber eigentlich nicht beklagen sollen: Dieses endgültige Urteil, Schicksal, Ereignis ist sicher schwerer zu ertragen als die bloße Spannung.

Sie hat sich in ein paar Dingen geirrt.

»Mir ist schlecht«, stöhnt Tom.

»Atme tief durch. Mach die Augen zu.«

Noch nicht. Zuerst schauen sie Sheila zu, die ihnen noch einmal zeigt, wie sie ihre Körper halten sollen: Kopf nach unten, mit den Händen, wenn möglich, die Knöchel umfassen. Lila wickelt den Riemen ihrer Handtasche um ihre Schulter und um ihren Körper, die Tasche selbst klemmt sie fest unter ihren linken Arm. Frauen sind nicht wie Männer, die alles Wesentliche in ihren Hosentaschen haben. Ihre Handtasche enthält Geld, Paß, Ausweis, die Kernstücke ihrer Existenz. Sie hofft, daß auch die anderen Frauen darauf achten, sich diese lebensnotwendigen Utensilien zu sichern.

Die Kopf-nach-unten Position muß für Große oder Ungelenkige ziemlich anstrengend sein. Lila ist dankbar über ihre Flexibilität.

»Das ist besser«, sagt Tom. »Geht's dir gut?«

»Ja, danke.« Es ist schwer zu sprechen oder auch nur richtig zu atmen, wenn man zweimal zusammengefaltet ist, aber es muß etwas gesagt werden. Etwas Tiefgründiges, Zusammenfassendes. »Ich bereue unsere Beziehung nicht, weißt du«, kommt heraus. »Ich bin sehr dankbar.«

»Ich weiß. Ich auch.«

Aber da ist immer noch sein Brief. Es bleibt nur noch Zeit für ein kleines, trauriges, auf dem Kopf stehendes Lächeln, und dann macht das Flugzeug einen schrecklichen Sturz, dann einen furchtbaren Satz, und ihre Köpfe stoßen heftig gegen die Vordersitze. Lila hört ein Kind, vermutlich Susie, in der Nähe aufheulen.

Sie stürzen steil nach unten und tanzen dabei in der Luft. Als das Flugzeug nach links kippt, fällt Tom in ihre Richtung, und sie spürt, wie seine Schulter und sein Arm sie berühren. Als er sich gerade setzt, vermißt sie ihn und streckt ihre Hand aus. Er greift danach und hält sie fest.

Es wird keine Warnung geben, bevor sie aufsetzen. Sie ist starr vor Erwartung. Tom muß versteinert sein. Sie kann die harten Knochen seiner Finger spüren. Das Skelett des Flugzeugs zittert, die Haut brodelt. Es gibt sein Bestes und sie auch.

Metall kracht und quietscht, das Herz des Flugzeugs bricht um sie herum in Stücke. Sie lehnt sich in das weiche rote Samt ihrer Kindheit und kann vor sich nur Dunkelheit sehen.

Sie wird heftig in die Luft geschleudert, und der Sicherheitsgurt schneidet in ihre Hüften. Ihre Hand reißt sich aus Toms Griff. Das Quietschen zerreißt ihr die Ohren.

Wieder wird sie nach oben geworfen. Auch Tom wird neben ihr herumgeschleudert. Ihre Köpfe schlagen an die Sitzlehnen vor ihnen. Das Flugzeug kreischt auf. Sie könnte für immer so gebückt und blind bleiben, wenn es sein müßte. Die Schreie der anderen Leute sind entsetzlich, aber Lila ist still, abgesehen von ihren ruckartigen Atemzügen. Ihr Körper fühlt sich an, als bräche er entzwei und fiele auseinander, es tut weh, und sie haßt Schmerz, und wieder werden sie hochgeworfen. Und wieder, diesmal etwas sanfter.

Und wieder, noch sanfter und noch einmal. Bis es aufhört und alles schlagartig ruhig ist. Vollkommen still.

10

Ungraziös und wild um sich schlagend fällt Lila durch eine lange Dunkelheit in helles, leuchtendes Sonnenlicht.

Sie hat Schmerzen, im Herz und im Kopf.

Das plötzliche Licht sticht. Sie schüttelt den Kopf, und Erinnerungsfetzen wirbeln hoch und zur Seite und fallen durcheinander.

Das Strahlen kommt gar nicht von der Sonne, es sind die gleißenden, weißen Scheinwerfer einer großen Anzahl Kameras. Linsen tanzen auf Schultern und drängen über die Absperrungen.

Mithilfe der ausgestreckten Hand eines Fremden rollt sie sich in eine aufrechte Lage. Gut, daß sie Hosen anhat. Es ist wohl zu spät, ihr Gesicht zu verdecken, aber im Augenblick verbirgt sie ihren Kopf sowieso an der Schulter ihres Retters im gelben Regenmantel, der eine graue Wolldecke um sie legt und sie sanft und unnachgiebig vorwärts leitet.

Diese Farben! Sein Regenmantel ist so prächtig goldgelb und so glänzend, daß Lila glaubt, ihr eigenes verschwommenes Spiegelbild darin zu sehen. Und diese roten und weißen, sich drehenden Lichter – sind die Farben immer so lebendig, oder ist ihr das nur nie aufgefallen?

Als sie hinunterblickt, sieht sie sogar das Rollfeld glitzern, überzogen von kleinen Löchern, in denen sich schwarzer, glänzender Regen sammelt.

Es sollte glatter sein. Es sieht nicht sicher aus.

Es muß sehr laut sein, sie kann die offenen Münder der Leute sehen, die offenbar schreien, und es wird viel herumgerannt. Vielleicht sind es die Lastautos und Krankenwagen, die dieses gleichmäßige, dumpf hämmernde Stampfen im Hintergrund erzeugen, das im Rhythmus mit ihrem Herz schlägt. Andere Geräusche sind entfernter, eine Art Summen und Surren, wie Regen.

Es regnet tatsächlich. Sie sind ja auch in England. Die graue Wolldecke wird kälter und feuchter – warum hat man sie darin eingewickelt, während ihr Retter einen glänzenden Regenmantel trägt? Und warum laufen sie? Sollte man nicht meinen, daß es Fahrzeuge gibt, in denen man – wohin auch immer – fahren kann? Abgesehen von diesen Krankenwagen und Feuerwehrautos.

Wenn sie es fertiggebracht hätte, sich etwas zu brechen, zum Beispiel das Bein, hätte sie sich in einem Krankenwagen verstecken können.

Es sieht aus, als hätten sich einige Leute etwas gebrochen. Man sieht Männer und Frauen mit Tragbahren herumrennen. Die Kameras zoomen auf die Verletzten, was nur gut ist.

Es muß eine Ordnung und ein Muster geben bei dem, was da geschieht, sie kann es nur nicht erkennen. Nach der langen Periode der Anspannung und des Wartens passiert jetzt alles zu schnell. Daß sie nicht richtig hören kann, macht es noch schwieriger, das Durcheinander zu entwirren.

Sie muß furchtbar aussehen, alle anderen sehen furchtbar aus.

Jetzt hat man sie erwischt – im grellen Schein dieses glücklichen Endes, sie und Tom, wo immer er ist.

Ihr ist es ziemlich egal, und wenn es ihr nicht egal wäre, würde es auch keine Rolle spielen.

Was macht er jetzt mit seinem kostbaren Brief, wird er ihm viel nützen? Sie kichert, und der Arm um ihre Schulter lockert sich und packt dann wieder fester zu, als sei er nervös.

Sie möchte wetten, daß der Mann, zu dem er gehört, keine Ahnung hat, was Angst ist.

Sie hingegen gehört ab jetzt zu einer ganz neuen Kategorie von Menschen: Die, die Angst kennen und wissen, was sie bewirken kann. Ist das etwas, auf das man stolz sein kann?

Auf jeden Fall ist es sicher anders. Sie merkt, daß sie grinst und schnieft fröhlich in die leuchtende Schulter ihres Beschützers.

Wo, zum Teufel, gehen sie hin, und warum dauert es so lange? Sie hat großen Durst; sie könnte das Wasser aus den Pfützen trinken, den Schweiß von der Haut ihres Begleiters, das Eis von den Flügeln, Blut von einem Stein. Für einen Kaffee würde sie töten, und für einen Scotch sterben.

Na gut, das kaum.

Nachdem sie durch ein paar automatische Türen gegangen sind, landen sie in einem riesigen, leeren, grauen, hohen Raum, der sich rasch mit lebhaften Rettern und aschfahlen Geretteten füllt. Eine Welle von Hitze und der Geruch nach feuchter Wolle schlägt ihr entgegen.

So viele Gesichter! Einige kommen ihr bekannt vor, aber woher genau? Die Feuchtigkeit verdunstet, die Luft wird dampfig.

Dann der Geruch von Kaffee. Lila schüttelt sich die schwere Decke von den Schultern und macht sich auf die Suche nach der Quelle des Duftes, der gelbe Arm fällt auch von ihr ab. Hier sind keine Kameras.

Sie grinst immer noch, und warum auch nicht? Warum tun das nicht alle? Aber die Leute gehen ihr aus dem Weg, so als gehöre sie nicht in diesen Raum, in den immer mehr zitternde und betäubte Überlebende strömen.

Sie sollten sich auch von diesen furchtbaren nassen Decken befreien.

Ist es nicht wunderbar, ist es nicht nett – umsichtige Menschen haben einen langen Tisch aufgestellt, mit Keksen, Reihen von Orangensaftgläsern und riesigen Kaffee- und Teemaschinen. Genau das richtige.

Lila lächelt einer rundlichen Frau hinter dem Tisch zu, nimmt sich ein Glas Orangensaft und leert es in einem Zug. »Bitte auch Kaffee!« Zumindest kann sie ihre eigene Stimme hören und ist dankbar, daß sie ruhig und fest ist.

Dieser harte, stabile Boden unter ihren Füßen ist ein verdammt großes Wunder. Als sie sich umsieht, sieht sie Figuren in gelben Regenmänteln, die sich wie Glühwürmchen durch die wachsende Menge bewegen, und Überlebende, die aus ihren Decken hervorkommen und den Blick freigeben auf eine Pracht, die sie an Dschungelvögel denken läßt.

Ihr eigenes langgezogenes Spiegelbild in der glänzenden, silbernen Kaffeemaschine erschreckt sie kurz. Wirkt sie jünger als beim Abflug? Wäre es nicht logischer, wenn sie beträchtlich älter aussähe? Sie beugt sich vor, um genauer hinzusehen, und ihre Gesichtszüge werden in der Krümmung der Kaffeemaschine noch schmaler. Ihr Haar ist scheußlich, hängt nach allen Seiten herunter.

Ihr Haar ist braun. Darum sieht sie jünger aus, sie hat es gestern abend gefärbt. Das hat sie vergessen. Erst gestern abend. Die Zeit ist genauso verzerrt, wie die Spiegelbilder in gekrümmten, glänzenden Oberflächen.

Der Blick der rundlichen Kaffeefrau ist besorgt und gütig. Eine Frau wie sie ist bestimmt eine gute Mutter. Lila wäre keine gute Mutter gewesen. Zum Beispiel fehlt ihr dieser süße Komm-an-meinen-Busen-Gesichtsausdruck von guten Müttern, im Gegensatz zu dieser Frau.

»Danke«, sagt sie und nimmt die Tasse und einen Schluck. Aber in dem Kaffee ist Zucker, er schmeckt wie Sirup, er ist nicht schwarz und aufputschend, wie Lila ihn mag. »Könnte ich statt dessen vielleicht einen schwarzen Kaffee haben, bitte?« Sie bietet ihre Tasse an. »Und ist hier irgendwo eine Bar? Kann man einen richtigen Drink bekommen?«

Sie kann die Antwort nicht ganz verstehen, aber als sie sich auf die Lippen der rundlichen Frau konzentriert und versucht von ihnen zu lesen, kann sie ebensowenig ein klares Ja oder Nein ausmachen. Die Frau runzelt leicht die Stirn, besorgt, aber nicht mißbilligend. Sie schiebt den zuckrigen Kaffee zurück und nickt beharrlich. Sie scheint mehrere ganze Sätze gesprochen zu haben, dann deutet sie auf jemanden hinter Lilas Schulter. Lilas Meinung nach hat sie wohl einen Akzent, der sowieso schwer zu verstehen ist und erst recht beim Lippenlesen.

Als sich Lila umdreht, steht neben ihr ein Mann. Ebenso wie die

Frau macht er ein ernstes und besorgtes Gesicht, auch wenn ihm das Mütterliche fehlt. Er trägt eine etwas unordentliche und fleckige, weiße Jacke, woraus hervorgehen könnte, daß er irgend etwas Medizinisches ist. »Ich kann nicht hören, was Sie sagen«, sagt sie laut zu ihm, als sei er der Schwerhörige. Aber dabei lächelt sie breit, was beruhigend wirken soll, es aber offenbar nicht tut.

Niemand scheint sich über die Ereignisse so zu freuen wie sie. Natürlich ist nicht alles wunderbar, wie sollte es auch? Welche Freude ist schon je ganz rein? Aber sie sind hier, sie sind am Leben, und das ist so gut, wie ein solcher Tag nur werden konnte.

Es sieht nicht so aus, als sei Tom ihrer Meinung.

Es ist ein Schock zu sehen, wie er am Arm seines eigenen Beschützers, der auch einen Regenmantel trägt, durch die Tür kommt. Ihr Herz macht einen Sprung bei seinem Anblick, aus Gewohnheit oder aus Liebe.

Sie hat ihn eigentlich nicht vergessen, aber irgendwie hatte sie vergessen, daß sie nicht ganz allein hier ist.

Er grinst nicht, lächelt nicht einmal. Genaugenommen blickt er entschieden finster drein. Sie sollte mit offenen Armen auf ihn zueilen.

Sie trinkt von ihrem süßen Kaffee. Er ist ein kahl werdender Mann, mit einem schönen Körper und leichtem Bauchansatz, den sie offenbar hauptsächlich wegen seiner Energie und seiner Lust geliebt hat. Selbst mürrisch und verärgert war er ihr groß vorgekommen, übergroß in seinem Verlangen. Er wollte viel und riskierte eine Menge.

Jetzt sieht er gewöhnlich aus. Geschrumpft und gereizt. Mit wildem Bick natürlich, aber wer hat den nicht? Ein Ärmel seines Hemdes ist zerrissen, und seine Hosen sind, genau wie ihre, schmutzig. Er hat eine purpurfarbene Wunde auf der Stirn, die ein bißchen blutet, es sieht aber nicht ernst aus.

Er sieht sehr ernst aus.

»Ich hätte jetzt wirklich sehr gerne einen Scotch«, sagt sie zu dem Mann in der weißen Jacke. Durch das seltsame Getöse in ihrem Kopf versteht sie nur ein paar Wörter: »medizinisch ... warten« und sogar »verboten«. Man stelle sich vor, den Leuten in diesem Zimmer irgend etwas zu verbieten! Wenn sie es überhaupt je waren, sind sie doch sicher keine Menschen mehr, die Nein als Antwort akzeptieren!

Wenigstens kann sie jetzt langsam, da und dort einzelne Wörter verstehen. Aber bevor sie sich Tom nähert, will sie erst in der Lage sein, genau zu verstehen, was er als erstes sagt, wenn er sie lebendig und unverletzt sieht. »Oh, mein Liebling, du bist gerettet, alles andere spielt keine Rolle, du bist jetzt die Welt für mich«, stellt sie sich vor und hört sich selbst vor Lachen prusten. Der medizinische Mensch macht ein sehr besorgtes Gesicht und greift nach ihrem Arm.

So ein Tag macht sie nicht zu Kindern. Ganz im Gegenteil würde Lila sagen. Dieser Kerl, wer immer es ist, weiß gar nichts.

Sie ist geblendet vom Leben, erstaunt vom Tod und verwundert, was dieser winzige Raum dazwischen alles enthalten kann. Manche Teile von ihr, und nicht nur Körperteile, kommen ihr verrenkt vor, zu unvertrauten Formen und Haltungen verdreht. Mit der Zeit werden sie sich sicher wieder normal anfühlen.

Dank der entschlossenen Anstrengungen des Flugzeuges, das nun verlassen und schrecklich verwundet draußen im kühlen Dunkel steht, hat sie Zeit gewonnen. Wie achtlos sie sich bei der ersten Gelegenheit vom Flugzeug entfernt hat. Das ist sehr traurig. Aber es herrschte ein wildes Durcheinander, wirr und laut und verzweifelt, und sie hat einfach vergessen, sich dankbar und zärtlich zu zeigen.

Tom, natürlich, dieser gute Mann, hat sich richtig verhalten.

Er sieht sich besorgt um, vermutlich nach ihr. Ist es grausam von ihr, hinter einem großen Rücken Schutz zu suchen?

Ein anderer, der sich vorbildlich verhalten hat, war der Dicke am Notausgang. Er entpuppte sich als eine Persönlichkeit, die einen kühlen Kopf behielt, für Ordnung sorgte und eine ganze Anzahl von Leuten gerettet haben muß, darunter sie und möglicherweise Tom.

Der Augenblick der Stille, als das Flugzeug zitternd zum Stehen kam, war nur das: ein Augenblick. Dann, in der plötzlichen Dunkelheit, stürzten panische Menschen über Sitze und andere Passagiere, traten und stießen. Wie sie vermutet hatte, waren Disziplin und Höflichkeit weitgehend verschwunden.

Tom griff nach ihrem Handgelenk und schob sich gewaltsam in den Gang, an drängelnden Körpern und lauten Stimmen vorbei, zog sie hinter sich her, schuf entschlossen vor sich Platz für sie. Sein Blick war fest, seine Lippen aufeinandergepreßt. Wie sie es vorausgeahnt hatte, waren die Markierungen für den Notfall unter all den trampelnden Füßen nicht zu sehen.

Eine Stimme aus dem Cockpit war in dem Aufruhr nur dünn zu hören. Einige Leute riefen: »Keine Panik, seid vorsichtig!«, aber die Botschaft wurde kaum gehört oder beachtet.

Tom verhielt sich gut und streng, so wie es zweifellos auch andere ruhige, anständige Menschen taten. Er ließ Lilas Handgelenk los und schob sie vorwärts, ließ Susie und ihre Mutter zwischen sie in die Reihe. Lila hörte einen Mann protestieren, Susie und ihre Mutter weinen und Toms Stimme in seinem härtesten und kältesten Tonfall. Dann verlor sie ihn aus den Augen.

Er ist ein guter Mann. Ein Mann, der Gutes tut. Sie beobachtet ihn, wie er sich Kaffee von einer Frau holt, mit einem kurzen, leidenden Lächeln, das nicht bis zu seinen Augen reicht.

Ihr Herz will zu ihm, aber der Rest von ihr ist immer noch unwillig. Sie ist nicht bereit, mit seiner Verzweiflung umzugehen; obwohl es möglich ist, daß dieser Tag auch sein Herz umgeformt hat, und Verzweiflung ihm jetzt vielleicht ganz fern liegt.

Seinem freudlosen Gesichtsausdruck nach ist es jedoch schwer, sich das vorzustellen.

Die Notausgänge des Flugzeugs öffneten sich in Tunnel, an deren Ende dunkle Blumen blühten. Der dicke Mann versperrte mit seinem Körper die Öffnung. »Einer nach dem anderen!« befahl er. »Langsam, nicht schubsen. Ruhig und sicher, so wollen wir es.« Er hatte eine donnernde Bruststimme, die zwar die Leute nicht sofort zum Stehen brachte, aber zumindest verbreitete sie Autorität.

Wo war Sheila? Leben retten wahrscheinlich, oder Verletzungen behandeln oder unter Schock. Lila hörte niemanden die Zuständigkeit des dicken Mannes in Frage stellen, und merkte, daß auch sie seine Forderungen erfüllen wollte.

Er zählte die Leute ab, berührte sie an der Schulter und dann sausten sie die Rutschbahn hinunter und verschwanden in der Nacht. »Sie da!« befahl er jemandem, der hinter ihr drängelte. »Gehen Sie zurück und seien Sie still. Sie kommen schon noch dran!« Sie war fügsam und fühlte sich fast sicher. Sie drehte sich kurz um, versuchte einen Blick auf Tom zu erhaschen, aber dann berührte sie der Dicke an der Schulter und sagte:«Los!« und sie schlüpfte gehorsam an ihm vorbei, setzte sich auf ihren Hintern und sauste hinunter.

Wo ist er jetzt? »Ich werde erst gehen«, sagte er, »wenn alle ordentlich durchgekommen sind.« Als garantiere seine Geduld ihr Überleben, und als sei sein Erscheinen die Belohnung für ihre Geduld. Wer war er vor dem heutigen Tag, und wo flog er hin? Also doch kein Ehefrauenmörder auf der Flucht. War er von sich überrascht, daß er in einer kritischen Situation die Dinge in die Hand nahm, oder ist das normal für ihn?

Wenn er immer so ein fest entschlossener Mann ist, wie wäre er dann als täglicher Partner? Vielleicht eher schwierig.

Lila hatte einmal große, wenn auch unklare Hoffnungen. Als sie an Schultern und Köpern vorbei in Richtung Tom späht, versteht sie, daß Liebe etwas Großes gewesen ist; aber kaum das einzige.

Wer ist sonst noch da? Wer hat es sonst noch gut überstanden?

Sie kann Sheila nicht entdecken, aber vielleicht hat man die Besatzung woanders hingebracht. Sie hat wahrscheinlich noch viele schwierige Stunden vor sich. Natürlich wird es eine Untersuchung geben.

Susies Mutter sitzt mit gekreuzten Beinen auf dem Boden an eine Wand rechts von Lila gelehnt. Sie hat ihren Kopf in Susies Nacken vergraben. Susie hat sich auf ihren Schoß gekuschelt, und sie schaukeln zusammen vor und zurück. Endlich mal Erleichterung und Freude und Liebe.

Jimmy und Mel geht es offenbar auch gut. Sie ragen sogar aus dieser belebter werdenden Menge heraus, in ihrer Schönheit und Haltung. Sie sind zwanzig Schritte und eine Welt von Lila entfernt, schmale, ineinander verschlungene Körper, die Köpfe jeweils auf der Schulter des anderen, schaukelnd, als hörten sie langsame Musik spielen.

Es wird sogar wirklich Musik gespielt.

Sie ist glücklich für die beiden; bestimmt gehören sie zu den Menschen hier, die das Beste aus diesem Tag machen werden.

Sie ist auch glücklich für Sarah, die sie auf der linken Seite stehen sieht, zusammen mit einer Frau, die sich mit einer dampfenden Tasse zu ihr beugt. Es ist, als sähe man einen Film in Zeitraffer, der eine Pflanze beim Wachsen zeigt, wie sie sich entfaltet und zu blühen beginnt. Sarah nickt, trinkt und fängt ganz langsam an, den Blick zu heben, umherzuschauen, ihre Augen konzentrieren sich, ihr Körper strafft sich. Wieder im Reich der Lebenden, denkt Lila.

Sarah entdeckt sie und grinst, ein breites, volles plötzliches Grinsen. Sie erhebt die Faust, eine Geste des Trotzes und des Sieges. Lila grinst zurück und hebt auch ihre Faust.

Dies *ist* ein Sieg. Sie hatten Teil an einem Triumph.

Sarahs Schwester wird irgendwo auf dem Flughafen warten. Bei den besorgten Menschen, die unten auf der Erde gewartet haben, werden sich völlig andere Dramen abgespielt haben. Vermutlich wurden sie in einen eigenen riesigen Saal geschafft und mit diesem Sirup-Kaffee und vorsichtigen, hoffnungsvollen Worten getröstet. Auch in diesem Saal wird es Tränen und Anspannung gegeben haben, schlechtes und vorbildliches Benehmen und sicherlich auch tiefergehende Gedanken.

Gewiß werden sich Sarah und ihre Schwester ganz besonders freuen, einander zu sehen. Bald wird Sarah vor Ungeduld hüpfen; oder sie hat sich auch verändert und spricht nicht mehr alles aus, was ihr gerade in den Sinn kommt. Ihr Mann wird vielleicht von ihr überrascht sein, wenn sie nach Hause kommt. Ihre Kinder werden sich womöglich wundern.

Lila kann Adele nicht sehen, aber sie ist klein und geht leicht in der Menge unter. Außerdem ist sie alt und war vielleicht unter denen, die mit dem Krankenwagen weggebracht wurden. Ihre Knochen könnten so brüchig sein wie ihr Glaube.

»Brüchig« ist eines von diesen ansprechenden, zweideutigen Wörtern, die Lila mag: in bezug auf Knochen bedeutet es zerbrechlich, aber in Verbindung mit Glauben ist es wesentlich schärfer.

Es ist eine Erleichterung, zu spüren, wie die Wörter zurückkommen.

Auch ihr Gehör wird langsam besser. Inzwischen kann sie einzelne Stimmen unterscheiden. »Mein Gott«, hört sie. Und »Wie lange dauert es noch, bis wir hier raus können?« und »Ich habe gar nichts mehr; ich kann nicht einmal beweisen, wer ich bin« und »ich schwöre bei Gott: ich fliege nie wieder!« In der Nähe hört man einen Mann in skeptischem Tonfall: »Wahrscheinlich war es gar nicht so ernst. Niemand sagt einem die Wahrheit. Ich wette, sie haben unser Gepäck umsonst abgeworfen.«

Das, findet Lila, ist wirklich ein beeindruckender Zynismus. Sie hat das Bedürfnis zu ihm »Arschloch« zu sagen. Sie war eine liebenswürdigere Frau, als sie nichts hörte. Sie lacht, aber nur für sich.

Eine korpulente Frau mit grauen Haaren rennt herum und ruft mit lauter Stimme, ohne jemanden direkt anzusprechen: »Hat jemand gesehen, was da draußen passiert? Das Flugzeug brennt! Ich habe gehört, daß es drei Tote gibt, ein Ehepaar und eine alte Frau. Tot! Und wer weiß wie viele Verletzte! Mein Gott!«

Ist das wahr?

Bei der Panik im Dunkeln durchaus möglich. Einen kurzen Augenblick lang versetzt sich Lila dorthin zurück, fühlt wie ihr der eigene Atem ausgepreßt wird, wie ihre eigenen Knochen zerschmettert werden. Daß sich all diese Stunden und all diese Angst und diese

Sehnsüchte als tödlich entpuppt haben – endlich kommen ihr die Tränen. Sie vergießt sie für alles. Alles.

Sie hofft, daß das Paar zufrieden war, zusammenzusein. Sie hofft, daß die alte Frau nicht Adele ist.

Sie hofft, daß das, was die korpulente, grauhaarige Frau sagt, nicht wahr ist.

Wenn man sich vorstellt, was man alles durchgemacht hat bis zu diesem Augenblick der Stille, wo man das Leben direkt vor Augen hatte, um dann von rasenden Mitpassagieren niedergetrampelt zu werden, die auch das Leben direkt vor Augen hatten!

Schrecklich auch, wenn man später erfährt, daß man zu diesen Rasenden gehört hat.

Und dann das arme Flugzeug, das genau so weit flog, wie es nötig war, sein Bestes gab und dann selbst nicht gerettet wurde.

Soviel zu Toms Brief. Er wird zu einem Häuflein Asche verbrennen.

Sie lacht wieder, zumindest darüber, und, zum Teufel, da ist auch schon der Kerl mit der weißen Jacke neben ihr. »Bitte, setzen Sie sich. Man wird sich sofort um Sie kümmern.« Jetzt wo sie ihn hören kann, stellt sie fest, daß seine Stimme angenehm melodiös und schwungvoll klingt. Etwas Nördliches, fast Schottisches. Sie lächelt ihn an, bleibt aber stehen. »Sind Sie verletzt?« fragt er. »Tut Ihnen etwas weh?«

Wirklich schwer zu sagen. Ihre Seele ist irgendwie angeschlagen, wenn das zählt, aber sie glaubt nicht, daß es hier Hilfe für gebeutelte Seelen gibt. »Es geht mir gut«, sagt sie strahlend. »Ich hatte zuerst Schwierigkeiten mit dem Hören, aber plötzlich geht es wieder, und jetzt geht es mir wunderbar.«

»Sind Sie mit jemandem hier?«

»Ja, ich habe ihn da drüben entdeckt«, und sie deutet in eine ganz andere Richtung, als Tom steht. »Wenn Sie mich entschuldigen, ich will ihm sagen, daß es mir gutgeht und schauen, wie es ihm geht. Aber vielen Dank für Ihre Hilfe.«

Wie freundlich die Leute sein können. Plötzlich ist sie zutiefst angetan von allen hier im Raum und sehr froh, noch unter ihnen zu sein.

Jemand mit einem Mikrofon macht sich daran, für Ordnung zu sorgen und bringt alle ins normale Leben zurück.

Man wird Formulare ausfüllen müssen, und sich mit praktischen Dingen auseinandersetzen. Die Geister werden sich langsam einschließen, das Zittern über die Erinnerung an den Schrecken wird langsam nachlassen. Liebe und Dankbarkeit schleifen sich langsam ab.

Die Menschenhaufen formieren sich bereits zu Strukturen, Bewegungsmuster entstehen, die Aufmerksamkeit sammelt sich und richtet sich auf ein Ziel.

Es stellt sich heraus, daß es gar nicht schwer ist, sich davonzustehlen.

Lila behält Tom im Auge, als sie sich am Rande der Menge ihren Weg zu einer unauffälligen, nicht beschrifteten, grauen Tür bahnt. Er ist ein seltener, freundlicher, lustiger, kaltblütiger, gieriger, großzügiger Mann, der alles wollte und sich sehr viel Mühe gegeben hat. Jetzt brechen die Ereignisse über ihm zusammen. Er sieht verloren und traurig aus und auch ziemlich besorgt. Immer noch versucht er, zwei Sachen auf einmal zu bewältigen.

Sie wäre gern wenigstens in der Lage, ihn zu trösten, aber das kann sie sich nicht leisten. Augenblicke, in denen sich eine solch klare Möglichkeit bietet, sind selten in einem Leben, sie leuchten nur so kurz auf wie Röhrenblitze oder Glühwürmchen.

Er wird verzweifelt sein, aber selbst, wenn es grausam ist – und kaum dasselbe –, sie hat sich auch manchmal Sorgen um ihn gemacht. Wenn er nicht erreichbar war. Auf einer Reise. Ohne sie gefährliche Strecken fuhr. Oder zu Hause bei seiner Frau war.

Später wird er sehr wütend sein, aber es gab Zeiten, da war Lila sehr wütend auf ihn, heute eingeschlossen. Er wird auch trauern, aber es gab Stunden und Tage, als der Kummer ihr Herz geleert hat.

Das ist keine Rache, nur etwas, das sie weiß.

Die graue Tür öffnet sich zu einem sehr langen, grauen, schmalen Korridor. Sie schlüpft durch die Tür, noch könnte sie zurückschlüpfen, es ist nicht zu spät.

Weit hinten kann sie eine andere unbeschriftete Tür sehen. Sie spürt jeden Schritt und erinnert sich an ihre Sehnsucht vor nicht allzu langer Zeit, ihre Füße auf festem Boden zu haben, ihn mit Absätzen und Zehen zu berühren und sich vorwärts zu bewegen.

Die nächste Tür führt in einen weiteren Gang und schließt sich hinter ihr mit einem Klicken.

Die Stille ist jetzt so beeindruckend, daß sie sich fast geballt anfühlt, und einen Moment lang bleibt sie stehen. Es gibt auch nicht sehr viele wirklich stille Augenblicke im Leben.

In diesem Gang sind rote Pfeile an die Wand gemalt, die nur nach vorne zeigen. Es ist aber immer noch nicht zu spät, trotz der verschlossenen Türen. Noch ist nichts unwiederbringlich. Doch sie schafft Unwiederbringlichkeit, indem sie vorwärts und auf etwas zugeht, das vielleicht nicht ganz vertraut, aber für sie da ist, auf das sie ihre Hände legen kann und ihren Geist. Etwas das man berühren kann.

Ein Tag wie dieser ist ein Geschenk, wenn auch ein monströses.

Als sie die nächste Tür aufstößt, stellt sich heraus, daß sie eine große und endlich vertraute Halle erreicht hat. Sie war noch nie in einer leeren Zoll-und Einwanderungshalle, aber die gemalten Linien und Zeichen und die Schalter sind ihr bekannt und seltsam, angenehm, heimatlich vertraut. Sie ist nur von einer ungewöhnlichen Seite gekommen, das ist alles, vermutlich war es der Weg für Angestellte oder Gepäck.

Jetzt weiß sie, wo sie ist.

Es gibt Pfeile und Zeichen für Leute, die in dieses Land einwandern wollen, für Besucher, für Leute die etwas zu verzollen haben oder Durchreisende. Eine Frau in Uniform, ungefähr in Lilas Alter, sitzt auf einem Hocker vor dem Schalter für Durchreisende. Sie blickt erschrocken von ihrem Buch auf. »Wer sind Sie? Was machen Sie hier? Sind Sie aus dem Flugzeug?« Es ist klar, welches Flugzeug sie meint. »Lassen sie die Leute schon gehen?« Sie hat tiefe Falten an den Mundwinkeln und winzige, welke Fältchen umsäumen ihre Oberlippe; sie sieht sicher viel älter aus als Lila. Oder verwitterter. Wie anstrengend ist ihr Leben, wenn sie nicht hier sitzt?

Lila erinnert sich, daß sie die Wörter »anstrengend« und »streng« nachschauen wollte. Warum eigentlich? »Sie fangen gerade damit an«, sagt sie zu der Frau.

»Aber es sollte Sie jemand begleiten. Ich habe gedacht, das würde noch ewig dauern.«

»Für die meisten schon, aber ich bin herausgekommen und ich habe alles bei mir, meine ganzen Papiere, darum ging es bei mir viel schneller. Hier ist mein Paß.« Sie gibt ihn ihr. »Mein Ticket.«

Die Frau sieht immer noch nicht überzeugt aus. »Es sollten eigentlich Leute dort sein, die die Pässe kontrollieren und den Zoll machen.«

»Es sind auch Leute da. Sogar eine Menge. Ich hatte Glück, daß ich so schnell rausgekommen bin. Tja«, Lila lächelt entwaffnend und dankbar, »ich fühle mich unglaublich glücklich, durch und durch. Was für ein Tag!«

Die Frau nickt mitfühlend, als sie daran erinnert wird, was Lila durchgemacht hat. Trotzdem glaubt Lila, daß sie es nie wissen wird. »Schreckliche Sache. Sie sind sicher erschöpft.«

»Ich möchte jetzt nur weg, soviel ist sicher. Mich sammeln. Erholen.«

»Sie haben nur Ihre Handtasche?«

»Das ist alles. Andere haben nicht einmal das.«

»Ich weiß. Das wird ein Alptraum. Haben Sie die Verlustanzeige für Ihr Gepäck aufgegeben?«

»Alles erledigt.« Wenn Lila morgen oder übermorgen alles zusammenzählen und ihre Verluste melden will, wird es die Leute von der Fluggesellschaft vielleicht ärgern und belästigen, aber das ist nicht weiter schlimm. Ein paar verlorene Sachen sind sowieso das

Unwichtigste. Die Vorstellung ihres ursprünglich geplanten Urlaubs flackert kurz vor Lilas Auge auf, dann ist sie verschwunden.

»Gottseidank haben Sie nicht mehr verloren als Ihr Gepäck!« Die Frau tippt Lilas Information in ihren Computer. »Muß furchtbar gewesen sein.«

Ja, und noch viel schlimmer.

Wenn sich Tom erst einmal zurechtgefunden hat, wird er vermutlich zu seiner Konferenz gehen. Das wird ihm guttun, auch wenn er besorgt, böse und traurig sein wird. Wenigstens wird es vergleichsweise einfach für ihn sein, herauszufinden, daß Lila am Leben ist und unverletzt. Dank dieses Computers wird er sich über so etwas Grundlegendes keine Sorgen machen müssen.

Wenn Lila an ihn denkt, spürt sie in ihrem Herzen einen kleinen, steinernen Knoten. Sie bedauert nur seine Sorgen und seinen Kummer, das ist alles.

»Gnädige Frau?« Die Frau sieht sie scharf an – sie muß etwas verpaßt haben. »Geht es Ihnen auch bestimmt gut? Hat Sie ein Arzt untersucht?«

»O ja, ein sehr gründlicher und aufmerksamer junger Mann.« Wenn die medizinische Person im weißen Mantel überhaupt ein Arzt war, aufmerksam war er auf jeden Fall. »Ich habe nur ein paar Kratzer. Und meine Kleider sind ziemlich hinüber, wie Sie sehen. Aber wir haben gehört, daß drei Leute tot sind. Wissen Sie, ob das stimmt? Wissen Sie wer?«

Es ist ihr gelungen, die Frau nervös zu machen und abzulenken. »O ja, das ist leider der Fall. Aber wir geben keine Namen bekannt, solange die Familien nicht benachrichtigt worden sind.«

Familien. Immer Familien. Als ob die unbedingt immer die nächsten und liebsten sind.

Dieser bittere Gedanke ist eine alte, schlechte, unbedeutende Angewohnheit. Kommt hin und wieder vor.

»Ich habe nur gehört, daß eine alte Frau darunter war, und ich habe mich gefragt, ob es vielleicht die Dame sein könnte, mit der ich mich im Flugzeug länger unterhalten habe. Ich habe sie nachher nicht gesehen und habe mich gewundert. Adele Simpson?« Lila fragt sich auch, warum sie ihre eigene Gefangennahme riskiert, nur um etwas über eine Person herauszufinden, die sie von Anfang an nicht besonders mochte.

Gefangennahme?

Ja, sie ist eine Art Flüchtling geworden, nur das hat sie gemeint.

Die Frau sieht beunruhigt aus. »O Gott. Ich dürfte das nicht. Sagen Sie es bitte niemandem. Aber das ist einer von den Namen. Es tut mir furchtbar leid. Das ist alles so furchtbar, einfach furchtbar.« Sie streckt sogar die Hand aus, um Lila am Arm zu fassen. Wieder ein freundlicher Mensch unter der Uniform, wieder ein gutes Zeichen.

Arme Adele in ihrem prüden bedruckten Hauskleid – hatte sie Zweifel oder betete sie am Ende voller Freude, egal wie es ausgehen würde? Hatte sie Angst oder Schmerzen? Ist sie schon glücklich im Himmel, ihre Belohnung für ein unversöhnliches Leben?

»Das ist schrecklich«, sagt Lila. »Eine Tragödie.« Weil es keine Garantie gibt, daß die Menschen woanders glücklicher oder besser sein werden. Oder daß sie das bekommen, was sie sich angeblich am meisten wünschen.

Vielleicht haben sie sich nur daran gewöhnt, immer irgend etwas unbedingt zu wollen und dabei die Wurzeln und den Ursprung ihrer Wünsche vergessen.

»Ich gehe jetzt besser.« Lila nimmt ihren Paß und das Ticket. »Wenn der Ansturm losgeht, werden Sie viel zu tun haben.«

»Wissen Sie, wo Sie hinmüssen? Es gibt einen Raum, wo die Abholer auf die Passagiere warten.«

»Danke, aber ich werde nicht abgeholt.« Die Frau schaut sie bedauernd an. Vielleicht hat Lila ein wenig bemitleidenswert geklungen. »Ich treffe mich mit jemandem in einem Hotel in der Stadt.« Das klingt schon interessanter. Und es stimmt auch. Das hatte sie vor.

»Geht es Ihnen auch bestimmt gut?«

»Ja, ganz bestimmt. Und ich bin sehr froh, am Leben zu sein.« Was vollkommen und herrlicherweise wahr ist. »Vielen Dank.«

Nach der Konferenz wird Tom nach Hause fahren.

Auch sie wird vermutlich nach Hause fahren, auch wenn sie sich nicht vorstellen kann, wieder in ein Flugzeug zu steigen. Wird sie das können?

Aber in zwei Wochen – das ist unendlich weit weg und unvorhersehbar. Eine Vergangenheit verschwindet zwar nicht, aber Lila weiß, wie sie ihren Platz im Gedächtnis findet, schnell und unvorhersehbar.

Die Zukunft kann von einem Augenblick zum nächsten völlig anders aussehen, das hat der heutige Tag unnachgiebig klar gemacht.

Vielleicht ist es ganz harmlos, ein Flugzeug zu besteigen, wenn die Zeit da ist.

Die Schritte, die sie auf diesem wunderbar festen Boden macht, die Entscheidungen, die sie trifft, ohne sich zu entscheiden – wie seltsam das alles ist. Sie fühlt sich im Griff des Notwendigen, Unerbittlichen. Sie bewegt sich in Richtung von Wünschen, die sie noch nicht benennen kann, derer sie sich aber dennoch ganz sicher ist.

Ich will, denkt sie, *ich will mehr.*

Sie will Glanz. Magnetismus. Sie will, daß ihr die Haare zu Berge stehen.

Wenn sie ohne Liebe einer bestimmten Art weiterlebt, wird sie trotzdem aus vollem Herzen weiterleben. Sie wird Farben und Licht und Eindrücke aufnehmen und ihnen nicht unbedingt Wörter zuordnen. Nicht jede Erfahrung muß einen Sinn ergeben; nicht jede Handlung muß geprüft werden. Das erscheint ihr ein Ergebnis zu sein, das – bisher jedenfalls – sowohl schlüssig als auch beruhigend ist.

Sie wird Motorrad fahren und sich eine Rose auf den Hintern tätowieren lassen.

Tom, der sich weniger schnell amüsiert, wird seine eigenen Schlüsse gezogen haben.

Sie wird ihre Gespräche vermissen.

Sie kann nicht für ihn sprechen, vielleicht fühlt er etwas anderes, aber sie hat kein Verlangen danach, die Liebe mit den Wurzeln aus all den Organen und Venen und kleinen Räumen zu reißen, in die sie gedrungen ist. Es geht nicht um Ärger oder Schmerz, die die Liebe selbst zerstören. Was von ihnen beiden bleibt, wird so sein, wie wenn man nach einer Party aufräumt: das Ereignis ist vorbei, man ist müde, aber fröhlich. Es gibt Teller und Gläser, die abgewaschen werden müssen, einige Flecken, die man beseitigen muß und ein paar Festdekorationen, die man noch einmal bewundert und dann abhängt.

Tom würde das zweifellos als kalt empfinden, und er wäre verletzt. Er bevorzugt wärmere Bilder, rosigere Worte, weichere, geschmeidigere Schlüsse. Er hält sie beide für einfacher. Sie glaubt, daß sie das letztlich nicht sind.

Sie war ein Kind, das auf der Schaukel furchtlos hochflog und ohne nachzudenken absprang. Ein außergewöhnlicher Segen, daß sie die Chance hat, es wieder zu tun.

Es ist ganz einfach, durch den Terminal zu gehen, wenn man kein Gepäck hat. Sie ist unbeirrt und unsichtbar, eine Frau in mittleren Jahren, die niemand beachten würde, selbst wenn nicht alle in ihre eigenen Sorgen vertieft wären. Es spielt keine Rolle, daß sie verbeult und verwundet ist, und daß ihre Kleider dreckig und zerrissen sind – sie hat die Gabe erworben, nicht nur sich durchsetzen zu können, sondern auch unauffällig zu sein, wenn sie will.

Sie ihrerseits bemerkt die Geräusche, Bewegungen und besonders den süßen Geruch von Menschen, die nur besorgt sind, aber nicht entsetzt, als steche ihnen jemand ein Messer in die Haut.

So viele Menschen umarmen sich auf Flughäfen, aus verschiedenen Gründen, manchmal nebenbei und manchmal leidenschaftlich. Ein schöner Anblick.

Als sie durch die letzte Tür geht, macht sie draußen, auf dem Bürgersteig, eine Pause.

Erstaunlich: da ist der riesige dunkle Himmel, den sie vor kurzem noch durchflog, gerötet von der Helligkeit der Stadt. Von hier aus gesehen ist er eine riesige Decke über ihr, beschützend und tröstend. Kein Hinweis auf die Gefahren, die er birgt.

Eine leichte, segensreiche Brise weht echte, kühle, stinkende Stadtluft heran. Der Regen ist nicht mehr kalt, und daß sie hier steht, ist ein Wunder.

»Hallo, junge Frau«, ruft ein Taxifahrer. »Taxi gefällig?«

Ja, warum nicht? Sie kann nicht für immer hier stehenbleiben, mit angewachsenen Füßen und in den Himmel starrend.

»Bitte«, sagt sie und geht zu ihm hin.

»Wo wollen Sie hin?«

Ja, das ist die Frage, und sie erscheint im Moment unwichtig und banal. Auch ein neues Leben wird wie das alte hauptsächlich aus scheinbar unwichtigen Entscheidungen und Kleinigkeiten bestehen.

Toms malerisches kleines Hotel kommt auf keinen Fall in Frage. Eher genau das Gegenteil.

»Ich habe nicht reserviert, aber in eines von diesen großen Flughafen-Hotels, denke ich. Kennen Sie eines, das vielleicht noch Zimmer frei hat?«

»Rein mit Ihnen und wir finden es für Sie. Gepäck?«

»Kein Gepäck.«

Oje, es ist verführerisch, in all dem hier etwas Symbolisches zu sehen, aber sie widersteht der Versuchung. Sie kann sich vorstellen, daß dies nur der Anfang ist. Sicher wird sie noch vielen solcher Versuchungen widerstehen müssen, kleinen, manchmal amüsanten, aber auch großen.

Sie fühlt sich leicht betrunken, berauscht, außerhalb ihrer Haut.

Außerdem sieht sie schrecklich aus, und im Hotel wird man sie sicher mit sonderbaren Blicken mustern. Selbst der Taxifahrer betrachtet sie so argwöhnisch, als sie auf den Rücksitz rutscht, daß sie lachen muß. Warum macht das die Leute so nervös? Komische Welt, wenn Freude und Vergnügen entweder Ärger oder Angst auslösen.

Ein ganzes Leben ist heute zu Ende gegangen, denkt sie, aber das ist so schwülstig, daß sie auflacht, und damit wieder einen nervösen Blick erntet. Sie hat heute oft losgeprustet, keine sehr reizvolle Angewohnheit.

Was in aller Welt wird sie tun?

Zumindest ist sie mit ihrer ersten Entscheidung zufrieden: ein großes anonymes Hotel, wo sie heute Abend einen Drink nehmen, duschen und in die Dunkelheit starren kann. Und morgen kann sie sich ein Frühstück und Kaffee bestellen, am Fenster sitzen und den Flugzeugen beim Landen und Starten zusehen. Bei Tageslicht müßte das aufwühlend sein, aber auch schön; ein Anblick, der sie eine ganze Weile lang beschäftigen könnte.

Sie wird einsam sein und muß damit rechnen, daß sie Tom vermißt.

Schließlich wird sie ausgehen und Kleidung kaufen müssen, alles, von der Unterwäsche bis zum Mantel und festen Schuhen. Sie wird ziemlich viel laufen, auch wenn sie noch nicht genau weiß, wohin. Sie wird auch Patsy und Nell anrufen, sobald sie genug Worte gefunden hat.

Sie haben alle irgendwann verrückte Sachen gemacht, und ihnen wird sicher etwas einfallen. Vielleicht wollen sie herüberfliegen, um sich ihr anzuschließen. Das würde Spaß machen. Sie möchte Spaß haben. Ob sie auch Freude an Motorrädern haben, ob sie sich auch Rosenknospen auf den Hintern tätowieren lassen? Und in langen wunderschönen Staubmänteln bummeln gehen?

Hat sie etwas Verrücktes getan? Überschreitet sie wie Tante June eine unsichtbare Linie und tauscht ein schwieriges, angenehmes, ziemlich normales Leben gegen ein immer exzentrischer werdendes ein? Sie zuckt die Achseln, allein auf dem Rücksitz.

Abschied und unwiderrufliche Entscheidungen sind immer entmutigend. Von Klippen zu springen, mit geschlossenen Augen zu tauchen, all das. Furchteinflößend und erfrischend. Vielleicht kann sie nicht schlafen. Sie hat einen Bärenhunger.

Wenn sie unvorsichtig ißt, wird sie vielleicht fett. In gewisser

Hinsicht scheint etwas Großes gefragt zu sein. Wofür war denn all ihre Beherrschung und ihr Schweigen?

Sie kann sich nicht ganz erinnern.

Woran sie sich erinnert ist, daß sie in jenen Stunden in der Luft, abgesehen von der Angst, am schmerzlichsten darunter gelitten hat, nachgegeben zu haben, sich abgefunden zu haben, zuviel vergessen zu haben. Bedauern. Es war eine Überraschung, Bedauern zu entdecken.

Auch eine Überraschung, zu entdecken, daß sie strahlen kann.

»Alles in Ordnung mit Ihnen?« fragt der Taxifahrer.

Warum, hat sie etwas Sonderbares getan?

»Mir geht es gut. Ich komme gerade aus einem Flugzeug, das eine Zeitlang gebrannt hat und fast abgestürzt wäre, und darum bin ich noch ein bißchen zittrig. Aber es geht mir gut.«

»Mein Gott, wirklich?« Sein Gesichtsausdruck wandelt sich sofort von Befremden zu Besorgnis und Mitgefühl. »Ich habe einen Tee, wenn Sie Lust auf etwas Heißes zu trinken haben. Oder eine Decke, wenn Sie wollen.«

Was für ein freundliches, menschliches Bedürfnis es ist, andere Menschen zu wärmen. »Danke, aber es geht schon. Ich fühle mich sehr glücklich, wirklich.«

Sie fragt sich, ob er Lust hätte, mit ihr ein Glas zu trinken. Sie fragt sich, welche Umstände und Ereignisse aus ihm einen mitfühlenden Taxifahrer gemacht haben, der beim geringsten Anlaß Wärme anbietet. Es gibt so viele Geschichten, manche über Großzügigkeit, Freundlichkeit und Tugend. Ebenso natürlich Geschichten von Massakern und Strömen von Blut und bösem Willen und dem Bösen schlechthin.

Sie stellt sich die rauhen und weichen Stoffe der Kleider vor, die sich kaufen wird und den kühlen Trost der Stiefel und das Ausstrecken der Beine. Sie sieht sich große Schritte machen, Meile um Meile auf der Erde abschreiten. Das Vorbeirauschen der Reifen auf der dunklen, regennassen Straße ist beruhigend, aber auch sehr aufregend. Sie hat das Gefühl, das sie auch mit Tom manchmal hatte, als könne sie für immer durch die Nacht fahren.

Sie hat kaum erwartet, daß ihr Tag so enden würde, als sie ihm vor gar nicht so vielen Stunden die Tür öffnete.

Aber trotzdem: Sie ist hier und fängt endlich ihren Urlaub an.

Da sie ein Ziel hat, registriert sie die Einzelheiten der Fahrt mit lebhaftem und abergläubischem Interesse. Der Taxifahrer ist hilfsbereit. Der Sitz ist breit, das Polster weich und gut für ihre Prellungen. Die Nacht ist samten, und ihre Laune ist gut. Das alles sind sehr gute Zeichen.

Es ist auch wahr, daß sie weint, ähnlich wie Tom im Flugzeug, bewegungslos, geräuschlos.

Sie fühlt sich neugeboren, wie es Adele ausgedrückt hätte, die damit aber etwas völlig anderes gemeint hat. Sie prustet ein letztes Mal, als der Taxifahrer zu einem Hotel einbiegt, das von Mauer zu Mauer, vom Boden bis zum Himmel hell erleuchtet ist. Sie hofft, daß auch Tom dem heutigen Tag irgendwann etwas Komisches abgewinnen kann und ihn mit anderen Augen sieht.

Als sie aus dem Taxi steigt, steht sie unter dem Säulengang des hell leuchtenden Hotels und blickt in eine geschäftige anonyme Lobby. Sie fühlt sich, als stünde sie im Zentrum der Leere, kein Horizont in Sicht. Sie sieht sich aber auch weit entfernt vom Zentrum stehen, im Gleichgewicht, am äußersten Rand unsichtbarer, unwiderstehlicher Extreme.

Franz-Maria Sonner

Kakapo

Eine Geburstagsfeier

Hagen ist fünfzig geworden. Der zum Verleger arrivierte Alt-Achtundsechziger hat seine Freunde eingeladen. Ort der Handlung ist das Lokal seines Lieblingskochs, und um die Tafel sitzt eine ausgesuchte Schar von Stellvertretern einer Generation: Winfried öffentlich rechtlicher Karrierist; Heiner, verkniffener Filmer; Erik, genialischer Quartalssäufer; Wieland, Griechenlandfreak, Ouzofreund, Immobilienhändler; Jack, freier Autor, unfreier Mensch.

Grandiose Demos, hitzige Fachbereichsschlachten, messerscharfe Analysen, seliger Beziehungsterror und geile Weiber – daran möchten sich alle an diesem Abend entspannt erinnern. Leider sind Frauen dabei: Gudrun, frustriertes Denkmal der siebziger Jahre; Sarah, Hagens Eroberung, sieht gut aus, ist aber leider schwanger; Judith Professorentochter, die Winfried in den Rundfunk gehievt hat. Und Elsa mit den attraktiven Depressionen, die mit den Herren Bett, Tisch und Wohngemeinschaft geteilt hat.

Daß Frustrationen und private Verletzungen unter der Patina von zwanzig Jahren taufrisch geblieben sind, stellt sich bald heraus. Je länger die edlen Getränke die einzelnen Gänge des Festmahls begleiten, desto hemmungsloser wird in alten Wunden gebohrt, und desto prächtiger entsteht das immer verwackeltere Gruppenphoto einer Generation.

192 Seiten, gebunden

Verlag Antje Kunstmann

Erste Auflage 1998

Die Originalausgabe erschien unter dem Titel
Some Things about Flying bei Key Porter Books, Toronto
Umschlaggestaltung: Michel Keller, München
Satz: Amann, Aichstetten
Druck und Bindung: Clausen & Bosse, Leck
ISBN 3-8887-193-4